# 安格莉卡的星际漫游

Angelika's Interplanetary Wandering

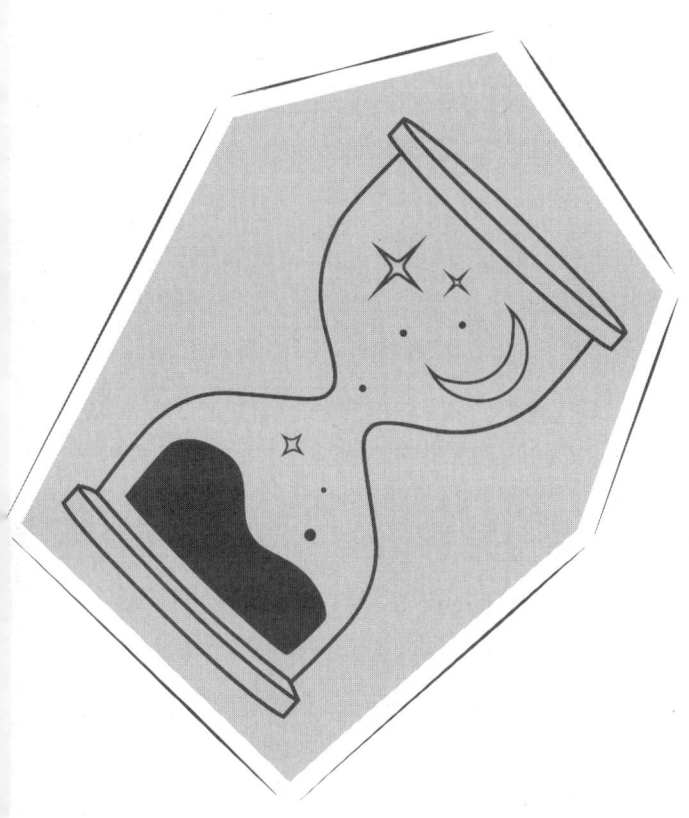

卢因诚 —— 著

新星出版社 NEW STAR PRESS

# 目录

| | | |
|---|---|---|
| 1 | 第1章 | 地球少女安格莉卡 |
| 16 | 第2章 | 天然星生活 |
| 29 | 第3章 | 特异电磁感应 |
| 45 | 第4章 | 缉毒侦查行动 |
| 58 | 第5章 | 雕塑家金泰利斯 |
| 70 | 第6章 | 建筑师卡里塔斯 |
| 84 | 第7章 | 镌刻女神石雕 |
| 99 | 第8章 | 欣赏建筑佳作 |
| 113 | 第9章 | 小行星撞向天使星 |
| 127 | 第10章 | 天使星生死抉择 |
| 149 | 第11章 | 混血儿安格尔 |
| 158 | 第12章 | 卡里塔斯天使星创业 |
| 166 | 第13章 | 星球人战争 |
| 176 | 第14章 | 卡里塔斯的命运 |
| 187 | 第15章 | 解救卡里塔斯 |
| 197 | 第16章 | 宇阳爆发强磁暴 |
| 209 | 第17章 | 宇辉星先期移民 |
| 225 | 第18章 | 宇辉星人求新生 |
| 236 | 第19章 | 战争一触即发 |
| 245 | 第20章 | 星球代表间谈判 |
| 258 | 第21章 | 联合国大会协议 |
| 268 | 第22章 | 星际恋人在地球 |
| 278 | 人物介绍 | |
| 280 | 跋 | |

# 第 1 章 地球少女安格莉卡

**破译外星电码**

外星人伊迪奥特与他的儿子因一次偶然事件,从遥远的行星天然星乘坐宇宙飞船并搭乘一颗未知星球来到地球上空,但在从地球大气层跳伞降落地球过程中父子失散了。伊迪奥特在路德博士陪同下环游地球,以外星人之间的电磁感应特异功能寻找失散的儿子。在中国西藏冈底斯山冰天雪地里,伊迪奥特父子奇迹般相逢,他们在德国斯图加特过着相对平静的生活。

伊迪奥特父子的这种相对平静的生活由于突然收到德国航天与航空研究院施密特博士的一封来电而结束了!

施密特博士来电称,请伊迪奥特在德国从事科学研究工作的中国客座科学家路德博士立即动身去科隆郊区的德国航天与航空研究院总部,相谈重要的事情。

在研究院总部,施密特博士告诉伊迪奥特:美国国家航空航天局收到疑似从外星球传来的电码,然而几经尝试破译,均未能成功解码。美国方面邀请德国研究院有关科学家、伊迪奥特先生和路德博士参与破译他们收到的疑似从外星球传来的电码。

在美国、德国科学家们,伊迪奥特和路德博士的共同参与下，用特定的方法将疑似从外星球传来的电脉冲信号转换成相应的数码，再将数码还原成它们所代表的信息符号。将数码还原成它所代表的信息符号，不单纯是科学和技术问题，尤其在信息加密的情况下，必须将其解码为应用者能够读取并能识别的信息符号；在这种情况下，如果信息来自天然星，伊迪奥特的参与是绝对必要的，因为伊迪奥特破译该信息符号所设密码的可能性最大，况且，唯有天然星人可以读懂天然星人的文字符号。

上述那则疑似从外星球传来的电脉冲信号经解码转换成数码，继而转换成外星人的文字符号，这些文字符号对于地球人来讲就是天书！施密特博士请伊迪奥特解读外星人的文字符号信息。

这则疑似从外星球传来的电讯，经由伊迪奥特解读并翻译成德文。解码信息之译文如下：

亲爱的依多尔：

天然星天文台今日发布重要消息：

天然星天文学家长期追踪一颗掠过天然星上空的未知星球，逐渐探明其飞行状态和运行轨迹。这颗未知星球穿越星际空间漫长地运行，即将再一次飞临天然星上空！

天然星天文学家对这颗未知星球的长期追踪研究表明，它具有不寻常的穿越星系的运行轨迹。它掠过天然星上空之后，将飞往广漠星际空间中的一颗遥远的蓝色星球。科学家推测，在这颗蓝色星球上可能存在生物乃至人类借以生存的空气和水。

当这颗未知星球再次飞临天然星上空时，天然星航天与航空局拟从天然星宇宙飞船发射场发射一艘无人驾驶的"苍天号"宇宙飞船，并在这颗未知星球上着陆；宇宙飞船将搭载在这颗未知星球上，飞往那颗蓝色星球。在飞临蓝色星球上空时，宇宙飞船将以其自身携带的设备拍摄蓝色星球，分析蓝色星球表面的气体成分，并及时将图片和数据发送回天然星航天与航空局，以便用于科学家们对这颗蓝色星球进行探索和研究。

自从你与儿子灵灵那天套上羽翼飞行服，从天空三维交通网络一同飞向宇宙飞船发射场，并准备驾驶宇宙飞船飞往即将运行至天然星上空的天使星，时光已经流逝过漫长岁月。这期间我曾经给你们写过一封家书，尚不曾得到你们的音讯。

我与女儿美美日日夜夜盼望你们归来！我们不知道，你们是否已经成功登陆天使星，或者抵达宇宙中另外一颗适于人类生存的类似天然星的星球。

我们深切地盼望你们平安、健康，急切地盼望你们早日回到我们身边！

依多丽雅

依多丽雅（Idolia）
依多尔庄园（Landsitz Idol）
天然星（Planet Natur）
电子密码：********（E-Code：********）

这一信息，令在场的德国科学家们、伊迪奥特和路德博士以及在美国的有关科学家们感到震撼，更令伊迪奥特感到震撼！

在场的德国科学家们无不迷惑不解：依多尔是谁？依多丽雅

是谁？

路德博士对此胸有成竹，他曾陪同伊迪奥特环地球旅行，他知道问题的答案，于是他请伊迪奥特回答。

"说来话长啊！我的名字有故事，你们有时间听我讲述我的名字的故事吗？"伊迪奥特平静地问道。

在场的德国科学家们一致表示非常感兴趣。施密特博士请伊迪奥特讲述他的名字的故事。

"在天然星上，用天然星语讲，我的名字叫××××；在地球上，地球人将它分别称呼为三个名字：伊迪奥特，依克索特，依多尔。

"依我的看法，之所以在地球上出现了对于我的不同称呼，缘于地球人对于我这个外星人的不同感觉、印象、认识。

"我被称为'伊迪奥特'，缘于Idiot一词的含义，某些地球人认为我这个外星人'笨'，因而称呼我白笨蛋；我的思想、言论、行动、形貌、举动可能不符合他们的心意。

"我被称为'依克索特'，缘于Exot一词的含义，某些地球人注重或者愿意将我这个外星人简单地视为'从远方海外或热带国家来的人或动物'或者'来自热带的外国人或异国种动物'，并未优先发掘我的缺点、缺憾、缺欠或者他们不尽如人意的地方。他们愿意将我视为人，人类的一员，与他们相差无甚多的人，只是'从远方海外或热带国家来的人或动物'而已。

"我被称为'依多尔'，缘于Idol一词的含义，某些地球人，譬如，像科学幻想小说家那类的文学家、艺术家，缘于这些人思想活跃，思维离奇，少有束缚与羁绊，少有枷锁和铁链；他们的作品中常有艺术化，甚至神祇化的理想人物或者动物，因而甘愿将我这个外星人作为他们文学、艺术作品中的'偶像、被崇拜的神、人、物'。

"假若地球人问我：'如果您有机会选择，你将在地球上选择"伊迪奥特""依克索特""依多尔"之中的哪个名字作为你的名字？'

"假若这样，我将回答：在地球上，我宁愿选择'伊迪奥特'。"

伊迪奥特幽默的解释，让在场的德国科学家们释怀，一致表示："我们愿意尊称你这位外星客人为'依多尔先生'！"

"谢谢诸位！"伊迪奥特诚恳致谢。

"伊迪奥特先生，这么说，这则解码信息是写给你的喽，是这样吧？"施密特博士突然从伊迪奥特的冗长叙述中走出来，急切地问道。

"是的！由于'依多尔'的发音最接近天然星语中我的名字的发音，我选择了以'依多尔'作为这份解码信息译文中的名字。'依多尔'是我的名字，这则解码信息就是写给我的！"伊迪奥特平静地回答。

"那么，依多丽雅是谁呢？"施密特博士继续问道。

"依多丽雅是我的妻子的名字，这则解码信息是我妻子写给我的家书。"

在场的德国科学家和在美国的有关科学家们忽然都从"他的名字的故事"中回到现实中来。大家一致认为，这则重要消息表明，天然星科学家们对于"蓝色星球"十分好奇，有极大兴趣探索和研究"蓝色星球"的奥秘。

**安格莉卡**

在德国航天与航空研究院总部，路德博士陪同依多尔与施密特博士等科学家讨论"从地球飞往天然星的星际航行方案"。

路德博士向德国航天与航空研究院总部推荐，邀请安格莉卡·弗罗伊德女士前来参加讨论和制订"从地球飞往天然星的星际航行方案"。

"安格莉卡·弗罗伊德？就是那位你与依多尔在柏林结识的女大学生吗？"施密特博士问。

"是的。正是她志愿陪同我们旅行法国、意大利、瑞士、英国和美国，寻找依多尔失散的儿子。"路德博士答道。

"安格莉卡对我们帮助很大呢！旅行过程中，她成为他们的向导、法语翻译，甚至司机，对于她，我与儿子灵灵始终满怀感激之情！"依多尔动情地插话。

施密特博士请路德博士向与会者介绍安格莉卡·弗罗伊德女士的情况。

2012年夏季，路德博士陪同依多尔在德国首都柏林参观"欧洲纳粹大屠杀犹太人纪念碑"。途中，遇到一位美貌少女陪着一位牵着牧羊犬的白发老奶奶走在纪念碑旁的同一条街上。突然，那只牧羊犬猛然挣脱皮链，从依多尔的后方猛扑过来，一口咬住了他的左腿！那位老奶奶惊慌失措，无气力地对那只犬喊着：特奥，站住！特奥，站住……那嘶哑声似乎也让那只牧羊犬心肠颤抖了，它松了口，乖乖地蹲坐在一旁，像是一个知道犯了错误的孩子等待训斥和惩罚。此刻，只见鲜红的血液润湿了依多尔的裤腿。那位美貌少女见此情势，立即报警。

在医院里，那位白发老奶奶偕同那位美貌少女向依多尔表达了深深的歉意，在交谈过程中，依多尔和路德博士得知，那位老奶奶是莉娜·弗罗伊德夫人，柏林国家音乐与造型艺术学院教授；那位美貌少女是她的孙女安格莉卡·弗罗伊德女士，暑假期间陪同奶奶前来参观"欧洲纳粹大屠杀犹太人纪念碑"。那只名为"特奥"的德国牧羊犬，由于不习惯外星人特有的体味，出于保护主人的意识奋起攻击依多尔，致其腿部受伤。也正因此，依多尔和路德博士结识了安格莉卡和她的奶奶。

在与安格莉卡和她的奶奶的谈话中得知，安格莉卡是位德国姑娘，在巴黎大学攻读人类学学士学位。当她得知依多尔先生来自外星球，正在路德博士陪同下在地球上寻找他失散的儿子后，激动地说："我是学习人类学的，可我不满足于学习和研究日耳曼人、法兰克人、盎格鲁—撒克逊人，凯尔特人，更热望学习和研究外星人！多么难得啊，能够有机会与外星人相识！"并表达了愿意陪同依多尔先生在地球上寻找他失散的儿子。

在依多尔恢复健康之后，安格莉卡协同依多尔、路德博士陆续踏上了法国、梵蒂冈、意大利、瑞士、英国、美国的旅途。

在法国巴黎，他们欣赏时装表演，议论单身女性；在蓝色海岸，他们讨论婚姻形式；在格勒诺布尔，寻觅依多尔儿子灵灵的足迹。在梵蒂冈，依多尔遭遇卡斯罗犬发威；在意大利米兰，他们观看米兰"德比"足球比赛。在瑞士伯尔尼，他们遭遇入境签证问题。在英国剑桥，他们质疑人类起源学说；在伦敦格林尼治天文台，他们从地球观测类地球。在美国华盛顿白宫旁，他们辩论人类因女性优生更进化问题；依多尔遭遇史宾格猎犬跟踪，依多尔遭遇涉嫌毒品被侦查。在普林斯顿高等研究院，他们聆听教授阐述《爱因斯坦的上帝》论题。在美国纽约，他们拜访单身母亲家庭，他们再次寻觅依多尔儿子灵灵的足迹。

在纽约时，安格莉卡决定停下从美国前去东方旅行的脚步。尽管她多么渴望，在了解人类西方文化的同时也能了解人类东方文化；她多么想有更多的时间与他们在一起协助依多尔先生最终找到他亲爱的儿子。然而，她必须返回欧洲；在巴黎大学完成学士学位后，进入英国剑桥大学，以"人类因女性优生更进化"为研究课题继续人类学研究。

德国航天与航空研究院总部了解了安格莉卡·弗罗伊德女士的有关情况后，决定邀请安格莉卡·弗罗伊德女士前来参加讨论和制订"从地球飞往天然星的星际航行方案"。

安格莉卡收到德国航天与航空研究院总部邀请电讯后，立即从英国剑桥大学赶赴德国科隆附近的研究院总部，会见路德博士、依多尔和施密特博士。

在研究院总部，施密特博士向安格莉卡转述了天然星天文台今日发布的重要消息和拟议中的探索天然星方案：

根据天然星天文台发布的重要消息：天然星天文学家长期追踪一颗掠过天然星上空的未知星球，并拟从天然星宇宙飞船发射场发射一艘无人驾驶的"苍天号"宇宙飞船，"苍天号"将搭载在这颗未知星球上飞往尚未探明的一颗蓝色星球。

据此，德国航天与航空研究院与美国国家航空航天局拟联合从地球发射一艘"追星号"宇宙飞船，同样搭载在这颗掠过地球上空的未知星球上，继而飞往天然星。依多尔父子将乘这艘宇宙飞船返回天然星故乡。

"依多尔父子将乘宇宙飞船搭载这颗未知星球飞往天然星"的消息，让安格莉卡激动不已、心花怒放。

"O, Gott!（啊，上帝！）我也要去天然星！"安格莉卡喊道，这是安格莉卡听到施密特博士向她传递的消息后的第一反应。

**飞往天然星**

依多尔在德国航天与航空研究院向有关科学家们，并通过网络视频向美国有关科学家们讲述了他与儿子灵灵从天然星到达地球的惊险星际航行；依多尔父子的这一惊险的星际航行经历启发科学家们思考和制订依多尔父子从地球返回天然星的星际航行方案。

路德博士圆满地完成了陪伴依多尔在地球上寻找失散儿子以及认识地球的环球旅行。不久，他将回到德国马克斯·普朗克协会固体研究所继续从事微重力环境下晶体生长实验研究工作。

路德博士郑重地推荐安格莉卡陪同依多尔父子乘宇宙飞船飞往天然星。他认为安格莉卡具有人类学专业知识；不仅精通德语、法语、英语，可与依多尔父子无障碍交流；还是一位不平凡的魅力女性，深得依多尔父子喜欢，她将会在结识和认识天然星人的诸多方面，为地球人认识天然星和天然星人做出杰出贡献。

安格莉卡向德国航天与航空研究院总部正式递交了"申请陪同依多尔父子乘宇宙飞船飞往天然星"的报告。

恰在此时，依多尔也向德国航天与航空研究院表达了邀请安格莉卡陪同他们父子乘宇宙飞船飞往天然星，欢迎安格莉卡在天然星依多尔庄园一起生活。究其原因，一方面，安格莉卡女士志愿陪同他旅行欧洲和美国，寻找他失散儿子的漫长时间中，对他们帮助巨大；另一方面，他凭借自身感觉已经确认，天然星人之间的电磁感应特异功能强大，而天然星人与地球人之间的电磁感应特异功能微弱，这种电磁感应特异功能的差异将能够在天然星世界里发挥极为特殊的作用。

最终，德国和美国的国家航空航天局都同意了这一请求，与此同时，他们请安格莉卡·弗罗伊德女士缜密地考虑到地球人对于天然星的处女航行所蕴含的未知性和潜在的危险性。

少女安格莉卡对于星际处女航行所蕴含的危险性已深思熟虑，尽管她尚处于单身状态，没有结婚，也没有孩子，她深爱父母，尤其时时刻刻想念年迈的奶奶，然而，作为一名人类学研究者，她非常痴迷于认识地球以外的星球和在外星球上生活的外星人类，她非常珍惜也许是人生唯一的一次机遇。她决定陪同依多尔父子乘宇宙飞船飞往天然星，即使由于各种原因，她不能再次返回地球，也绝不后悔！

在有关科学家和技术人员精心准备和努力工作下，"追星号"宇宙飞船装备完毕，静静地耸立在美国星际航行中心宇宙飞船发射场待发。科学家们为依多尔父子和安格莉卡乘"追星号"宇宙飞船飞往天然星制订了详尽的星际航行方案。

终于到了飞行的这一天，依多尔父子和安格莉卡穿着羽翼飞行服，适时登上待命起航的美国"追星号"星际航行宇宙飞船。

依多尔具有丰富的驾驶宇宙飞船飞行经验。当他还在天然星时，就曾驾驶宇宙飞船飞返于天然星与天使星之间；那是他驾驶宇宙飞船从天然星飞至天使星，再从那里返回天然星的有趣的星际旅行。

如今，依多尔父子和安格莉卡是在地球上，依多尔将驾驶"追星号"宇宙飞船从地球飞往天然星。

当那颗被观测到的未知星球从天然星上空运行至地球上空时，依多尔及时发动"追星号"宇宙飞船核驱动器，离开这颗在星际间被视为"蓝色星球"的地球，飞向那颗运行至地球上空的未知星球。当"追星号"宇宙飞船飞抵这颗未知星球附近时，依多尔操纵核驱动器，适当降低"追星号"宇宙飞船飞行速度，与未知星球同步飞行。依多尔操纵核驱动器，再次适当降低"追星号"宇宙飞船飞行速度，驾驶宇宙飞船成功在这颗未知星球上软着陆。

此刻，依多尔透过"追星号"宇宙飞船里的望远镜惊奇地发现，一艘未知的宇宙飞船正静静地停留在那颗未知星球上。

依多尔透过望远镜仔细地观察这艘停留在这颗未知星球上的未知的宇宙飞船的造型和表层结构，惊喜地发现：它表面上用天然星文字鲜明地标示着——"天然星探险号"。依多尔顿时明白，它是天然星航天与航空局发射的探索性宇宙飞船！

事实上也确实如此。天然星航天与航空局的科学家们曾观测到过一颗按独自运行轨道运行的未知星球掠过天然星上空，飞向一颗"蓝色星球"。光阴荏苒，当这颗按独自运行轨道运行的未知星球从"蓝色星球"返回并抵达天然星上空时，天然星航天与航空局的科学家们从天然星宇宙飞船发射场遥控发射了无人驾驶的"探险号"宇宙飞船，并遥控其在这颗未知星球上软着陆；意图在于，让搭载在这颗未知星球上的"探险号"宇宙飞船在飞临到他们先前观察到的那颗"蓝色星球"上空时，对于"蓝色星球"进行地貌拍照和对其表层气体进行分析，并将图片和数据发送回天然星航天与航空局。

这颗未知星球运载着依多尔父子和安格莉卡乘坐的"追星号"宇宙飞船以及那艘无人驾驶的"探险号"探索性宇宙飞船，按其独自运行轨道逐渐飞离"蓝色星球"——地球上空。

时间流逝，星际空间一片黑暗。依多尔父子和安格莉卡乘坐的"追星号"宇宙飞船搭载在这颗未知星球上，远离地球所属的太阳系，依多尔父子和安格莉卡以"追星号"宇宙飞船里储存的食物、水以及压缩空气维持生存。

不知过了多么漫长的岁月，星际空间再次变得明亮，这颗未知星球运载着依多尔父子和安格莉卡乘坐的"追星号"宇宙飞船以及那艘无人驾驶的"探险号"宇宙飞船，按其独自运行轨道再次飞临天然星上空。

**抵达天然星**

依多尔和儿子灵灵与安格莉卡乘坐"追星号"宇宙飞船搭载在一颗未知星球上，在黑暗的星际空间飞行。不知过了多么漫长的岁月，星际空间再次变得明亮；"追星号"宇宙飞船搭载在那颗未知星球上，穿越星系空间，终于飞抵天然星上空。

"看啊，那颗蓝色星球真美啊！"安格莉卡透过"追星号"宇宙飞船的舷窗，看见一颗美丽的蓝色星球不由自主地感叹道。依多尔和灵灵同时凑近舷窗观望。

"啊，我们的天然星！它真美啊！"灵灵高声喊道，自然，他是用天然星语在欢呼，他久久滞留在舷窗旁凝神观望。

"像在梦幻中一样，难道我们又返回到地球上空？"安格莉卡用德语问依多尔，睡意尚存的目光中流露出惊异和好奇。

"不，安格莉卡，我们已经抵达天然星上空！从太空望去，我们的天然星也像地球那样是一颗蓝色星球啊！我们的天然星所在的星系，类似你们的地球所在的星系。"依多尔用德语向安格莉卡讲述，兴奋之情溢于言表。

"我们居住的地球是太阳系中的一颗行星，"安格莉卡插话，"太阳系中的太阳是恒星，环绕它旋转的8大行星，从近到远依次为水星、金星、地球、火星、木星、土星、天王星、海王星；其中有的行星尚有卫星，譬如，月亮为地球的卫星。"

依多尔在思考，如何向一位不懂天然星语的地球人称谓星球名称和讲解天文学知识呢。他讲道："我们居住的天然星是天阳星所属的星系中的一颗行星，天然星所属的星系叫作——怎么说好呢？按地球上的德语谐音，可以称天然星所属的星系为'天阳星系'。"

"天阳星系？"安格莉卡表示赞赏，"这表明，你们的天阳星系中存在一颗发光的恒星，它叫'天阳'！对吧？"

"安格莉卡，你很聪明！"依多尔继续解释说，"正是这样！天阳是一颗恒星，就像你们的太阳，它是一颗类似太阳的'类太阳'。像你们的地球环绕太阳运行那样，我们的天然星环绕天阳运行。恒星天阳让我们的星球有了白天和黑夜，让我们接受光与热，让我们感觉温暖和舒适。天阳的光和热让我们的天然星上的动物、植物、微生物得以存活和生长。"

安格莉卡久久地停留在宇宙飞船的舷窗旁，凝神观望星际空间的美妙景观。

安格莉卡看见了蓝色星球外围飘浮的白色云带，它们飘浮在蓝色星球的外围空间；依多尔告诉她，这是天然星外围飘浮的气体流，天然星外围的大气层由氮气、氧气等许多气体组成。

安格莉卡看见了蓝色星球表面呈现蓝色和白色交相映照的景象；依多尔告诉她，这是天然星表面的水和陆地反射天阳光线映现出的美丽景观。在天阳光照耀下，水面映现出亮丽的蓝色；构成陆地的矿物质反射天阳光，陆地映现出闪亮的白色条带。天然星上空的大气，天然星表面的水和陆地，与天阳的光和热一样，同样是天然星上的动物、植物、微生物得以存活和生长的必要与充分条件。

天然星上的生存环境温度，除与星体本身的物质及其特性有关外，最直接的因素是与它环绕运行的恒星天阳有关，譬如天阳的发光、发热强度，天阳与天然星之间的距离，天然星环绕天阳运行的轨道状况；然而，这并不意味着，天阳大小需要与太阳大小相同或者相近似，天然星大小、运行周期（决定季节）、自转周期（决定昼夜）需要与地球大小、运行周期、自转周期相同或者相近似，关键的问题不在这里，而在于天然星接收了天阳传播或者辐射的光与热，在天然星上形成的温度要合宜，适合人类生存。换句话说，天阳与太阳可以是不同大小的，天然星大小、运行周期与地球大小、运行周期可以是不同的；但是，由上述因素综合产生的天然星上的生存环境温度效果，应是与地球上的生存环境温度大体相当的，以便为天然星上的人类、动物、植物、微生物创造生存的条件。

"天然星上的气温很高吗？像我这样的地球人能够适应生存吗？"安格莉卡的声音里流露出些许不安。

"天阳与太阳的大小、发光强度类似。天然星与地球的形状类似，但是，天然星与地球的大小却有差异。地球赤道半径达6378.2千米，地球极半径6356.8千米；但是天然星的赤道半径和极半径都比地球小些。地球绕太阳运行的轨道为椭圆形，近太阳点的距离为14710万千米，远太阳点的距离为15210万千米；天然星绕天阳运行的轨道也为椭圆形，但是，它的近天阳点和远天阳点的距离相对于地球的近太阳点和远太阳点的距离大些。于是，形成天然星上的气温相对于地球略许低一些。"

"依多尔先生，你讲得过于专业和复杂了，你能简单地用一两句话说明吗？"安格莉卡以温和的口气问道。

"啊，对不起。我想说，天阳与太阳的大小、发光强度类似，天然星比之地球略小，天然星距天阳的距离比之地球距太阳的距离略远，于是，天然星上的气温相对于地球略许低一些。"依多尔解释说。

此时，这颗未知星球已经飞临天然星上空。

此刻，依多尔机智地注意到，停泊在这颗未知星球上的"探险号"宇宙飞船已经启动，并脱离了这颗未知星球。依多尔凭借他过去驾驶宇宙飞船往返于天然星与天使星之间的经验判定，"探险号"宇宙飞船正在启动降落天然星的程序，于是，他适时发动"追星号"宇宙飞船核驱动器，飞离这颗未知星球，并按"探险号"宇宙飞船运行轨道飞行。

"探险号"宇宙飞船适当降低飞行速度，与天然星同步飞行。

依多尔适时操纵核驱动器，适当降低"追星号"宇宙飞船飞行速度，同样与天然星同步飞行。

"探险号"宇宙飞船再次适当降低飞行速度，"探险号"宇宙飞船安全地降落到天然星宇宙飞船降落场。

依多尔操纵核驱动器，适时再次适当降低"追星号"宇宙飞船飞行速度，"追星号"宇宙飞船同样安全地降落到天然星宇宙飞船降落场。

就这样，天然星航天与航空局的科学家们以遥控"探险号"宇宙飞船，使其成功地脱离了那颗未知星球，安全地降落到天然星宇宙飞船降落场；也正是"探险号"宇宙飞船的运行模式，引导依多尔驾驶的"追星号"宇宙飞船同样安全地降落到天然星宇宙飞船降落场。

至于那颗未知星球，它按其独自的运行轨道，飞离天然星上空，逐渐消失在茫茫的星际空间中。

## 第 2 章 天然星生活

**依多尔之家**

伊迪奥特驾驶"追星号"宇宙飞船,在"探险号"宇宙飞船引导下,在天然星宇宙飞船降落场成功软着陆。

依多尔父子和安格莉卡穿着羽翼飞行服离开"追星号"宇宙飞船,踏上天然星土地。依多尔直立在大地上,一双手臂举起,仰头向蓝天,抒发谢天谢地之情。

依多尔父子引导安格莉卡驾驭羽翼飞行服起飞,飞向依多尔庄园。这种羽翼飞行服是一种可自行驾驭的全封闭的动力飞行服,也是一种喷气动力飞行器。他们从天然星宇宙飞船降落场出发,升空至三维交通网络的陆地上层,那里的交通相对稀疏,便于他们迅速飞行至城区上空。在蔚蓝的天空中,他们自由自在地翱翔,欣赏天空与地面上的美景。

安格莉卡以极其兴奋、极其好奇的心情从清澈的天空俯视天然星的广漠大地,天然星的原野、田园、河川、山岳、丘陵和海岛让安格莉卡赏心悦目。

大地的原野上树木和青草一片葱绿;田园上满目大片农田和绿地,在绿地上可见形状奇特,颜色各异的农舍;河川纵横交错，山岳峰峦挺拔，丘陵青葱蜿蜒，海岛于滔滔海水中星罗棋布。

当他们飞行至依多尔庄园上空时，依多尔的妻子依多丽雅和女儿美美靠着天然星人之间的电磁感应特异功能，已经感知到依多尔父子的来临，然而她们感知不到地球人安格莉卡正随同依多尔父子飞临依多尔庄园。

依多丽雅母女怀着无法用语言表达的喜悦心情，早早地站在庄园住宅前的草坪上，目不转睛地仰望着蔚蓝、清澈的天空，等待身着羽翼飞行服的依多尔父子出现！

依多尔父子引导安格莉卡飞翔、飞翔，从依多尔庄园上空俯瞰秀美的庄园住宅、草坪和园林，他们从庄园上空成功降落到庄园住宅前的草坪上。

回家的时刻，那是怎样的时刻啊！到家的感觉，那是怎样的温暖啊！

依多尔将女儿美美抱起来，和妻子、儿子灵灵紧紧地拥抱在一起，妈妈不时地亲吻儿子的面颊，再也抑制不住心中的激情，流下欣喜的热泪。

安格莉卡站在他们几步远处，不想惊动他们幸福团聚的时刻。她在想，人们说，外星天然星人之间，身体接触部位面积越大，电磁感应特异功能越强，传递的信息量越多，感受越发强烈；这种说法是对的，在依多尔阖家相聚的瞬间得到了验证。

这时，一只白色皮毛、黑色斑点的小狗从哪里突然径直地跑向安格莉卡，它围着安格莉卡身边转来转去，用它的鼻子嗅来嗅去，不时用它的前爪抚摸她的羽翼飞行服，这着实让安格莉卡吓了一跳！最先觉察到此情此景的是依多尔的女儿美美，她冲着小狗大喊："XX，XXXXX！"（天然星语）那只小狗依然围着安格莉卡身边转来转去，美美立即跑过来，蹲下，想用双手把它抱走，但是小狗不依不饶。这时，依多尔见此情景，立即走向美美和那只小狗，用天然星语命令小狗离开，小狗依然我行我素。

"安格莉卡女士，这是我的女儿美美，这只小狗是它的宠物犬汪汪！它一向乖巧，绝对听从美美的指令行事，也不知道它今天怎么了？"依多尔用德语向安格莉卡解释，依多尔感到十分抱歉，他还没有向依多丽雅和美美介绍安格莉卡与她们相识呢！

"安格莉卡女士，来自地球的客人，她陪同我和灵灵从地球来到天然星。"依多尔介绍安格莉卡与妻子和女儿相识。依多尔为她们与安格莉卡之间的交谈做翻译。

"很高兴与你相识，我们的尊贵客人！美美，快向阿姨问好！"

"阿姨好！"

"美美好！很高兴与你们相识，成为你们家的客人！"

安格莉卡与依多丽雅握手，并温柔地抚摩美美的秀发。

当安格莉卡与依多丽雅握手时，安格莉卡立时感觉到一小股生物感应电流流进她的身心，让她感到身心温暖和畅快。

依多丽雅和美美是安格莉卡有生以来第一次见到的外星人母女。在安格莉卡看来，依多丽雅像是地球上的31、32岁的女人，依多丽雅比地球上的女人身材更高，胸部更丰满，臀部更宽大，性感富有魅力。女孩美美，在地球人看来像是地球上的八九岁的女孩，圆润的面庞，明亮的大眼睛，神态活泼，有灵气，体态婀娜，具有自然美，与地球上的女孩相像。

依多丽雅和美美陪同依多尔、灵灵和安格莉卡从庄园草坪走向他们的住宅。汪汪紧跟在安格莉卡的身后形影不离，这让美美十分迷惑，也让她感到一丝的妒意。

依多尔走近女儿，亲切地与女儿对话，当然是用天然星语了！在一旁的安格莉卡一句话也听不懂。谈着谈着，只见美美拍着双手说了一句什么。

安格莉卡现出茫然和无可奈何的表情，于是，依多尔将他与女儿的谈话用德语翻译给她听。

我问女儿："美美，你感觉到空气中弥漫着一种幽香吗？"美美动了动鼻子嗅了一下，之后说道："啊，我嗅到了空气中弥漫的幽香！"

我告诉女儿："安格莉卡来自遥远的外星球地球。他们地球人，女人和男人，特别是少女的身体能够向周围环境散发一种特别的幽香，你刚刚嗅到的这种幽香就是安格莉卡身体散发的幽香啊！"

"有趣，真有趣！"美美拍手喊道。

我告诉女儿："这种幽香让我们天然星人感到特别，在地球上我能够经常嗅到这种特别的幽香。自从我们一行人来到庄园草坪，汪汪的所有怪异举动让我想到，汪汪以它灵敏的嗅觉一定嗅到了这种幽香，这种幽香让汪汪陶醉呢！"

恰在这时，依多丽雅正与灵灵走在前面谈着什么，她回头冲着依多尔、女儿以及安格莉卡这边喊道："你们谈什么呢，谈得那么高兴？快快进屋吃点什么吧，都饥肠辘辘了吧？"

**迎亲快餐**

依多丽雅与儿子灵灵边谈边走，从住宅草坪走向住宅；几步之外，依多尔与美美、安格莉卡加快脚步跟了上来。安格莉卡来不及多看几眼外貌奇特、色彩斑斓的依多尔家住宅，亦随同依多尔及其家人走进令人眼花缭乱的住宅客厅。汪汪紧随安格莉卡身后，依然形影不离。

依多尔、灵灵和安格莉卡尚未来得及脱去羽翼飞行服，依多丽雅面对站在客厅的家人和安格莉卡，轻声问："安格莉卡女士，你是我们家的客人，你愿意去饭店吃正餐，还是留在家里吃快餐解决饥肠辘辘问题？"当然，在需要的情况下，依多尔总是为家人和安格莉卡的谈话做翻译的。

"快餐？天然星快餐？我十分好奇，天然星快餐是什么样子！"安格莉卡爽快地问道。

"好！反正你们也都累了，又必须马上更衣、洗澡，我们就在家里吃快餐吧！"依多丽雅说。

然后依多丽雅用手机给快餐店下单预订快餐。快餐店不出20分钟就可以将快餐送到手机所在的定位地点或者指定地点，并依据手机上的付费代码自动完成缴费。当订餐地点距最近快餐店很近，采用人工送餐；距最近快餐店稍远，则采用网络定位、无人驾驶小型飞行器运送快餐。

"你们从地球发来的即将飞返天然星的信息，经我们星球科学家解码，已经以电子网络转给我。"依多丽雅对他们说，"我与美美欣喜若狂啊！只是，你们到达的精确时间尚难以确定；否则我会准备大餐欢迎你们安全归来啊！"

"我们何尝不是心急如焚啊！"依多尔说，"只是存在许多难以确定的因素，譬如，未知星球到达地球上空的时间，从地球上乘坐宇宙飞船进入未知星球运行轨道的时间，乘坐宇宙飞船降落到未知星球的时间，乘坐宇宙飞船并搭乘未知星球进入天然星运行轨道的时间，以及乘坐宇宙飞船降落到天然星上的时间，等等。"

"你们安全回家就是最好！"美美插话。

安格莉卡身着一种休闲装束，从客房缓缓走进客厅。她身着红色短袖T恤上衣、白色短裤、白色球鞋，腰间一条白色带子摆来摆去。

"呀，你真漂亮！"美美用简洁的语言赞美安格莉卡，汪汪摇着尾巴，仰头张望。

就在此时，一架无人驾驶的小型送餐飞行器降落到住宅草坪上。依多丽雅母子走近飞行器取出所订快餐，随后用手按动飞行器上的一个按钮，飞行器自动起飞返回快餐店。

在餐厅，灵灵协助妈妈将快餐盒和瓶装饮料从包装箱中取出，摆放在餐桌上。大家围坐在餐桌旁，安格莉卡对摆在餐桌上的快餐感到十分好奇。

"这是洪堡，这是比尔。"美美指着食品和饮料向安格莉卡介绍。

"洪堡是什么？比尔是什么？"安格莉卡问。

"洪堡？"依多丽雅指着一个包包解释，"一种夹层的熟面包，面包被切成片，每片间夹有熟肉末和多种不同的新鲜蔬菜。"

"肉？什么肉？动物身上的肉吗？"安格莉卡问。

"不，不是的。"依多尔解释，"它们都是人造肉啊！我们天然星科学家在工作室里从牛、羊、猪等动物身体中提取了干细胞，并成功地将其转化成相应的肉类，成功地研究出批量培育成相应肉类的方法。"

"这种人造肉的营养价值如何？"

"这种由动物身体中干细胞转化的人造肉类与动物肉类含有

相同的组成成分,按精确的比例含有不同种类的脂肪、蛋白质、碳水化合物、维生素、糖类、无机盐、矿物质,等等。人造肉营养很好,口感也很好。"依多尔继续解释。

灵灵和美美已经等不及,每人拿起一个洪堡,咬一口咀嚼起来。

"比尔是什么?"安格莉卡指着一个瓶装饮料问。

"比尔是一种啤酒饮料,但是请注意,它是一种具有啤酒的所有营养,却不含任何酒精的啤酒。"依多尔回答。

"啊,太好了——人造肉洪堡,无酒精比尔!"

依多丽雅为在座的每个人斟满一杯比尔,她首先举杯说道:"祝贺亲人安全回家,欢迎安格莉卡女士来我们家做客!干杯!"在座的每个人应声齐喊:"干杯!"

大家一起津津有味地吃着洪堡,喝着比尔。

"洪堡和比尔的味道好极了!"安格莉卡细心地品味洪堡和比尔,接着说:"这种洪堡的口味很像地球上的汉堡呢!"

"我知道,在地球上的麦当劳汉堡和肯德基炸鸡都是著名的快餐品牌,不过我在地球上从未吃过它们!"依多尔说。

"为什么,爸爸?"美美好奇地问。

"孩子,你问问你哥哥,他知道答案。"

"地球上的肉不是人造肉,都是猪、牛、羊、鸡、鸭等身体上的动物肉啊!"灵灵说。

"安格莉卡女士,你们地球上没有人造肉汉堡吗?"依多丽雅问。

"人造肉汉堡?从来没有在快餐店看到过什么人造肉汉堡。"安格莉卡爽快地回答。过了一会儿,她像是突然想起了什么,于是说道:"啊,人造肉汉堡?"

"是的，人造肉汉堡。"

"啊，对不起！我新近在地球上读过一篇新闻报道，报道地球科学家将牛的干细胞转化成人造肉，并且使用从鱿鱼和扇贝中获得的胶质来制作肉条，用培育的人造肉制成熟肉片，用面包片夹熟肉片和新鲜蔬菜，制造成地球上的第一个人造肉汉堡！"安格莉卡说。

"阿姨，你说地球人到现在只造出一个人造肉汉堡，是吗？"美美问。

"是的，美美。"

"那么，是谁吃了这个人造肉汉堡呢？"美美对此十分好奇。

"没有人敢吃，再说也吃不起啊！"

"什么叫'吃不起'啊？"美美再问。

"科学家为制备这个人造肉汉堡用去许多钱，据报道，这个人造肉汉堡的成本价就达22万英镑之多！用这笔钱可以在地球上买到至少22万个动物肉汉堡呢！"

"哇，我们可以把我们的洪堡运到地球上去卖啊！"美美异想天开地说。

"孩子，你的想法过于天真了！"依多丽雅说，"你还没有考虑到洪堡的运费和食品保质期呢！"

安格莉卡的好奇心转换到比尔上，她问："你们的比尔的口味很像我们地球上的无酒精啤酒啊！"

"你们地球上的无酒精啤酒也像人造肉汉堡那样贵吗？"美美又问。

"不，美美，它的价格与普通啤酒的价格一样便宜，我在家乡德国经常喝这种无酒精啤酒；它是用名为大麦的植物酿造的，又不含有酒精，长期饮用有益于身体健康。"

汪汪主动地走向餐桌边美美的身旁，用前爪扒在桌边，用后腿支撑站立在地毯上，以渴求的目光望着在餐桌旁吃快餐的美美；看来，地球人身体散发的幽香是不能解决"饥肠辘辘"问题的。

天然星人也像某些地球人家庭那样，将他们家的宠物犬视为家庭成员；依多尔家人视他们的汪汪为其家庭成员。每当用餐时，美美都同时专为汪汪准备一份狗食罐头食品，它总是伏在它的专用餐桌上用餐的。它的专用餐桌很矮，放置在餐厅大餐桌旁边；汪汪也学美美那种用餐方式，它将前爪放在它的专用餐桌上，屁股坐在餐厅地毯上，但它用嘴来叼食物，用舌头来舔饮料或汤。

这天，依多尔父子从外星球安全回到家里，又有外星客人从地球来，让美美特别高兴，给汪汪加餐。汪汪额外得到一份洪堡，不过那绝对不是地球上的动物肉汉堡，否则那份洪堡就不是纯正的洪堡，天然星上的狗会不吃的。

**依多尔庄园**

用过快餐之后，依多尔陪同安格莉卡来到客厅叙谈。

谈话过程中，安格莉卡流露出对天然星人住宅的好奇，依多尔陪同安格莉卡参观自家的住宅。他们从住宅大门走出，沿着住宅外缘漫步。

依多尔家的这座住宅给安格莉卡的第一印象就是外貌奇特，色彩斑斓。它的墙体和房顶全部是由曲面构成的，这种曲面没有办法描绘清楚，原因在于它们具有各式各样的形状，各种各样的色彩。

在安格莉卡看来，它与地球人居住的六面体平面住宅几乎没有相似之处。这座住宅是一座双层椭圆形住宅，面积足有千余平方米；上层为依多尔夫妇、灵灵、美美的起居室，以及汪汪的"起居室"，此外还有三套客房；下层为客厅、书房、餐厅、厨房、游戏室、健身房、储藏库。上层椭圆体建筑外缘和下层椭圆体建筑外缘的房间，皆由各层的走廊连接起来，呈现出一个从外向内的，由外椭圆的房间群、走廊和内椭圆休闲空地构成的立体空间。

这座民宅让安格莉卡联想起地球上的迪斯尼乐园建筑，但是，它的外貌远比迪斯尼乐园建筑更为奇特，色彩更为斑斓。建筑材料轻便、耐用和符合环境保护要求，住宅轻便、坚固、耐用。

"依多尔先生，住宅轻便的优越性在哪里？"

"我们的住宅的许多建筑构件单元本身的重量就轻，而且是中空的。可以想象，我们住宅的建筑构件单元与同等体积的水泥材料的重量是不成比例的。住宅轻便的优越性首先在于，它便于建造，便于拆迁，便于运输……"

"依多尔先生，你说什么——'便于运输'？"

"是的，便于运输。我们可以在将整体住宅分解成几个部分以后，在陆地上轻易地移动或者搬迁这几个单元的房子，也可以在空中运输它们，譬如用交通工具水陆空飞船吊起，我这里说的是'吊起'，并不是'装载'它们，而是在空中无须装载地运输它们，并在新地点重新组装它们。"

"那么轻的房子会被风掀翻或者吹走的吧？"

"不会的。住宅整体是用建筑物构架固定在土地上的。而且，我还想说，由于住宅整体重量轻，它很难因为发生地震而受到损伤；我在地球生活的那段时间里，依多丽雅母女曾经传来信息，在我们住宅地区发生地震,而我们的住宅没有出现断裂或倒塌一类的损坏。"

"关于那次地震,依多丽雅母女怎样叙述的,我很好奇呢!"

"依我的记忆,美美在日记中写道:'今日凌晨我们住宅地区经历了一次强级别地震,震级虽高,但裂度不大。由于我们家住宅材质轻便坚固,整体椭圆结构设计科学,因而未造成房屋整体结构损坏或财产损失,只是损坏了厨房的一些餐具,然而,我们家的宠物狗汪汪受到惊吓,它长久立卧不安,我把它搂在怀里,一起观看动物乐园影视节目。'"

"美美和汪汪真是太可爱了!"

他们沿着住宅外缘漫步一圈,回到住宅大门前。安格莉卡仰头见到一个亮丽的蓝底白字的牌子,上面写有两组她不认识的符号;那两组符号各自的第一个符号分别有点像希腊字母 ξ 和 ψ。

"依多尔先生,请问:那牌子上写的是什么?"

"那是我们家住宅的地址,由两组字母和数字组成。译成地球人能懂的字母和数字为 'J123.7654 — W456.9876'。"依多尔解释说,"标示天然星房子的地址,不像地球上那样用街名和门牌号码,而是用相当精确的经度和纬度。我们家住宅位于经度 123.7654 与纬度 45.9876 的交叉点上。"

"那么,既然没有街名和门牌号码,人们如何定位房子所在的地点啊?"

"人们只要在电脑或者手机上输入经度和纬度代码,立即在其屏幕上显示出地址区域详图。所有的电脑或者手机都具有自定位功能,这就意味着,人们可以随时随地知道:我在哪里?我要去的地方在哪里。"

"真有趣!"

他们一同步入住宅大门，走回客厅。

**天然星语**

安格莉卡的母语是德语，她精通法语、英语，完全不懂天然星语；当她与依多尔家人或者其他天然星人交谈时，则必须依赖依多尔或者灵灵做翻译。语言问题成为安格莉卡在天然星生活中急迫需要解决的问题。安格莉卡渴望学习天然星语，于是请依多尔帮助她学习天然星语。

当依多尔初到地球的时候，是路德博士辅导他初学德语的。路德博士注意到，依多尔，作为天然星人，具有超高的语言天分，比之地球人的语言天分绝对有过之而无不及。依多尔理解力与记忆力超强。他的理解力超强表现在他不仅能够通过谈话人讲的语言，还能够通过对谈话人察言观色及感知其情感变化来理解谈话人所讲的语言内容；他的记忆力超强表现在对德文26个字母及3个变音字母（Ä、Ö、Ü）、日常用语一次过目而永不忘记。

安格莉卡学习天然星语的情形，与依多尔在地球上学习德语的情形有相似之处，却也有不同之处。相似之处在于，安格莉卡在初学阶段，是在依多尔辅导之下学习天然星语，学习并掌握了天然星语字母的发音和一定数量的基础单词。天然星语共有52个字母，为拉丁语26个字母的一倍。显然，按字母组成单词的排列组合可能性计算，天然星语言的词汇总量远远高于拉丁语词汇总量。不同之处在于，安格莉卡根本没有到天然星语言中心学习过天然星语。天然星语言中心是为以天然星标准语为母语的天然星人学习其他方言的地方。

在依多尔辅导下，她学习了6周的天然星语字母名称、发音、基础单词、基础语法，以及常用语句之后，开始自学天然星语。

　　当安格莉卡能够使用天然星语做简单对话后，依多尔的女儿美美几乎与她形影不离地帮助她提高天然星语会话能力、阅读能力。在这一过程中，她们相处得更加亲密，成为无话不谈的亲密姊妹。

　　安格莉卡与美美天天聊天，这种聊天为她们俩带来许多快乐，更为安格莉卡学习天然星语的生活用语带来极大的帮助。

　　美美想知道地球上的女孩的生活、爱好。她们喜欢怎样的时装？她们喜欢怎样的发型？她们喜欢何种音乐？她们喜欢何种舞蹈？她们怎样结交男朋友？她们在什么年龄时谈恋爱？她们喜欢成家结婚吗？她们的婚礼啥样子？新娘新婚礼服啥样子？等等。

　　依多尔全家人都尽可能地与安格莉卡只用天然星语交谈。

　　安格莉卡语言能力进步神速。依多尔开始有意识地教她熟悉天然星人使用的电脑，运用互联网大量阅读书刊杂志，了解天然星与天然星人的过去、现在和未来，了解天然星人创造的文学、艺术、科学、教育等方面的文化精华。依多尔还为安格莉卡准备了几本有关游历天然星的书籍，请她仔细阅读，一方面为提高天然星语能力，另一方面也为未来可能的旅行做好准备。

# 第 3 章 特异电磁感应

**社区舞会**

夏日一天的傍晚，依多尔与妻子依多丽雅陪同安格莉卡参加社区舞会。他们乘坐私家水陆空飞船，从位于邦联田洲域的依多尔庄园住宅花园草坪启程，升空至三维交通网络的上层网络。从城区上空降落到位于原野域的社区舞厅附近的交通站点，然后步行进入社区舞厅。

这种社区舞会是一种社区人的公共娱乐场所，舞厅宽敞、装饰讲究，自由参与，无须入场券。

舞会开始前，百余社区公民陆续来到舞厅广场。他们穿着得体，神情轻松；女士们多穿紧身长、短连衣裙，凸显女性曲线美；男士们多穿短上衣和长裤宽松装。这天，依多丽雅和安格莉卡皆穿长连衣裙，显现飘柔文雅；依多尔则穿短上衣和长裤宽松装，显现浪漫洒脱。

庞大的乐队为舞者伴奏，不时有歌手一展歌喉。

乐队演奏的音乐响起，舞者伴随乐声翩翩起舞；依多尔与依多丽雅陪同安格莉卡安坐舞池旁观望。

乐队演奏的音乐不时变换，舞者伴随乐声变换着舞步与舞姿。

"安格莉卡，你有兴趣学习跳舞吗？依多尔愿意陪同你跳舞。"依多丽雅问。

"谢谢。我想多看看，看看你们天然星人如何跳舞。依多丽雅，我特别想看看你和依多尔如何在舞厅跳舞呢！"安格莉卡礼貌地回答。

听罢，依多尔起身，躬身伸手邀请夫人一同走进舞池。

安格莉卡静静地坐在舞池边，凝神观望舞池中依多尔和依多丽雅以及其他伴随乐声翩翩起舞的人们。

安格莉卡心想，舞者正在跳着的舞姿和舞步以及伴舞的音乐旋律与地球上的标准舞华尔兹、维也纳华尔兹相比，还真有几分相似呢！

接着，舞厅乐队演奏了其他的乐曲，舞者伴随音乐旋律跳起了其他种舞蹈。从中，安格莉卡仍然能从舞者的舞姿和舞步看到地球上的标准舞系列中的探戈、狐步以及快步舞的影子。

依多尔和依多丽雅回到舞池边安格莉卡身旁。安格莉卡由衷地赞美他们俩的双人舞，并表示，请他们以后教她学习天然星舞蹈。舞池边，他们边聊天边欣赏舞池中舞者的优美舞蹈和乐队演奏的优美乐曲。

舞池边有俊男靓女不时地将目光投向安格莉卡他们这边，并悄声地说着什么。

舞间休息时分，舞者纷纷来到休息厅，这种休息厅与地球上的歌剧院休息廊道有几分相似，女士们在这里充分地展现她们的美丽、从容和优雅，展示她们衣着的华丽、新颖和奇异。人们在休息厅中索取饮料，优雅地走来走去，相识的人们聚在一起边饮边聊天。

当依多尔与依多丽雅陪同安格莉卡并肩走进休息厅，奇观出现了！

休息厅中人们的目光不约而同地聚集在安格莉卡身上，尤其男士们情不自禁地向她走过来。他们带着些许的鼻音争相赞叹："啊，真香啊！真香啊！"纷纷提问："请问女士，你的香水是什么牌子的啊？从哪里可以买到它啊？"

安格莉卡听不懂他们的问题，现出惊恐表情，依多丽雅急忙安抚她；依多尔用德语向她解释发生了什么事。然后，依多尔面向聚拢来的人群说道："先生们，女士们，这位美丽的女士来自外星球，她不懂我们的语言；她愿意通过我向各位说明：她今天没有使用过香水，因而无从回答你们各位提出的问题。请谅解。"

聚拢来的人们疑惑不解，完全不能相信这位男士的"胡言乱语"。

"先生，你在和我们开玩笑吧？"一位男士说。

"先生，你将我们视为白痴了吗？"另一位男士附和。

"先生，请代我们向她提问：那奇异的香水是她从外星球带来的吗？"一位女士问。

"啊，我感到头晕得很呢！"一位女士感叹。

"啊，我感到我的荷尔蒙……"一位站在人群后边的男士嘟嘟囔囔。

休息时间结束后，依多尔和依多丽雅随着人流再次走进舞池。乐队演奏的音乐旋律明显地变得强烈起来，舞者的舞姿和舞步相应地变得快速和激扬起来。

那种紧密贴身、急速转头、舞步快捷、陡然踢腿的双人舞让安格莉卡激动起来。她站立起来，手舞足蹈，模仿舞池中的依多尔和依多丽雅手舞足蹈。

此时，一位英俊、优雅的男士走近安格莉卡。他并未与安格莉卡说什么，只是十分礼貌地向她鞠躬，伸出右手邀请她共舞。

在强烈的伴舞乐声和激扬舞蹈气氛中，安格莉卡，忘情地将其左手搭在这位陌生男士伸出的右手上，轻盈地走进舞池，在舞伴的带动下翩翩起舞。

神似拉丁舞系列中的伦巴、恰恰舞中的身体接触，似乎让这位英俊、优雅的男士激动不已；他一边舞蹈，一边目不转睛地注视着安格莉卡明亮的眼睛，口里一再轻声重复着什么话。安格莉卡接应他多情的眼神，茫然不懂他在说些什么。

一曲终了，这位绅士陪同安格莉卡返回舞池边，再一次深鞠躬离去。片刻，当依多尔和依多丽雅返回舞池边，安格莉卡向他们讲述了刚刚发生的戏剧性一幕。

依多尔和依多丽雅现出惊异的表情，依多尔问："安格莉卡，你还能记得那位男士舞伴向你说了什么吗？"

"他一再重复的音节是……"

"怎样的音节？安格莉卡，你还能重复它们吗？"

"按地球上的国际音标，它们是：O Mei Nu"安格莉卡用国际音标重复了这句话的发音。

"啊，天啊！O Mei Nu：！O Mei Nu！"当依多尔和依多丽雅听清楚了她发出的音节，惊异得一再重复那句话——O Mei Nu！O Mei Nu：！

舞会之后，依多尔与依多丽雅陪同安格莉卡乘坐私家的水陆空飞船，升空至三维交通网络上层网络，迅速飞行至城区上空，然后从城区上空降落到依多尔庄园住宅花园草坪上。

**赞美之声**

几天后的一个傍晚时分，依多尔习惯性地开启电脑，浏览新闻趣事。他在社区栏目上惊讶地发现许多写给安格莉卡,表达爱慕之情的贴吧。依多尔请正在一起看电视节目的安格莉卡和依多丽雅来到电脑桌旁坐下,向她们展示了一位"你的仰慕者"写给"来自外星球的舞伴"的留言,并将其翻译成德语,讲给安格莉卡听。

尊敬的来自外星球的舞伴:

舞会上有幸与你共舞,深感荣幸之至!

原谅我不能称呼你的姓名,而只能称呼你"舞伴",因为在舞会上我还没有机会请问你的尊姓大名。

你的美貌让我倾倒,你身体散发的幽香让我陶醉。

当我见到你美丽的面庞的刹那,我的心在颤抖;当我的手接触到你温柔的手的刹那,我的心在呼唤;当我挽着你纤细的腰间的刹那,我的心遗失在舞会上。渴望再次见到你,让我的心再次颤抖,让我的心再次呼唤,让我的心再次遗失在舞会上。

Ich liebe dich!

你的仰慕者

听罢,安格莉卡惊异得一时哑然无语,好一会儿才缓过神来。

"我很想知道,德语'Ich liebe dich!'在天然星语里怎么说?"安格莉卡开口问道。

依多尔和依多丽雅相视而笑,沉默无语,这更加让安格莉卡感到好奇。

"可爱的安格莉卡,你真的想知道?"依多丽雅问。

安格莉卡频频点头。

"'O Mei Nu!'"依多尔解释说,"'O Mei Nu!'不是天然星文字,而是天然星语的汉语谐音。英文意思是'I love you!'"依多尔与安格莉卡总是能够用英语、德语,尤其是用安格莉卡的母语——德语极好地沟通的。

"Oh,mein Gott!"(啊,我的上帝!)安格莉卡惊异不已;她不理解为什么会是这样,会是如此这般?

依多尔和依多丽雅对此也不能完全解释,他们悄悄地用天然星语交谈了几句。

"我感到好奇,这位仰慕者会是谁呢?"安格莉卡问依多尔和依多丽雅。

"啊,我和依多丽雅想象,那位在舞会上,礼貌地向你鞠躬,伸出右手邀请你共舞的英俊、优雅的男士,就是……就是'你的仰慕者'啊!"依多尔随意地答道。

"你们认识他?"

"是的。他是一位雕塑家,人们称呼他'金泰利斯先生'。"依多尔答道,并开始介绍金泰利斯先生的一些情况。

金泰利斯先生是我们邦联的一位著名雕塑家,专长人物雕塑。在我们的邦联田洲域,他有自己的雕塑园,名为"金泰利斯雕塑园"。

金泰利斯雕塑园里汇集了金泰利斯集30余年心血凝结成的许多青铜和大理石雕塑品。雕塑作品以人体裸体雕像为主,兼有动物雕像和其他造型。

至于金泰利斯先生,依多尔认为,他是位事业心颇强的人,视艺术为生命,对于雕塑艺术怀有极大的热情。他对于艺术的热情,源自对女性的欣赏和热爱。他的人体裸体雕塑以女性为主。

金泰利斯先生的女性雕塑作品充溢着性感,蕴含着魅力。他是"独身主义者",他爱女人,但他公然宣称一生不婚。在依多尔看来,金泰利斯先生不是"乱爱""滥爱"的男人,他的确爱他所爱的女性,然而,他喜欢近乎频繁地更换他所爱的女性。

"啊,是这样……"安格莉卡像是在思考什么,接着她问:"依多尔先生,你能介绍我与金泰利斯先生相识吗?"

依多尔也像是在思考什么,他问:"安格莉卡,你对他有兴趣?"

"我是学人类学的,我对各类人种都颇感兴趣,更何况是天然星的一位著名雕塑家呢!"

"那好,我们可以选择一个周末再次去社区舞会跳舞!"依多尔从安格莉卡明亮的眼睛里读出了她的喜悦之情,随后,补充了一句:"安格莉卡,看来,你不仅要尽快学好我们的语言,还得尽快学好我们的交际舞啊!"

"当然,当然!"安格莉卡连连点头。

### 特异幽香

翌日早餐后,美美带着宠物犬汪汪陪同妈妈外出购物,灵灵伏案电脑旁阅读。在客厅,依多尔与安格莉卡还在谈论社区栏目上发现的写给安格莉卡表达爱慕之情的贴吧留言。

依多尔对于那些网吧留言似乎胸有成竹,已然对此反复思索过。

"从众多留言分析,人们对于你的赞美缘于你的美貌,你身体散发的幽香,此外,在他们的身躯部位接触到你的身躯的刹那,感到心潮澎湃。"依多尔开始讲述他对此的思考,安格莉卡洗耳恭听。

"是这样的。"片刻之后,安格莉卡点头,表示赞许。

"在天然星,我们是天然星人,而你,安格莉卡,你是外星人!对此,你应该逐渐习惯起来。你作为外星人,在某些方面存在不同于我们天然星人的特质,是完全自然的。造物者,不仅造就了不同的星球,同时也造就了不同星球上具有不同特质的人类,乃至完全不同基因的生物体。"

"那么,与你们天然星人比较,我作为地球人具备某些异于你们的特质吗?"

"当然。按我的体验和分析,相对于我们天然星人,地球人具有某些特异功能!"

"特异功能!?"安格莉卡睁圆了美丽的大眼睛,静待依多尔给出答案。

"安格莉卡,你悉心回想一下……"依多尔以平静的神态,慢条斯理地叙述在地球上、在天然星上,已经经历过的与此相关的事情,"你会记得,我们在地球上的偶然相识,是由于我在柏林参观欧洲纳粹大屠杀犹太人纪念碑之后,遭遇到德国牧羊犬'特奥'的攻击,被咬伤腿。我能理解,特奥是由于不习惯我们外星人的身体气味,出于保护其主人的安全而向我发起攻击的。由此,我在地球上第一次结识了特奥的主人、两位杰出的女性——你和你的奶奶。"

"我和奶奶为特奥伤及你的事件一直深感内疚!"

"当时,我只觉得疼痛,没顾及其他;然而,当你和奶奶第二天到医院看望我时,我为你们的真诚所感动,特别是你的美貌让我倾倒,你青春身躯散发的幽香让我几近晕厥!"

"不只是我这个'外星人',"依多尔解释,"你记得你刚刚踏上天然星的土地,走进我们庄园,我的妻子依多丽雅和女儿美美在家门口见到你的刹那,她们那般欣喜若狂,她们从身心深处喜爱你啊！你感受到她们对一位来自外星球——地球的女孩的深情爱意了吗？"

"我感受到了，我感受到了！"安格莉卡的眼睛湿润了。

"不只是我们全家的每个人，还有我们家的另外成员——宠物犬'汪汪'，你一定还记得，它见到你的刹那，摇着尾巴，疯狂地扑向你，在你的身边转来转去，嗅个不停，它从此再也不想离开你！让美美一时都感到稀奇，甚至对此感到几分嫉妒呢！"

"啊，我也感到稀奇，怎么会是这样呢？"

"安格莉卡，你再想想在我们的社区栏目上的那么多网友写信给你，表达爱慕的情书吧！他们自称是你的崇拜者、仰慕者，他们不约而同、异口同声地仰慕你；可是你想过吗，他们为什么这样？"

"这个……这个我还真的没想过。"安格莉卡坦言。

"我想，正如他们的情书所言：'你的美貌让我倾倒，你身体散发的幽香让我陶醉。'是啊，你的美貌自不必说，"依多尔开始放慢语速，字字清晰地讲道，"然而，你－身－体－散－发－幽－香……"

"我－身－体－散－发－幽－香？"安格莉卡感到迷惑。

"是啊，我们天然星人，你们地球人的身体都时时分泌什么物质，并且通过皮肤将它们发散到人体周围的空间环境。"

"有趣，有趣！"

"我们天然星人——被你们地球人称为外星人，我们天然星人的身体散发到人体周围空间环境的物质不为你们地球人感到什么特别，谈不到喜欢，也谈不到不喜欢；然而嗅觉比之地球人灵敏得多的地球上的犬类就大不一样了，它们极不习惯我们外星人的身体气味，视我为异类甚至敌对分子，出于保护其主人的安全而向我发起攻击。

"而地球人——被我们天然星人称为外星人的身体发散到人体周围空间环境的物质让我们天然星人感到特别,从未嗅过的幽香,令我们陶醉,不由自已!我们的汪汪疯狂地喜欢你,它与你们地球上的犬类基因不同,但是也具有与地球的犬类相像和相似之处,可谓之'类犬'了!不过犬类是可以调教的,在地球上,我的儿子灵灵就结交了一位藏獒朋友——'嘎嘎',他们相处得亲密无间;在西藏冈底斯山,嘎嘎在嗅到我身体发散的气味之后,发现了摔倒在雪原中的我,救过我的性命呢!"

"确实让人感动,路德博士曾经向我叙述过嘎嘎救外星人的故事;我相信,地球上的犬类经过调教,也是可以与外星人亲密相处的。"

"然而,天然星上的人类和犬类,天生地就为你们地球人身体发散的幽香所陶醉!尤其是像你——安格莉卡,这般年轻貌美的女性,你们的婀娜身躯所发散的幽香会是极其浓郁的!"依多尔感慨不已。

"但愿如此了!"安格莉卡似乎被说服了。

美美带着宠物犬汪汪陪同妈妈外出购物回来了,灵灵也离开电脑,快步走进客厅,查看妈妈和美美买回来了什么好吃、好玩的东西。

"哈哈,爸爸你在与安格莉卡谈什么?"美美面向坐在客厅沙发上与安格莉卡聊天的爸爸问,那口气也像是在问安格莉卡。

"啊,美美,当然,除了外星人还是外星人啊!"美美爸爸回答;安格莉卡莞尔一笑。

**商场奇事**

一日，侬多尔有事外出。安格莉卡突生一念，想去看看天然星的商场。考虑到自己初学天然星语言，而侬多丽雅与美美不懂地球语言，于是请灵灵陪同她逛商场；灵灵说天然星语，在德国斯图加特时学过德语，安格莉卡可以用德语与他交流，在逛商场时灵灵可以为她当翻译。

离开客厅前，侬多丽雅嘱咐灵灵别忘记带上"电子卡"。

灵灵引导安格莉卡来到一处综合性生活资料超级商场。商场宽阔、明亮，商品琳琅满目，让人目不暇接；然而，前来购物者不多，而且，见不到售货员！

"售货员在哪里？"安格莉卡用德语问灵灵。

"啊，超级商场根本不存在售货员！"灵灵回答。"那人们怎么购物啊？"

"在每件商品上都附着有一块小小的电子芯片，"灵灵指点一件儿童玩具上的电子芯片，同时从他的衣服口袋里取出一个被称为"电子卡"的电子器件，用儿童玩具上的电子芯片点了点电子卡的屏幕，于是有关该商品的许多信息，譬如材质、尺寸、价格、厂家等商品信息一一显示在电子卡屏幕上。顾客可以在电子卡屏幕上选择语言种类，还可以选择"文字"或"语音"，也就是说，顾客可以"读"信息，也可以"听"信息。

安格莉卡手持电子卡饶有兴趣地在许多商品上点来点去，她觉得这样选择商品很好玩。安格莉卡为自己选中了一款学习天然星语言的电子器件，为美美选中了一种电子玩具。她问灵灵该如何付款，收款处在哪里？

恰在这时，一对情侣走过来，他们只顾环视周围的商品，而没有顾及安格莉卡，那位男士的身体碰到了安格莉卡。看样子，这位男士感到非常抱歉，连连对安格莉卡说："Bao Mi Hua！Bao Mi Hua！"

听到这句话，灵灵立刻凑向前，想为她翻译这句天然星语："那是我们天然星语言，意思是对不起！"让灵灵没有想到的是，安格莉卡竟然面对这位男士慢声慢语地回答："Tu Dou Si！Tu Dou Si！"

这位男士立即彬彬有礼地躬身，伸出右臂，请安格莉卡和灵灵先行。

安格莉卡已经能用天然星语如此流利地与天然星人对话。

安格莉卡与灵灵继续在商场里闲逛，继续他们被打断的谈话。

"在我们天然星根本不存在钱币，在超级商场根本不存在收款处！"灵灵说。

"灵灵，你在开玩笑吧？"惊异的表情映现在安格莉卡的面庞，她的美丽的大眼睛几乎都瞪圆了。

"不是的。在天然星确实不存在纸币，在超级商场确实不存在收款处！"灵灵重复了这句话。

看灵灵那副认真的样子，安格莉卡相信了他的话，然而她还是不明白，于是问道："那人们怎么付款啊？"

"我们使用电子币，顾客自己在设在商场里的多处商品电子台上插入电子卡，输入商品代码，输入电子卡密码，即可自动结账。"

灵灵用自己的电子卡，在一处电子台前为安格莉卡选中的学习天然星语的电子器件付款；电子台屏幕上出现提示：请选择"随身带走商品或者递送商品"。灵灵解释，若顾客选择"随身带走商品"时，顾客可以携带所购商品自由离开商场，商场出口的"电子门卫"自动放行；若顾客选择"递送商品"时，商场负责按顾客留下的地址及时递送商品。按安格莉卡的意愿，他们选择了按依多尔庄园地址——J123.7654-W456.9876递送商品。

正在这时，一对老年人走过来，他们也是只顾环视周围的商品，而没有顾及安格莉卡，那位老爷爷的身体碰到了安格莉卡。看样子，这位老爷爷感到非常抱歉，连连对安格莉卡说："Bao Mi Hua! Bao Mi Hua!"安格莉卡立即轻声地回答："Tu Dou Si! Tu Dou Si! Tu Dou Si! Tu Dou Si!"那位老爷爷彬彬有礼地躬身，伸出右臂，请安格莉卡和灵灵先行。

安格莉卡和灵灵来到商场的妇女服装部，她在陈列的服装旁凝神观望。恰在这时，像是一对母女走过来，在陈列的服装旁转来转去。女孩走近安格莉卡的侧面，突然用手抚摩安格莉卡的连衣裙，有意取下来试一试的样子，这个举动着实让安格莉卡吓了一跳。安格莉卡突然侧身面向女孩，这一举动着实让那女孩吓了一大跳。

女孩妈妈见此情景慌忙上前道歉："Bao Mi Hua! Bao Mi Hua!"安格莉卡立即轻声地回答："Tu Dou Si! Tu Dou Si!"显然，那女孩将安格莉卡视为陈列衣服的模特道具了！

灵灵陪同安格莉卡在超级商场继续闲逛。

"这么大的商场，这么多的商品，怎么顾客不多啊？"安格莉卡问。

"多数人不来商场选购商品，而是居家在电脑网络上选购商品，支付电子币，并选择递送商品。来商场购物的人，视在商场购物为一种乐趣，譬如对对情侣，他们来商场就像逛街那样，重在购物的过程，重在消遣和娱乐。"灵灵解释。

安格莉卡在商场里选择了一顶款式新颖的遮阳帽和一副多功能的遮阳镜；以电子卡付款，并选择随身带走商品。随后，安格莉卡索性戴上了所购的遮阳帽和遮阳镜。

安格莉卡和灵灵像走进商场那样，轻松地走出商场。这种商场购物模式为安格莉卡带来惊喜，也带来愉悦；然而，安格莉卡不明白，为什么在商场里，顾客一而再地碰撞她，甚至还将她视为陈列衣服的模特道具而抚摩她呢？

### 特异电磁感应

在从购物商场返回依多尔庄园途中，安格莉卡问灵灵："为什么在商场里，顾客一而再地碰撞我，甚至还将我视为陈列衣服的模特道具而抚摩我呢？"

灵灵也有疑惑，回家之后，依多尔向他们做了解释。

依多尔与灵灵由于一次偶然事件，从遥远的行星天然星乘坐宇宙飞船并搭乘一颗未知星球来到地球上空，但在从地球大气层跳伞降落地球过程中父子失散了。依多尔在路德博士陪同下环游地球，正是凭借依多尔与他儿子之间的电磁感应特异功能，在中国西藏冈底斯雪山上，父子得以重逢团聚。

依多尔与他儿子彼此之间能够相互感应，或者说，他们彼此之间能够相互传送能量。这种存在于依多尔父子之间的电磁感应特异功能不是个别现象，在天然星人之间普遍存在电磁感应特异功能。

天然星人之间普遍存在电磁感应特异功能是一种物理现象。德国马克斯·普朗克协会固体研究所设在法国城市格勒诺布尔的高强磁场实验室的 W 教授对于电磁感应具有专业研究，他曾向依多尔和路德博士讲解过这一物理现象。

天然星人依多尔体内存在生物电流，除产生自身电场外，还在他周围空间产生磁场。当依多尔接近另外磁场时，譬如，接近他们实验室中的高强磁场，高强磁场的作用力对依多尔做功，这表示高强磁场具有能量，它改变依多尔体内的生物电流。依多尔体内的生物电流的变化会被其自身的脑神经细胞擒获，这意味着依多尔会感知接受了能量，或者说感应到能量强度的变化。依多尔体内磁感应强度的磁通量发生变化时，其体内回路中就产生感应电流。发生在依多尔儿子体内的情况与此相同。

电磁感应现象表明，当由导线组成的闭合回路内的磁通量变化时，回路上将产生感应电动势。感应电动势是由于另一种电场力作用于导体中自由电荷的结果。导体上有感应电动势，只要磁场在变化，这一电场总是存在的。当依多尔接近他们实验室中的高强磁场时，引起其体内的磁通量变化，同时产生感应电动势。只要实验室中的高强磁场在变化，其体内的电场总是存在的。实验室中的高强磁场在变化，则在依多尔体内引起变化电场；这种变化电场又在较远区域引起新的变化磁场，并在更远的区域引起新的变化电场。这种变化的磁场和电场交替产生、由近及远地在空间传播的过程，即为电磁波的传播过程。

依多尔与他的儿子体内都蕴含特定强度的感应生物电流，从理论上讲，他们具备形成可观强度生物电场、生物磁场的条件。在地球上某个地方，当他与他的儿子体内的生物电场、生物磁场产生相互作用的时刻，那便是他与他的儿子在地球上相会的时刻！

按上述电磁感应理论，在天然星人与地球人之间的电磁感应是微弱的；地球人与地球人之间的电磁感应更加微弱。不同客体都蕴含特定强度的感应生物电流，从而形成特定强度的生物电场、生物磁场；而不同的客体之间的特定强度的生物电场、生物磁场相互作用，形成天然星人与地球人之间的电磁感应微弱，地球人与地球人之间的电磁感应更加微弱的这种物理现象。

依据电磁感应理论，可以解释为什么在灵灵陪同安格莉卡来到一处综合性生活资料超级商场，在商场宽阔、明亮，商品琳琅满目，而前来购物者并不多的情况下，一再发生安格莉卡被其他顾客碰撞，甚至将她视为陈列衣服的模特道具，她的连衣裙被用手抚摩和有意取下来试一试的这种匪夷所思的情况。

显然，发生这种情况的根本原因在于，天然星人顾客自身蕴含相对强大的感应生物电流，从而形成相对强大的生物电场、生物磁场，而地球人安格莉卡感应生物电流相对微弱，从而形成相对微弱的生物电场、生物磁场；在这种情况下，天然星人顾客与地球人安格莉卡之间的电磁感应相对十分微弱，天然星人顾客不能以其自身的生物电场、生物磁场感知地球人安格莉卡的存在。当一些天然星人顾客只顾欣赏琳琅满目商品，没有用眼睛适时看见地球人安格莉卡时，而安格莉卡同时又没有看见从其后边或者侧面前来的天然星人顾客时，自然就会发生一些匪夷所思的情况了。

在同一场景，一直陪伴在安格莉卡身边逛商场的灵灵却一次没有遭遇被其他天然星人顾客碰撞的情况，其原因是容易解释的：灵灵是天然星人啊！天然星人之间，不必用眼睛，他们通常都是以其自身具有的相对强大的感应生物电流，从而形成相对强大的生物电场、生物磁场，从而在远处，譬如在 500 米为球半径的球体环境内可以感知其他天然星人的存在！天然星人更习惯于用这种自身的电磁感应特异功能感知自身周边环境中其他天然星人的存在，而无须总用眼睛四面八方搜索和张望，以确定天然星人或者天然星上动物的存在、状态、距离，乃至情绪！

# 第4章 缉毒侦查行动

**缉毒侦查行动**

依多尔接到邦联田洲域通知,请他陪同他的客人安格莉卡·弗罗伊德女士到邦联田洲域行政部注册。

安格莉卡作为从地球来到天然星依多尔家的客人,按邦联田洲域有关规定,依多尔需要适时陪同他的客人到邦联田洲域行政部注册的。

当依多尔和安格莉卡按约定时间出现在邦联田洲域行政部一间办公室时,一位女公务员欢迎他们的到来,此刻从隔壁房间传来一位男公务员的声音:"依多尔先生和他的客人到了吗?"

"先生,他们按时到达了。依多尔先生一向是守时的。"女公务员面向隔壁房门回答。

"我怎么感觉到,依多尔先生单独到达了呢?"尚在隔壁房间的男公务员有些疑惑。

"先生,请你立即过来,我们一起接待他们吧!"女公务员说道。

那位男公务员出现在隔壁房间房门前,他惊异地发现,在依多尔身旁还有一位亭亭玉立的美貌少女。那位男公务员一边向他们表示欢迎,一边在想:"我的电磁感应功能出现问题了吗?为什么在我的办公室里没能感知这位美少女的存在呢?"

事实上,这位男公务员的电磁感应功能没有出现问题,而是天然星人与地球人之间的电磁感应微弱,这位男公务员没能凭借电磁感应功能感知安格莉卡的到来。

这两位公务员接待了安格莉卡和依多尔,男公务员负责询问,女公务员负责记录。由于安格莉卡初学天然星语,依多尔为他们的谈话做翻译。

男公务员提出的问题,恰似人类学家也在苦苦探求的关于人类真谛的哲学问题。男公务员问安格莉卡:"女士,你叫什么?你从哪里来?你到哪里去?"

"我叫安格莉卡(安格莉卡以德语发音讲出她的名字)。我从外星球地球来;我来天然星旅行,然后返回地球。"安格莉卡平静地回答。

"安格莉卡女士,请问:'安格莉卡'这个名字有什么含义吗?"男公务员有点好奇地问。

"'安格莉卡'源于地球上的古希腊语,发音为 Angelos,其含义为'天使''守护神''安琪儿''可爱的人'。"

"可爱的天使,你怎么想到来我们星球旅行啊?你不觉得你们的星球很可爱吗?"男公务员颇有点幽默地问。

"我是学习人类学的,我不满足于学习和研究地球上的日耳曼人、法兰克人、盎格鲁-撒克逊人,凯尔特人,更热望学习和研究外星人!我很高兴,我有机会来到天然星,与天然星人共同生活,特别是与依多尔先生一家人朝夕相处;我完全相信我会得到依多尔先生一家人的关照、爱护、保护和帮助!"安格莉卡说。

"地球？我们还不曾访问过地球，我们的科学家正在研究地球的运行、它的构造，也渴望了解生活在地球上的人类！"

"地球上存在许多种不同的人种吗？"那位女公务员插话，显然她对地球人产生了兴趣。

"是的，女士。在我们地球上生活着70亿人。根据肤色、发色和发型、眼色、身高、头型、体质特征等，分类为五大人种：白种人高加索人种、黄种人蒙古人种、黑种人非洲人种、红种人美洲人种、棕种人马来人种。"安格莉卡越讲越兴奋。

"太有趣了，太有趣了！"显然，安格莉卡的讲述，极大地感染了那位女公务员，她说，"有一天，我能去地球旅行该多好啊！"

"我们尊敬的女士，请你去地球旅行之前能够协助这位外星客人填写一份登记表，好吗？"这位男公务员面对那位女公务员说，他讲这话的语气，显示他是那位女公务员的上司呢！

"当然，当然……"那位女公务员意犹未尽。

那位意犹未尽的女公务员递给安格莉卡一张表格，请依多尔帮助安格莉卡女士填写。

那是一份"天然星邦联田洲域合法停留登记表"。安格莉卡在登记表"姓名"一栏中填写了"安格莉卡·弗罗伊德"；在"性别"一栏填写了"女"，在"年龄"一栏填写了"23岁"，在"出生地点""从哪里来""往哪里去"各栏，统一填写了"地球"；在"目的"一栏填写了"旅行"；在"联系人"一栏填写了"依多尔先生"。在"家庭成员"一栏填写了爷爷、奶奶、父亲、母亲各自的姓名。在"停留时间"一栏填写了"1年"。

那位女公务员在电脑中的一份文件中重新填写了上述数据，并加添了邦联田洲域行政部自行测量的数据，诸如："身高""体重"，另附有现场拍摄的安格莉卡的照片和现场扫描的安格莉卡的指纹，还加写了其他有关事项，诸如"肤色""语言"，等等。让安格莉卡和依多尔都感到惊异的是，他们在"附注"一栏中竟然写明："电磁感应功能微弱！"

在返回依多尔庄园的路上，安格莉卡和依多尔还在探讨：为什么邦联田洲域行政部在安格莉卡注册表格中偏偏写明"电磁感应功能微弱"呢？

安格莉卡和依多尔百思不得其解。

## 隐身人

安格莉卡在依多尔陪同下，在邦联田洲域行政部注册两周之后，安格莉卡接到邦联田洲域行政部通知，请她在依多尔先生陪同下，到邦联田洲域安全部一谈。

安格莉卡尚未从邦联田洲域行政部注册表格中写明的"电磁感应功能微弱"的迷惑中走出来，怎么又收到安全部的邀谈通知，安全部会找她谈什么呢？

在邦联田洲域安全部的一间安静、明亮的会客室里，一位自称"斯考滕"的中年侦缉人员和一位自称"耶格"的青年助手接待了安格莉卡和依多尔。

双方在自我介绍和简短寒暄之后，谈话径直切入主题。

"安格莉卡·弗罗伊德女士——"斯考滕面对略显紧张的安格莉卡开口说道。

"斯考滕先生，你可以称呼我安格莉卡。"安格莉卡插话。按地球人习惯，直呼名字有亲切感，亲人、朋友之间，特别是年轻人之间喜欢直呼名字。

"谢谢！安格莉卡，我们安全部遇到一件棘手案件，请求你协助。"

当依多尔将这句话完整地翻译过来，安格莉卡的紧张心态略感放松，但是，作为地球人的她能够协助天然星安全部的"棘手案件"做什么呢？

"我们正在稽查一桩毒品案件。"斯考滕开门见山，立即触及谈话主题。

"毒品案件……"安格莉卡自言自语。

"是的，毒品案件！"斯考滕继续讲道，"我们有理由怀疑一个名为'基菲特'的人从事毒品交易。我们需要对他做进一步的侦查，以获得他从事毒品交易的确凿证据，从而逮捕和起诉他及其同伙。"

"我必须承认，我们地球存在吸食毒品问题。在地球上，依多尔先生作为外星人，由于其身体散发的特殊气味与地球上的一种新型毒品极其相似，从而被警犬跟踪、被警察稽查过。依多尔先生是这样吧？"安格莉卡问。

"正是这样，安格莉卡。"每当依多尔讲话，他总是先用德语讲给安格莉卡听，然后用天然星语言讲给耶格和斯考滕听。

"你们星球竟然也有吸食毒品的问题？"安格莉卡问。

"是的。我们对此深表遗憾，我们必须承认这一点。"耶格先生插话。

"毒品对于人们的身心损害极大，我对其深恶痛绝。如果我能为此协助你们做什么，我是愿意做的。可是，我究竟能为此做什么呢？"安格莉卡略加思索，表明了她的意愿。

"好，谢谢！"斯考滕、耶格以及依多尔几乎同声说道。

"邦联田洲域安全部西北方向100千米外的丘陵地带，有一片茂密的森林，人称'黑森林'"。耶格开始讲述毒品案件具体情况,"毒品交易嫌疑人基菲特不时出没于黑森林中。他的行为十分诡秘,而且具有对抗和干扰我们以电磁感应方法侦缉嫌疑人的能力和手段。邦联田洲域安全部尝试过在空中以雷达信号,在地面以发射电磁波追踪他在森林中的行踪,由于茂密的黑森林的干扰和基菲特的反电磁感应手段的干扰,至今未获得成功。安全部决定,请你来,协助我们破案!"

"你是说,请我协助你们破案?"

"正是这样!"耶格的回答铿锵有力。

"可是,我作为外星地球人,并不了解天然星的情况,我真不知道能够为你们做什么,更谈不上做你们做不到的事情,我确实对此迷惑不解。"安格莉卡恳切地说道。

"正因如此,你才是完成我们天然星人这件尚未能完成的侦缉任务的最佳人选!"

"我得承认,你的这番话让我更加迷惑了!"安格莉卡说。

"安格莉卡女士,你来自地球,对于我们来讲你是一位外星人。"斯考滕开始说明安格莉卡不同于天然星人的天性,具备完成这一侦缉任务的天赋,"我们安全部从在邦联田洲域行政部注册资料中了解到:'你——安格莉卡女士,作为外星地球人,你的电磁感应功能微弱。'这一特异功能强烈地吸引我们邀请你参与我们的侦缉工作。"

"抱歉,我还是不明白,电磁感应功能特性究竟与你们的侦缉工作有何关系?"

"我们天然星人身体之间天生地存在颇强的电磁感应特异功能,"斯考滕解释,"我们的这种电磁感应特异功能,使得我们在半径500米空间范围内感知天然星同类人的存在,而无须用眼睛在十分有限的视野向周围各方向张望和搜索。我们天然星人身体所具有的电磁感应特异功能千百年来不断进化，达到特异的程度。"

"在天然星星球上，"依多尔插话，"我与儿子各自穿上航天羽翼飞行服，在天空中飞翔，欣赏天空与地面上的美景时，通常保持在300米的安全飞行距离。我们以各自身体的电磁感应特异功能，完全可以充分感知对方的飞行状态、位置，甚至情绪和感情！"

"十分有趣，十分有趣！"安格莉卡说出这话时，眼睛亮亮的。

"然而，"斯考滕开始有意放慢语速，"正如，邦联田洲域行政部注册资料中注明的：你——安格莉卡女士，作为外星地球人，你的电磁感应功能微弱！关于这一特性，行政部人员既用身体觉察到，也用仪器测试证明过，这是确切无疑的。"

"那又怎样呢？我们地球人身体的天性就是如此，你们天然星人以身体的电磁感应特异功能很难感知到我们地球人的存在。"

"这一点，对于我们的侦缉工作十分重要！"斯考滕说。

"电磁感应，侦缉工作……它们之间……"安格莉卡紧缩眉宇，仍然处于迷惑之中。

"安格莉卡女士，在我们的天然星星球，就电磁感应功能而言，你就是位隐身人！一位神秘侦探！一位绝代佳人！"耶格神采飞扬，像一位诗人在朗诵一首爱情诗。

"你说我，我是位隐身人？"好一会儿，安格莉卡才缓过神来。

斯考滕看到耶格那副神采，也无助地轻轻摇头，他与耶格搭档做侦查工作多年，还从未见识过耶格那份诗人般的风情呢！

"好！斯考滕先生，耶格先生，请你们说说，我这位隐身人该如何在你们导演的这出神秘兮兮的戏剧中扮演好隐身人的角色？"安格莉卡的情绪平静下来后，带点幽默口气郑重其事地问询她在这桩侦缉工作中的具体任务是什么？侦缉工作实施方案是怎样的？

斯考滕、耶格与安格莉卡、依多尔经过详尽、缜密地研究，制定了侦缉嫌疑人基菲特涉嫌毒品交易案件的实施方案和步骤，以备择日实施。

**女神探**

邦联田洲域安全部获得情报，嫌疑人基菲特正在驾驶私用微型水陆空飞船在三维交通网络上层网络向黑森林方向飞行。

邦联田洲域安全部，立即启动侦缉嫌疑人基菲特实施方案。

按安全部侦缉人员斯考滕、耶格与安格莉卡、依多尔商定的侦缉嫌疑人基菲特涉嫌毒品交易案件的实施方案，斯考滕、耶格与安格莉卡、依多尔一行立即乘坐一架小型水陆空飞船同样在三维交通网络上层网络向黑森林方向飞行，并在黑森林一处边缘地域降落。

嫌疑人基菲特从另一方向进入黑森林后，其踪影立刻消失在苍茫的黑森林之中。

安格莉卡打扮成旅行者的样子，身穿棕色间绿色条纹的迷彩长风衣，头戴棕色遮阳帽，手提一手袋，手袋中装有微型专用光学摄像机，漫步走进黑森林。

稠密的黑色森林满布于起伏的丘陵地带，像是黑色的波涛在大地上汹涌澎湃。它全然遮挡了从天际投射下来的灿烂的天阳光辉。稠密的黑色森林树荫下，野草丛生，野花争放，幽幽阡陌呈网络状伸展，一泓泉水悠然地蜿蜒流向远方，黑色森林的枝丫上百鸟争鸣。

安格莉卡进入黑森林后，斯考滕、耶格和依多尔等待在黑森林边缘处。他们的任务，首先是保护安格莉卡的人身安全，在安格莉卡处出现险情使用手机用德语报警时，经依多尔翻译给斯考滕和耶格，他们会立即采取相应有效对策，保证安格莉卡的人身安全；其次是在安格莉卡的侦缉行动需要斯考滕、耶格和依多尔协助和配合时，他们能够及时采取有效行动。

安格莉卡貌似悠然自得地漫步在幽幽路径上，悠然地欣赏大自然的壮丽，感受大自然的蓬勃生命力，不时按动微型专用光学摄像机开关拍照，犹如观光者在用照相机拍摄美丽景致；实则，她心情极其紧张，目光不停地扫视身处环境中出现的人物，乃至动物。

安格莉卡游走在森林中多时，突然，容貌、身材与嫌疑人基菲特相似的一个人在安格莉卡的侧方出现了！安格莉卡在安全部见过嫌疑人基菲特的录像和照片，虽然录像和照片不是十分清晰，但是足可以分辨出他的容貌和身材。

安格莉卡立即用光学摄像机对其拍照，并从其后方约百米处尾随拍摄。嫌疑人身着灰黑色运动衣、运动裤，头顶淡绿色遮阳帽，脚踏弹力运动鞋，皮肤呈现红棕色，体魄健壮，腰间系缚一条宽厚的皮带，皮带上挂着一个皮包袋，犹如正在树林里的一条路径上做长跑运动。

按计划要求，安格莉卡首先使用专用光学摄像机拍摄下基菲特在黑森林中的行踪，特别是拍摄下他在黑森林中藏匿毒品的镜头。专用光学摄像机不发射电磁波，并有随时定位功能；这样，基菲特不仅从电磁效应角度感受不到安格莉卡的存在，也感受不到光学摄像机的存在，然而，他的行踪被适时、准确定位。

由于天然星人与安格莉卡之间的电磁感应强度极其微弱，基菲特并未感知安格莉卡的存在。安格莉卡尾随在基菲特百米距离之外，从树林的间隙中对基菲特不停地拍照。

　　在一处并无路径的古柏树林里，基菲特左顾右盼之后停下脚步。在他以电磁感应功能和视觉范围内确认不存在任何人后，取下皮带上挂着的皮包袋，将其安放到一棵古柏的树洞里，然后，继续踏上他的长跑之路。这一全过程被安格莉卡用光学摄像机摄录下来，然后，以手机用德文告知依多尔：Das 1. Objekt gefunden（发现第1目标）。

　　当安格莉卡眼望基菲特已然离开远去，立即走向基菲特藏匿皮包袋的那棵古柏，在古柏树洞里她看见了那只曾系缚在基菲特腰间皮带上的皮包袋，她拉开皮包袋的拉锁，见到一个木盒，木盒里满装着白色粉末。安格莉卡初步断定，这些白色粉末就是斯考滕和耶格搜寻的毒品！安格莉卡迅速地将那个随身携带来的特制的微型发射专用声频信号的芯片安放在白色粉末里，以便斯考滕和耶格能够随时接收芯片发射的声频信号，从而随时跟踪并锁定毒品的动态位置。随后，安格莉卡以手机用德文告知依多尔：IC gelegt（置入芯片）。

　　安格莉卡此刻已顺利完成侦缉嫌疑人基菲特涉嫌毒品交易案件实施方案中的前两项方案。她接着应实施的第三项任务是在黑森林中等待另一名未知的毒品交易嫌疑人的到来，以取走基菲特在黑森林中藏匿的毒品。这名未知的毒品交易嫌疑人随时可能出现，安格莉卡准备好使用专用光学摄像机适时拍摄嫌疑人取走毒品的行动。

　　安格莉卡一直紧张的心情，在此刻稍许缓和下来。她看见距她不远的树林处，一泓小溪缓缓流淌，几个孩子正在浅水中嬉戏。她走近小溪边，伫立河边欣赏孩子们击水畅游，聆听树上小鸟悠扬歌唱；同时，她并未放松观察远处那棵古柏周边的情况。

水中的孩子们向岸边的安格莉卡喊话并做手势，安格莉卡不懂得他们对她说什么，从他们所做的手势，她明白孩子们让她下水，与他们一起游泳。安格莉卡向他们亲切微笑，但是并未下水。

突然，一名陌生男人出现在安格莉卡的视野。陌生男人身着红色运动衣、运动裤，头顶白色遮阳帽，脚踏弹力运动鞋，皮肤白皙，体形硕大，腰间系缚一条宽厚的皮带。陌生男人径直走向那棵古柏，在那棵古柏树洞里搜寻什么。当那人准备从古柏树洞中取出什么时，安格莉卡立刻从风衣口袋里取出光学摄像机对其拍照。

恰恰在这一时刻，一幕戏剧性的场面出现了。大批的鸟儿尖声叫着从森林中、从树丛里向安格莉卡周边飞来！

在地球上，针叶林中的鸟类主要有啄木鸟等䴕形目鸟类，松鸡、雷鸟等鸡形目中的鸟类，大山雀、太平鸟、交嘴雀、黄雀等雀形目鸟类；阔叶林鸟类主要有斑鸠等鸽形目种类，白头鸭、相思鸟、柳莺等雀形目鸟类；灌木丛鸟类主要有鸡形目的稚类；雀形目中的许多鸟如伯劳、画眉、山雀，等等。

对于向安格莉卡飞来的众多鸟儿，除了看来类似地球上的黄雀、相思鸟、画眉、山雀外，她是全然陌生的。

事实上，那些向着安格莉卡身边聚集而来的各种鸟儿都是由于她在小溪旁久久伫立，在其周边附近树林、树丛中的各种鸟儿嗅到了她身体散发的特异香味，而争先恐后飞来的。

那名陌生男人以身体的电磁感应功能感知到这群鸟儿的骚动，用眼睛看见了它们向小溪上空聚集。陌生男人突感事件奇异，伫立古柏树旁，观察事件发展，以便采取相应对策。

安格莉卡在惊恐中突然想到，这种突发事件将暴露她的存在，暴露和破坏安全部这次侦缉嫌疑人基菲特涉嫌毒品交易的行动。安格莉卡感到了问题的严重性和紧迫性。她已经来不及向侦缉人员斯考滕、耶格以及依多尔发出处于危险的信号。安格莉卡突然心生一计，她即刻将摄像机放进风衣口袋里，脱下风衣放在小溪边，并立即跳入小溪中，像是欲与小溪中的孩子们一起嬉戏。孩子们非常高兴，跃跃欲试，欲与安格莉卡比一比谁游得更快。孩子们迅速游到了前头，安格莉卡让其身躯完全沉浸在小溪清澈的水中，只露出头部，在水中缓缓游动。

安格莉卡的这一举动十分奏效，她身体散发的幽香为清澈流水所吸收，她身体周边的各种鸟儿再也嗅不到她身体散发的特异香味而向四面八方飞去。

陌生男人感知并看见聚集在小溪上空的鸟群重又四散飞去，认定鸟儿们只是为争食而聚集，食尽后而消散，于是从树洞中取出基菲特放置其中的那只木盒，将其放入系缚在皮带上的皮包袋里，快步离去。

安格莉卡立即上岸，从风衣中取出摄像机，顾不得用风衣擦拭湿漉漉的身体，披上风衣，准备用摄像机拍摄嫌疑人取走毒品的行动，但是为时已晚，嫌疑人取走毒品木盒后，已然迅速消失在安格莉卡的视野中。尽管安格莉卡由于临时出现的特殊情况，没能圆满完成使用专用光学摄像机适时拍摄嫌疑人取走毒品的行动，然而她已经看到嫌疑人从树洞里取走藏匿了窃听芯片的毒品盒，于是立即以手机用德文告知依多尔：Das 2. Objekt mit IC verläßt（第2目标携芯片离去）。

获悉安格莉卡发出的第3则信息，斯考滕和耶格立即携带武器，依据安格莉卡藏匿在白色粉末中的芯片持续发出的特定信号和定位数据，迅速锁定涉嫌毒品交易的嫌疑人的行踪。这两位侦缉人员走进黑森林中的特定方位，远远地监视那名嫌疑人的方位和行动。

与此同时，依多尔依据安格莉卡手机发射的定位信号，立即前去与她在黑森林中会合，迎接这位外星隐形人、美女神探归来。

后来，安格莉卡从侦缉人员斯考滕、耶格那里得知，他们依据她在黑森林中拍摄的涉嫌毒品交易嫌疑人的录像和藏匿在毒品中的窃听芯片，跟踪并逮捕了那个从黑森林树洞里取走毒品的嫌疑人，从他那里搜查到白色粉末毒品，进而侦查到分装、贩运、贩卖毒品的网络，侦缉并逮捕了贩运和贩卖大宗毒品的主犯基菲特。至此，"基菲特涉嫌毒品交易案"成功破案。

邦联田洲域安全部侦缉人员斯考滕和耶格由衷地向安格莉卡致谢，感谢她作为"隐身人"参与并成功侦破了"基菲特涉嫌毒品交易案"，殷切地希望有机会与她再次合作侦缉其他案件。

为此，安格莉卡获得"女神探"赞誉，并获得邦联田洲域安全部颁发的高额电子币奖金。

## 第 5 章 雕塑家金泰利斯

**金泰利斯**

　　金泰利斯先生以"你的仰慕者"为笔名，在社区栏目上，经常向安格莉卡表达景仰与爱慕之情，并邀请她周末再次去社区舞会跳舞。安格莉卡始终没有在因特网吧上予以回应。

　　一个傍晚，安格莉卡在依多尔夫妇陪同下再次出现在社区舞会上。尚未待他们在舞池边坐稳，一支快节奏的舞曲旋律响起，金泰利斯再次出现在安格莉卡面前，他依然十分礼貌地向安格莉卡鞠躬，伸出右手邀请安格莉卡共舞。神似地球上的拉丁舞系列中的伦巴、恰恰舞中的身体接触，让这位英俊、优雅的金泰利斯先生激动不已，他一边舞蹈，一边目不转睛地注视着安格莉卡明亮的眼睛。

　　一曲终了，金泰利斯陪同安格莉卡返回舞池边，再一次深鞠躬；这次金泰利斯没有即刻离去，而是伸出右手，握住安格莉卡的右手，轻声地自我介绍说："金泰利斯。"安格莉卡礼貌地回应："安格莉卡。"

　　"安格莉卡女士，我是一位雕塑家；如你赏光，前来我的雕塑园参观，我将感到荣幸之至！"金泰利斯热情地向安格莉卡发出了访问邀请。

"金泰利斯先生,对于你的盛情邀请,我倍感荣幸,如果可以,我将在依多尔夫妇陪同下前往你的雕塑园,欣赏你的艺术杰作。"安格莉卡的回答令金泰利斯倍感兴奋和激动。

其后一天,安格莉卡在依多尔夫妇陪同下抵达金泰利斯庄园。"欢迎,荣幸之至!"金泰利斯盛情迎接安格莉卡与依多尔夫妇的到来。

金泰利斯雕塑园位于金泰利斯庄园内。它汇集了金泰利斯集多年心血凝结成的百余件雕塑作品。雕塑作品以青铜和大理石人体裸体雕像为主,兼有动物雕像和其他造型。在金泰利斯以及依多尔夫妇陪同下,安格莉卡兴致盎然地游走于雕塑群中,不时地发出赞美与感慨之声。

总体而论,金泰利斯雕塑园展示的雕像是以人为主题,以人的裸体雕像揭示形形色色的人体、人生、人性、人情,是一部用形体艺术对人的大写真。

无论如何,金泰利斯雕塑园里的雕像让安格莉卡想起在地球上挪威首都奥斯陆的弗罗格纳公园内的园中之园——"维格兰雕塑园"(Vigeland Park)。维格兰雕塑园展示的雕像同样是以人为主题同样是一部用形体艺术对人的大写真。

金泰利斯雕塑园中展示的人体雕塑,有如维格兰雕塑园展示的人体雕塑,有强健的男人、苗条的女人;有孩子、中年人、老人;有的跳跃,有的伫立,有的欢颜,有的赌气,有的撒娇,有的动怒,更有忘情舞蹈,谈情说爱或亲昵接触者。它们展示了人的喜怒哀乐和人间的苦辣酸甜,展现了人与人之间的爱、矛盾和冲突。

维格兰雕塑园展示的人体雕塑群像是人类在社会中生存活动

的写照。雕塑群中的儿童天真、活泼、可爱、顽皮；成年人，尤其成年男子，凝重、沉静、严峻、冷漠；老年人悲苦、无神、呆痴，甚至抑郁、癫狂。这是雕塑家生活的社会和时代的社会生活的缩影。雕塑群中的儿童、少女，情侣形体最能震撼人心。让人感到生命是多么宝贵，生活是多么美好！

在安格莉卡看来，金泰利斯雕塑园中展示的人体雕塑，与维格兰雕塑园展示的人体雕塑之不同之处在于人体的形象，而尤其是女性人体的形象！

概括地讲，天然星女人与地球上的女人的形体和相貌比较，天然星女人的身材更高些，胸部更丰满，髋骨更开阔；髋骨与骶骨形成的骨盆于是也就宽大了。在女人宽大的骨盆里孕育的婴儿自然就大了。智力的发育不仅表现在头骨增大，还表现在头骨里的脑容量增高，脑组织发达。天然星的女性四肢更修长，手指更灵活，额头微微隆起，眼睛更大些，鼻子更宽阔，嘴唇微厚，牙齿更整齐，犬齿退化，肤色微暗。

天然星男人与地球上的男人的形体和相貌比较，天然星男人的身材更高大，体魄更健壮，胸部更发达，四肢更修长。

在安格莉卡看来，天然星女人或者男人身体上的这些特点都是天然星人较之地球人更为进化的特征。当人们摆脱繁重的体力劳动，参与更多的体育运动，享有更为健康的、便于咀嚼的食物，从事更多的脑力工作，获得更好的医疗保健，不同肤色的人种之间有了更为亲密的交往，身心获得更为广阔的自由空间之后，人类会显现出更为明显的进化特征。

人体的变化是人类生存和进化的标志；与此同步，人类的审美观念也在变化和变迁，而且变得越来越多元化了！

对于女性形体的审美，人类的美学观念从来就存在巨大的差异。

有的男人欣赏女人有硕大的乳房、翘起的臀部；有的女人为迎合某些男人的审美观念，而设法着力改变自己原有的体形。

与之相对应，有的男人欣赏女人的自然美。

在一座巨型裸体的母亲与一双儿女的雕塑前，金泰利斯、安格莉卡、依多尔驻足欣赏。这座青铜雕塑让安格莉卡感到，它与坐落于地球上挪威首都奥斯陆市政厅旁的"母亲青铜雕塑"何等相像！这是一位母亲和她的一双儿女的雕像，健美的母亲用温柔而安详的目光注视着正在玩耍的孩子。这位裸体女性长发披肩，胸部丰满，乳房突起，臀部厚实，四肢修长。她的臀部和双腿紧贴着雕像平台，有力的双臂和双手支撑着上体和头部，整体雕像显得十分坚实和稳定。这位母亲和她身旁的两个可爱的孩子的形象营造了一种和平与安宁的气氛。

"啊，女人的自然美！"安格莉卡不由自主地感叹。

"安格莉卡女士，请问，你可以谈谈你的美学观念吗？对此，我个人十分感兴趣！"金泰利斯问道。

"关于美学，"安格莉卡回答，"就我所知，依多尔先生在地球上生活的岁月，曾经表述过他的美学观念。还是首先请依多尔先生谈谈为好！"

"好啊，我还当真没有听过依多尔先生谈到他的美学观念呢！那么，请！依多尔先生。"

"好吧，"依多尔开始讲述他的美学理念，"人体美学是我的审美趣味之一。欣赏人体美时，我感到精神和情感的愉悦，我的身心获得了美感。女性作为审美客体，总体而论是非常美好的。欣赏主体的审美意象是一种精神和情感上的体验；男人作为欣赏主体——有情感的欣赏主体，对于女性客体可以说是欣赏的，对于有激情的男人而言,可以说是倾情的。"金泰利斯和安格莉卡专注倾听,并未提出问题。

"男人是这样的,确切地说,有的男人赞赏美女们的身体曲线。"依多尔继续说道,"一位数学家说过:美女身体天然曲线较之用数学公式表达的曲线更具美感。自然是这样的!天然造化之物比之人工制作之物更具审美价值。"

"按你的理念,美是主观意识,还是客观存在?"金泰利斯问。

"欣赏主体具有不尽相同的审美趣味和审美感受,而且欣赏主体的审美观念还会因时间和空间而变化。只有那些符合欣赏主体审美趣味和审美感受的审美客体才会具有审美价值。欣赏主体和审美客体的结合才会产生美。女性身体天然曲线是客观存在,然而它显现的美是主观意识,欣赏主体和审美客体的结合才会产生美,换句话说,欣赏人和女性的存在,其作用结果产生美。对于现实中客观存在的女性身体天然曲线,会出现截然不同的审美趣味和审美感呢!倘若无欣赏主体存在,还谈什么美?美本身就是欣赏主体的审美趣味和审美感受。"

"哲学观念!"金泰利斯说了这一句话后,忽然转向安格莉卡,问道:"安格莉卡女士,我想知道,你能赏光接受我的邀请,下一个周末再来我的庄园探讨雕塑作品的美学理念吗?"

沉思片刻之后,安格莉卡柔声回答:"十分荣幸,我想,可以的。对于探讨雕塑作品的美学理念我相当有兴趣呢!"

**女性曲线美**

一个晴朗的夏日,金泰利斯按约定驾驶私家的水陆空飞船,从邦联田洲域金泰利斯庄园草坪升空至三维交通网络的上层网络，从城区上空下降到邦联田洲域依多尔庄园住宅花园草坪，迎接安格莉卡去金泰利斯雕塑园。

在依多尔及其家人的帮助下，安格莉卡的天然星语言能力进步神速。她已经能够使用天然星语与依多尔及其家人自由对话和交流，并且能够运用电脑互联网络大量阅读书报杂志。

金泰利斯对于能够单独邀请安格莉卡，共同探讨雕塑作品的美学理念感到十分兴奋。用过早茶，稍许歇息，他们漫步在金泰利斯雕塑园中一群女性裸体雕像之间。

"作为雕塑作品的欣赏人，我倾向于依多尔先生的看法，"安格莉卡说，"女性身体天然曲线是客观存在，然而它的美是主观意识，欣赏主体和审美客体的结合才会产生美，换句话说，欣赏人和女性的存在，其作用结果产生美。"

"安格莉卡女士，你感觉这里的女性裸体雕像美吗？"金泰利斯问。

"是的，是的。我感觉到了她们的美！她们的神态，她们的身体曲线，皆十分美！"安格莉卡回答。

"毕竟，她们有各自的神态和不完全相同的身体曲线啊！安格莉卡女士，你可以对于不同的女性雕像，给予相应的评价吗？"

"作为地球上的一位女性欣赏主体，凭借我个人的视觉评价她们的美不是一件容易的事情；不过，我还是愿意冒昧地表述我个人对于你的女性裸体雕像作品的审美观念的。"

"敬请直言不讳。"

"简言之，雕塑作品中女性的面容逼真，神采奕奕；然而，胸部过于丰满，臀部过于宽阔，影响了女性身体的整体曲线美。"

安格莉卡的直言不讳，让她自己也有些忐忑，而金泰利斯的一时沉默,则让她一度不安了。她完全不知道,金泰利斯听到这些并不是完全恭维的话后,会如何反应。

"从某种意义上说,"一段沉默和思索之后,金泰利斯开口说道,"我想,安格莉卡女士,你是对的!"

"金泰利斯先生,你何以这样说?"

"从人类进化角度讲,由于繁育进化的需求,女人的乳房与骨盆的发育自然会逐渐进化的,相应的,逐渐进化的女人的身体曲线会随之改变。这是人类体态发展的自然规律,是不以人类的兴致取向而转移的。"

安格莉卡静听金泰利斯讲解自然法则,没有插话。

"我是雕塑家,确切地说,我是天然星星球的雕塑家,"金泰利斯继续讲下去,"我镌刻现实中的女人。安格莉卡女士,你在我的雕塑园中所见的女性雕塑,就是现实中加以艺术化的女人。在我们上次会面时,依多尔先生就曾表述过他的审美理念。他说:'对于现实中客观存在的女性身体天然曲线,会出现截然不同的审美趣味和审美感呢!'"

"是的,我依然记得他这样说过。我个人也有同感。"安格莉卡说。

"客观地说,在我们天然星球,有相当多的欣赏者欣赏我的人物雕塑作品,欣赏我镌刻的女性雕塑作品,欣赏她们的身体曲线,她们的存在为他们带来身心的愉悦。"

"金泰利斯先生,你的人物雕塑作品,当然包括女性的雕塑作品同样为我带来身心的愉悦,为此,我十分感谢你邀请我来你的雕塑园参观。"安格莉卡说这话时,显得十分诚恳。

"问题的症结不在于我的同胞对于女性的审美理念,而在于我自己对于女性的审美理念……"

"金泰利斯先生,这话从何谈起?我当真不能理解。"

金泰利斯用温和的眼神注视着安格莉卡的面容,久久未开口说话,这让安格莉卡感到窘迫了。

"安格莉卡女士,恕我坦言,"金泰利斯稍许停顿,似在选择词语,"自从我在社区舞会上第一次见到你……"

安格莉卡注视着金泰利斯的面容,金泰利斯稍许低下了头,接着他又将头抬起,像是又重新鼓足了勇气,开口说道:"我改变了自己,改变了自己对于女性的审美理念!"

安格莉卡略显紧张,重复了她刚刚说过的那句话:"金泰利斯先生,这话从何谈起?我当真不能理解。"

"可爱的安格莉卡,"此刻,激情的金泰利斯竟然改变了对安格莉卡的称呼,激动地说道,"或许你看到了我在社区网络上写给你的表达爱慕之情的帖子?"

安格莉卡的双眸闪闪发亮,望着这位多情的雕塑家。

"安格莉卡女士,因为你,我改变了我对女性的审美理念!"金泰利斯稍许停顿,声调铿锵地对安格莉卡说:"作为来自遥远地球的女人,你的自然身心所具有的自然美,你的容貌,你身躯整体的天然曲线更具美感,令我陶醉不已。安格莉卡女士,请允许我为你镌刻一座青铜塑像吧!"

"金泰利斯先生,你抒情诗般的一席话令我十分感动!你感受到一位女性容貌和身躯的美感,在你尚未深知女性的其他一切的情况下,如何谈起对于女性的爱呢?"

"我个人认为,对于女性的爱,开始于对于女性的容貌和身躯的美感。"金泰利斯如是说。

安格莉卡陷入沉思,对此并未评说什么。

**独身主义者**

近中午时分,金泰利斯和安格莉卡离开雕塑园,走向金泰利斯庄园的花园住宅。

偌大、豪华的客厅陈设讲究,古典壁画、华丽吊灯、皮质沙发,自然还少不了成排的大理石美女雕塑。

安格莉卡不见女主人出来迎接,甚至不见女仆人露面,于是问道:"金泰利斯先生,女主人不在家吗?我希望能有机会与她相识,并当面向她致谢呢!"

让安格莉卡惊异不止的,金泰利斯竟然爽快直言:"安格莉卡女士,我还没有告诉你:我是一个独身主义者呢!"

安格莉卡尽管惊讶,但她一时不知道该说什么好,于是保持了沉默。

金泰利斯见安格莉卡无语,于是转换话题,问道:"你能接受我的邀请,我们去一家饭店用餐吗?我常去那里用餐,那里供应的菜肴、饮料都很好,餐后甜食也相当好!"

"不,谢谢!金泰利斯先生,我还是愿意选择快餐,以便能有更多的时间聆听你谈谈你的专业和生活。"

金泰利斯思索片刻后说道:"也好。我通知快餐店立即送快餐来!可是,你喜欢吃什么快餐啊?"

"人造肉洪堡,无酒精啤酒吧!"安格莉卡顺口答道。

在客厅一张桌旁,金泰利斯和安格莉卡边吃洪堡,喝啤酒,边又谈起有关"独身者"的话题。

"金泰利斯先生,恕我提问,你是怎么考虑并决定做一名独身主义者的呢?"

"我崇尚独立、享受自由和张扬个性!我渴望享受充分的独立、自由和个性!"金泰利斯毫不迟疑地回答。

"难道结婚的人就不能享受独立、自由和张扬个性了吗?"

"安格莉卡女士,恕我提问,你结婚了吗?"

"没有,但是,我不是独身主义者。"

"安格莉卡女士,你刚才提出的问题,只有结过婚的人才能很好地回答。"

"你虽然是一位独身主义者,但是,你一定结交过女朋友,是吗?"

"这是肯定的。由于我从事的雕塑工作,我有许多机会结识许多非常漂亮的女性,从中也结交了几位女性朋友一起生活,自然,我不会为结婚去结交女性朋友的。我先后与三位女性朋友一起生活。"

"这三位女性朋友从开始就知道你是独身主义者吗?"

"是的,而且她们同样是独身主义者啊!"

"我与她们一起生活很快乐,她们的感觉也是这样的。让我至今不能忘怀的其中一位名为尤丽雅的女朋友一同生活长达5年。我们彼此真诚相爱。"金泰利斯陷入对于往事的沉思。

"相爱5个年头啊!究竟是什么原因让你们分手了呢?"

"长久以来,这个问题也常在我的脑海里萦绕。从我这方面讲,当我第一次以尤丽雅为模特镌刻裸体大理石雕像时,我为她的容貌、她的女性身体曲线的美感所陶醉,我爱上她了。光阴荏苒,由于我的人物雕塑工作,不时见到许多年轻貌美、身材苗条的女性,我得承认,不经意间,我对于尤丽雅的激情有所减弱,这一点,尤丽雅以其女人天生的敏感性感觉到了;但是她依然在爱着我。"

安格莉卡安静地听着,不曾插话。

"从尤丽雅那方面讲,她的几位闺蜜或者结婚了或者有了自己的孩子，在与她们的来往中，从内心深处唤醒了尤丽雅的女性母爱，她不仅喜欢孩子，而且想着某一天，能有一个自己的孩子！由独身主义女性逐渐演变为单身女性。"

"单身女性？单身女性与独身主义女性有何种区别？"安格莉卡问。

"在我看来，单身女性与独身主义女性的最显著的区别在于，单身女性虽然处于单身状态，但是她们仍然在寻求婚姻状态，或者虽然处于无婚姻的状态，但是有了自己的孩子；此外，有过婚姻并且生有孩子，后来离婚的单亲妈妈也可称谓为单身女性，而其家庭可称谓为单身母亲家庭。"说到这里，金泰利斯忽然反问安格莉卡："你们地球上，也不乏独身主义女性和单身女性吧？"

"地球上抱有独身主义的女性究竟是多还是少，我不得而知，然而，据我所知，处于适婚年龄而未婚，而且相当长一段时期没有固定的男性朋友的'单身女士'为数相当不少，单身女士已成为现代社会的一个庞大群体，而且这个群体还在扩大。"安格莉卡回答。

"这些'单身女士'，她们何以不结婚呢？"

"其中的缘由确实繁多。"安格莉卡对此问题有许多话要说，她说，"有的单身女士，在孤寂中等待着她的伟大爱情，她相信，会有一天，他会出现。有的单身女士，她要维护她个人的独立和自由，不愿意让男人控制和限制她，不愿意按着某个男人的意志生活或者依赖于任何一个男人去生活，她期望在事业上有所成就。有的单身女士经历过爱情和婚姻，在心灵上留下了创伤，伤痛的愈合需要时间。她们一般会从灰色的记忆中逐步走出来，这种经历并不妨碍她们结交许多男女朋友，只是她们对爱情和婚姻变得相对谨慎起来。有的单身女士欣赏单身状态。她们认为，与众多的契约和封闭的婚姻相比，单身状态的生活多了几分独立和自由。她们也不是不渴望男士们，只是不愿意为了迎合他们而舍命地改变自己！"

"不愿意为了迎合他们而舍命地改变自己！"金泰利斯听得津津有味。

安格莉卡越说越兴奋，竟然朗诵起一位作者在一本书里写过的一段描述单身女士状态的话："单身族立足于社会，自由着，带着几分渴望；独立着，带着几分孤独；欢乐着，带着几分苦闷；忙碌着，带着几分凄凉；寻觅着，带着几分迷茫。上帝并不偏爱他／她们，但它是爱他／她们的。"

"相当有趣！"金泰利斯轻轻鼓掌，表达赞赏，接着问道："安格莉卡女士，恕我提问：你既然不是独身主义者，何以不结婚呢？"

"这个，我属于那种单身女性——'在孤寂中等待着她的伟大爱情，她相信，会有一天，他会出现。'只是，至今我尚未遇到一位想与他结婚的男性朋友！"

"啊，是这样。我深信，你会遇到他的。只是不敢说，是在地球上，抑或在天然星上？"金泰利斯的话难以揣度。

"唯愿顺从天意了！"安格莉卡的回答同样难以揣度。

# 第6章 建筑师卡里塔斯

**卡里塔斯**

天然星物理学学会与人类科学学会在科学会堂联合举办报告会，邀请物理学家依多尔先生做题为《我在外星地球生活的岁月》报告。报告会通过视频电子网络播送，依多尔在科学会堂做报告，参加报告会者可以来科学会堂现场，也可以居家，在各自工作场所，或者在公共场所收视报告会实况。

在科学会堂报告会现场讲台上落座的有物理学学会会长，人类科学学会会长，著名天文物理学家，著名人类科学家。台下落座的有物理学与人类科学学者和大学生，也有对于宇宙星系、外星球、星际航行，特别是天然星与地球间的星际航行感兴趣的天文爱好者，与会的建筑设计师卡里塔斯先生就是其中的一位天文学爱好者。

依多尔的《我在外星地球生活的岁月》报告赢得与会者和收视报告者热烈而由衷的赞扬，纷纷提出问题在现场或者通过视频与依多尔讨论。

报告会结束后，卡里塔斯走向依多尔，与他交谈关于从天然星到地球的星际航行问题。依多尔与卡里塔斯久已相识，依多尔的家庭住宅就是卡里塔斯设计的。卡里塔斯希望依多尔最近给他一个私人拜访的机会，他十分期望有机会与依多尔更为详尽地交谈，以期更多、更好地认识地球、地球人。依多尔当即表示，欢迎卡里塔斯不久就来他家访问。

一个周末，卡里塔斯应邀前来邦联田洲域依多尔庄园拜访；依多尔在其庄园住宅客厅里接待他。

卡里塔斯是一位英俊、帅气、体态健硕的中年人，现独居于邦联原野域。

依多尔请卡里塔斯在客厅沙发入座。卡里塔斯感谢依多尔邀请他前来拜访，并高度赞扬他所做的题为《我在外星地球生活的岁月》报告；赞扬报告内容切实、新奇、丰富，极其吸引人，依多尔的星际航行之旅，在外星地球的不凡经历让他极其渴望了解地球与地球人。

依多尔和卡里塔斯首先谈到了从天然星乘宇宙飞船起飞，经历冒险搭载未知星球以及跳伞降落"蓝色星球"的冒险星际航行问题。

"依多尔先生，你在《我在外星地球生活的岁月》报告中谈道：'在地球上现在生活着70亿人。'地球人的形体和相貌是怎样的啊？"

"在地球上生活着70亿人，他们的皮肤颜色多有差别。"依多尔开始讲述地球人种，"地球人类学家依据肤色、发色和发型、眼色、身高、头型、体质特征等，把地球现世人类划分为五大人种，分别为白种人、黄种人、黑种人、红种人、棕种人，同一种肤色的人大多集中居住在同一地区。地球分作7大洲——亚洲、非洲、北美洲、南美洲、南极洲、欧洲、大洋洲；白种人多居住在欧洲，黄种人多居住在亚洲，黑种人多居住在非洲，红种人多居住在美洲，棕种人多居住在大洋洲。"

"真奇妙！"卡里塔斯颇感新奇。

"同一族群的人结婚生子或者未婚生子；这意味着，他们的后代继承了他们父母的皮肤颜色和身体特征。"依多尔继续讲述地球人种，"白种人又称高加索人种：高加索人种皮肤白色，头发栗色，头部几成球形，面呈卵形而垂直，鼻狭细。黄种人又称蒙古人种：蒙古人种皮肤黄色，头发黑而直，头部几成方形，面部扁平，鼻小，颧骨隆起，眼睛狭细。黑种人又称非洲人种：皮肤黑色，头发黑而弯曲，头部狭长，颧骨突起，眼球突出，鼻厚大，口唇肥厚。红种人又称美洲人种：皮肤铜色，头发黑而直，眼球陷入，鼻高而宽，颧骨突出。棕种人又称马来人种：皮肤黄褐色，头发黑色，柔软卷曲，头部略狭细，鼻阔、口大。"

"依多尔先生，如若将地球人的形体和相貌与我们天然星人比较，他们地球人有何特点？"卡里塔斯问。

"依我的观察，"依多尔回答，"他们地球人的形体和相貌与天然星人比较，总体来说，地球上男人的身材不如天然星男人高大，体魄强壮，但是体魄匀称；地球上女人的胸部、臀部不像天然星女人那般凸显，但是具有自然的曲线美。地球上男人胸部、上臂、小腿长有汗毛，地球上女人皮肤柔润光滑；地球上各种人种之间白、黄、黑、红、棕等肤色差别明显。"

"对于地球人的形体和相貌，我现在似乎有了一些概念。譬如，地球人各种人种之间肤色差别明显，而我们天然星人原来不同肤色人种，长久以来由于相互之间结合，使得人种之间的肤色差别减少了；人种之间肤色差别的减少，成为人类进化的标志之一。"卡里塔斯说。

"正是这样的！"

"我能够初步想象地球人的一般样子了，虽然他们的形体和相貌也会是千差万别的。真想亲眼见见地球人啊！"卡里塔斯感叹。

"啊，卡里塔斯先生，或许你还记得，在《我在外星地球生活的岁月》报告中，我曾谈到陪同我在地球上旅行的是地球人路德博士先生和安格莉卡女士。"

"当然记得。你是说，那位研究人类学的女士？"

"是的。这位安格莉卡女士现在正在我家做客！"依多尔不动声色地说。

"啊，天啊！地球人安格莉卡女士现在正在你家做客！依多尔先生，我没有听错吧？"惊异、兴奋的表情映现在卡里塔斯的面容。

"是的，你完全没有听错，安格莉卡女士现在就在我们庄园里，我的夫人正陪伴她在花园里散步。"

少顷，依多丽雅陪同安格莉卡返回住宅，走进客厅。卡里塔斯急忙从沙发里站起来。依多尔介绍卡里塔斯与安格莉卡相识。

"我与卡里塔斯先生刚好谈到地球人的话题，你们愿意留下来与我们一起谈话吗？"依多尔问。

"让安格莉卡先留下来谈谈，我去准备点糕点和饮料。"依多丽雅说，随后离开客厅，走向厨房。

"安格莉卡女士，来自地球上欧洲的白种人，在法国巴黎大学学习人类学，在英国剑桥大学以'人类因女性优生更进化'为研究课题攻读硕士乃至博士学位。"安格尔介绍安格莉卡。

"很高兴与一位来自地球上的女科学家相识！"卡里塔斯面向安格莉卡，躬身敬礼。

"我同样高兴，在天然星与你相识！"安格莉卡微笑致意。

"安格莉卡女士，你真是漂亮极了！你们地球上的女性都是这样漂亮吗？"卡里塔斯情不自禁。

"在地球上，我不是最漂亮的女人，还有更漂亮的女人，像维纳斯那样漂亮的女人！"安格莉卡平静地答道。

"请问维纳斯是谁？"卡里塔斯问。

"地球上的古希腊女神，爱与自由的女神！"安格莉卡回答。

"不过，安格莉卡女士，你是我在天然星上至今见到的最漂亮的女性！"卡里塔斯满怀激情。

"谢谢你的赞赏！"安格莉卡礼貌地回应。

依多丽雅端上一个漆木长方形盘子，上面摆满糕点和饮料，请大家享用。在座的人开始吃点心，喝饮料。

"依多尔夫人，你的糕点真是美味极了！不仅口味好，整个客厅都散发着它的芳香！"卡里塔斯感叹。

依多尔和夫人听罢都笑了，一时让卡里塔斯感到莫名其妙。

"卡里塔斯先生，"依多尔收敛了笑容，亲切、和蔼地对卡里塔斯说，"那不是糕点散发的香味，那是安格莉卡女士身体散发的幽香啊！"

卡里塔斯听罢，一时变得目瞪口呆，哑口无言了。

"安格莉卡女士，我……卡里塔斯，由衷地赞美你！"当卡里塔斯先生终于明白了依多尔刚才说的那句话——'那是安格莉卡女士身体散发的幽香'，并清醒之后道出了由衷地赞美地球女性安格莉卡的这句话。

卡里塔斯礼貌地向依多尔夫妇，向安格莉卡女士告别，渴望不久再次来依多尔庄园拜访，再次深入谈论地球、地球人以及宇宙航行的问题。

**艺术住宅**

一个夏日，卡里塔斯按约定驾驶私家的水陆空飞船，从位于邦联原洲域的卡里塔斯庄园草坪升空至三维交通网络的上层网络，从城区上空下降到邦联田洲域的依多尔庄园住宅花园草坪，迎接安格莉卡女士去卡里塔斯庄园访问。

卡里塔斯对于能够单独邀请安格莉卡，在自家庄园共同谈论地球和地球人，谈论天然星和天然星人既高兴又兴奋。而且，安格莉卡是卡里塔斯在自家庄园接待的第一位外星人，一位来自地球的漂亮女士。

在卡里塔斯庄园住宅花园草坪上，出现在安格莉卡面前的一处奇特建筑让安格莉卡颇为惊奇。卡里塔斯向她介绍说："这座建筑便是我的住宅。"听到这句话时，安格莉卡更感惊异了。

这座建筑的外貌让安格莉卡有了许多联想，让她想起在地球上见过的比利时的布鲁塞尔市的标志性建筑——布鲁塞尔原子球。让安格莉卡颇为惊异的是，地球上布鲁塞尔原子球怎么会出现在天然星？

卡里塔斯陪同安格莉卡观看这座建筑的外部造型，为她讲述这座建筑的外部形貌特点。安格莉卡一边听讲，一边在心里默默地将其与布鲁塞尔原子球做比较。

卡里塔斯庄园住宅建筑是怎样的一座建筑啊？从建筑结构讲，它由9个圆球、9个圆球之间的相互联结通道、3个近地圆球的支撑架构成。每个圆球的直径18米，9个圆球之间以直径3米、长度9米的通道相互联结。

从结构上讲，卡里塔斯庄园住宅的9个圆球中的8个圆球构成了一个正立方体，余下的一个圆球位于正立方体的体心；这种结构在几何学中，被称为"正立方体心结构"。物质是由原子组成的，每种原子皆有其特定结构；α-铁原子在常温下呈稳定的立方体心结构。卡里塔斯庄园住宅的9个圆球的结构与α-铁原子的立方体心结构一致。

这种立方体心结构的卡里塔斯原子球形住宅是如何立于大地上的？

卡里塔斯介绍，它是以立方体心结构的8个顶角中的2个相邻顶角向下，2个相邻顶角向上，其余4个顶角位于其间而立于大地上；换句话说，它是以立方体心结构的9个圆球中的2个圆球接近大地，2个圆球立于蓝天，其余5个圆球位于中间，而立于大地上的。位于中间的5个圆球在同一平面上，平行于大地；这样设计可以保证得到较多的同层平面房间。卡里塔斯原子球形住宅实际上有三层房间。第一层2个圆球，第二层5个圆球，第三层2个圆球；每个圆球构成一个单独的房间。卡里塔斯原子球形住宅共有9个房间。为增强这座立方体心结构住宅立于大地上的稳定性，而以固定在大地上的3个圆柱形支撑体支撑它。

布鲁塞尔原子球在构成、结构、原子位置上，与卡里塔斯原子球形住宅极其相似，但在尺度大小及整体固定方位等方面有所不同。

从构成上讲，布鲁塞尔原子球由9个原子、9个圆球之间的相互联结通道、3个近地圆柱形支撑架构成。每个圆球的直径达约18米，9个圆球之间以直径约3米、长度约23米的通道相互联结。

从结构上讲，布鲁塞尔原子球的结构也是"正立方体心结构"，9个原子的结构也属于α-铁原子的立方体心结构。

布鲁塞尔原子球立于大地上的整体固定方位与卡里塔斯原子球形住宅不同，两者相差一定角度。设计这种不同的整体固定方位，天然星人与地球人各有各的设计思想。

天然星人卡里塔斯的设计，考虑到位于中间的 5 个圆球在同一平面上，平行于大地，这种设计可以保证得到较多的同层平面房间供居住。

地球人设计师瓦特凯恩工程师，考虑更多的是将布鲁塞尔原子球设计为布鲁塞尔的城市标志，同时将其设计为一座观光塔。在原子球外的人们可以从不同角度欣赏布鲁塞尔原子球整体形象，在原子球内的人们可以在各个原子球中透过四周的有机透明玻璃欣赏外面的风光；最顶端的那个原子球位于约 92 米高处，其中设有观光区，在这里透过四周的有机透明玻璃可以很好地欣赏外面的世界。试想，那种感觉，人们从一个"原子"里窥视地球大地，真是妙极了！在布鲁塞尔原子球顶端的那个"原子"里，人们还可以享受美餐和购物的乐趣。

从尺度大小方面看，卡里塔斯原子球形住宅的每个圆球的直径、9 个圆球之间的直径与布鲁塞尔原子球的圆球的直径、圆球之间的直径尺度相当，但是，卡里塔斯原子球各球之间的通道长度仅为 9 米，而布鲁塞尔原子球各球之间的通道长度达 23 米。可见，卡里塔斯原子球形住宅中各个圆球之间的通道长度，比之布鲁塞尔原子球中各个圆球之间的通道长度短得多，这样便于人们在卡里塔斯原子球形住宅中的各圆球中，即在各个房间中往来。

布鲁塞尔原子球是一个金属结构体。9 个圆球相互联结通道和 3 个近地圆柱形支撑架（兼有阶梯作用）都是不锈钢结构，9 个圆球是铝金属结构，原子球金属材料的总重量达 2200 吨。

卡里塔斯陪同安格莉卡从第一层 2 个圆球中的一个圆球的入口走进原子球形住宅的大堂。如前所述，每个圆球的直径达 18

米，9个圆球之间以直径3米、长度9米的通道相互联结。使用四维打印技术逐层打印出9个圆球以及相应的通道。在打印圆球和通道的同时，在每个圆球中平行地面打印出两个隔断，也即两个地平面，从而将每个圆球由上而下分为二层、一层、底室，其中的一层、二层为地上用房，底层为地下室。一层为高度6米的圆鼓形大堂，二层为最大高度6米的弧顶形客厅，底层为走管线用的地下室。

从大堂可以步行或者乘滚梯经9米长圆形通道进入另一个圆球。每个圆球都是原子球形住宅的一个单元，9套住宅单元依据不同功能，以四维打印技术打印圆球、隔断、通道的同时，打印出各圆球中的家具和设施。譬如，大厅里的几张固定位置的桌椅、橱柜以及一座巨型女神像，餐厅中的长台面、餐具柜子，卧室单元中的单人或者双人床、衣橱、洗漱台、洗浴盆、厕所以及水、气通道，书房中的写字台、书架、储藏室中的货架，等等，均在使用四维打印技术造房的同时打印制作完成的。当然，与此相应配套使用的物件是要另外准备的，譬如，能移动的床垫、沙发、桌椅、运动器材，等等。

他们步行走入9米长的圆形通道，进入用于睡眠的另一个圆球。该住宅单元的一层和二层皆为卧室，打印的单人或者双人床、衣橱、洗漱台、洗浴盆、厕所一应俱全。

"我现在是单身，我住在第二层圆球的一个双人床卧室。"卡里塔斯触景生情，对安格莉卡说。

安格莉卡对此羞于评说。

卡里塔斯继续说道："如果有幸，我结交了女友，我将与她一起住在第二层圆球的这个双人床卧室；如果我与女友结婚有了孩子，我将请我的夫人与孩子住在第二层圆球的另外一个卧室，我自己留在我与夫人的卧室。"

"卡里塔斯先生，如果你们有了两个孩子呢？"安格莉卡问。"我们将请一位保姆，请她带大孩子住到第二层圆球的其他卧室；请别忘记，我们住宅第二层有5个房间呢！"

"你考虑得相当仔细！"

"我还没有结交女友，因此，这一切都无从谈起呢！"

"如果有客人来，他们在哪里留宿呢？"

"请别忘记，我们的第二层圆球还留有2个房间呢！"

卡里塔斯陪同安格莉卡参观了其他用于书房、餐厅、厨房、客房、运动室、储藏室、水电气供应等的其他圆球房间，然后一同回到那个第一层圆球的大堂，并从大堂走进一层圆球的客厅。

当天，卡里塔斯和安格莉卡在客厅里长时间交谈，广泛涉及天然星人和地球人的诸多问题，特别是天然星人和地球人的信仰问题。安格莉卡高度赞赏卡里塔斯原子球住宅，十分感谢卡里塔斯先生的热情接待。他们商定，不久再次聚会。

**邦联域**

又一个夏日，卡里塔斯按约定驾驶私家的水陆空飞船，再次抵达邦联田洲域的依多尔庄园住宅花园草坪，迎接安格莉卡再次来卡里塔斯庄园做客。

卡里塔斯陪同安格莉卡在卡里塔斯庄园散步，然后来到庄园住宅客厅。

卡里塔斯招待安格莉卡吃自己拌和的蔬菜沙拉，喝果汁。于是，一位天然星先生与一位地球女士交谈起来。

"卡里塔斯先生，你说你的庄园位于邦联原洲域，而我做客的依多尔庄园位于邦联田洲域，请问，邦联域是什么？"安格莉卡问。

"安格莉卡女士，我们天然星上有陆地和海洋，我想先知道，你们地球上也是这样的吧？"

"是的。地球上有6块大陆——亚欧大陆、非洲大陆、北美大陆、南美大陆、南极大陆、澳大利亚大陆，分作7大洲——亚洲、非洲、北美洲、南美洲、南极洲、欧洲、大洋洲；有4大洋——太平洋、大西洋、印度洋、北冰洋。"

"我们天然星上也有6块大陆，依据大陆块自然条件特点，分别被命名为田洲域、原洲域、丘洲域、山洲域、湾洲域、岛洲域。上述邦联域相应地以田园风光、原野风光、丘陵风光、山岳风光、河川风光、海岛风光著称。我的庄园位于以原野风光著称的原洲域，依多尔庄园位于以田园风光著称的田洲域。"

"地球上的6块大陆纯粹是一个地理概念。天然星上的6块大陆也是这样吗？"

"不，不只是地理概念中的6个区域；它兼有行政区域概念，每块大陆构成一个邦联域，即邦联田洲域、邦联原洲域、邦联丘洲域、邦联山洲域、邦联湾洲域、邦联岛洲域。"卡里塔斯说明，并问道，"地球上的6块大陆，在地理概念之外，兼有行政区域概念吗？"

"地球上的6块大陆仅具有地理概念，表示6块大陆而已。地球上的政权概念区域是'国家'，现在地球上存在190余个国家。地球上的70亿人口居住和生活在各自的国家里。"

"安格莉卡女士，你来自哪个国家？"

"我来自地球上亚欧大陆的欧洲国家——德国；具有德国国籍的居民达8200万人。国家具有政权概念，每个国家具有各自的军队、警察、法庭、监狱。"

"那么，国家之间如何相处？"

"争取和平相处，但是，国家之间往往会发生冲突，甚至发生战争。地球人类已经打过两次全球性的'世界大战'。第二次世界大战历时整整6年；残酷的战争席卷欧洲，波及全地球，第二次世界大战致使欧洲4000万人死亡。"安格莉卡不无遗憾地说。

"残酷！可悲！那么，发生战争的原因是什么呢？"

"地球上战争起因是多方面的。譬如，国家领土、资源引起的问题，经济利益引起的问题，种族、民族、宗教、信仰引起的问题，等等。"安格莉卡的这些话，让卡里塔斯深思，尤其是谈到种族、民族、宗教、信仰问题成为引发战争起因的问题。

"我想说，我们天然星上的人类，并不热衷于战争。"

"我相信是这样的。"安格莉卡说，"依多尔先生在地球上生活时，他曾阐述过他对于战争的看法：'人类之间的战争，损害社会秩序和生存环境，改变人类和平相处的心理状态，停滞或者破坏经济、文化、科学和教育的发展，导致人类的存在与进化出现问题或者成了问题。自然，热衷于战争的人类在宇宙各人类中成为进化迟缓的人类；从宇宙视野思考，进化迟缓的人类一旦面对进化的、先进的人类或者面对进化的、强大的生物群体会在生存竞争中处于劣势地位的。'"

"我认为，依多尔先生对于战争的看法，阐述了我们天然星人对于战争的普遍性观点。"

"民族是在历史上形成的具有共同语言、共同地域、共同经济生活以及共同心理素质人们的共同体；宗教是一种意识形态，属于上层建筑的范畴。民族与宗教都有各自发展变化的规律，然而，民族与宗教又是密不可分的。"

"地球上的三大宗教教徒的地域分布情况是如何的？"

"你是问，地球上的三大宗教教徒是集中还是分散居住和生活的？"安格莉卡问，卡里塔斯点头称是。

"可以说，地球上的宗教徒是混居的；但在某一广漠地区，又有某一种宗教相对较多的教徒居住和生活。基督教徒主要集中分布在欧洲、美洲和大洋洲。伊斯兰教徒主要分布在亚洲、非洲，以西亚、北非、中亚、南亚较多。佛教徒主要分布在亚洲的东部和东南部。"

"在你们天然星上，不同的信仰者，包括不同宗教教徒是集中还是分散居住和生活的呢？"

"这个问题，我能够简单而明了地回答：相同或相似的信仰者是集中在某个广漠的自然区域居住和生活的。我们星球的一个特定的邦联域居住和生活着同一类相同或者相似的信仰者。"

"天然星上的'邦联'是什么？"

"天然星上的'邦联'与地球上的'国家'不同。天然星上的6块大陆各自构成一个相对独立的行政区——邦联域，这6块大陆的6个相对独立的邦联域的联合体，统称为邦联。邦联的参议院制定邦联宪法，各邦联域严格遵从和实施邦联宪法，以邦联宪法原则制定其各邦联域的法律规章，依据邦联宪法和邦联域法律规章治理邦联域，行使邦联域的相对独立的行政管辖权。"

安格莉卡没有插话。聚精会神地听卡里塔斯讲述"邦联"和"邦联域"概念，同时，她也在思考它与"国家"概念的异同。

"你刚才讲过，天然星上的6块大陆各自构成一个相对独立的行政区——邦联域。"安格莉卡接着问，"那么，天然星上的6块大陆各自的邦联域居住和生活着同一类相同或者相似的信仰者了？"

"是的。众多的天阳教教徒居住和生活在广阔的田洲域，类基督教教徒居住和生活在原洲域，类伊斯兰教教徒居住和生活在丘洲域，类佛教教徒居住和生活在山洲域，类爱因斯坦上帝的非人格化信仰者居住和生活在湾洲域，无信仰者居住和生活在岛洲域。各邦联域的人讲着各自的邦联域语言。"

"有趣，相当有趣！但是，这怎么可能实现呢？"

"在各邦联域自由注册，在邦联域之间自由迁徙！"卡里塔斯断然回答，"我认为，我们星球上的邦联域形式及自由注册、自由迁徙法规成功地避免了因宗教和信仰的差异，因领土、资源纷争而引起的人类冲突乃至战争。我们星球上经济与科学技术的巨大发展，为人类生活创造了丰富的生活资料；成年人不必长时间工作，人人得以丰衣足食。由此，创造了在邦联域之间自由迁徙的条件，从而，因争夺生活资料引起的冲突乃至战争得以避免。"

"从人类学角度讲，"安格莉卡说，"人类的进化不但表现在创造物质能力的进化，人类形体上的进化，更在于人类意识上的进化。我们地球上，不乏有人认为，人类的生存活动不止于将天然物质转化为生存物质，人类一代接一代地努力使物质转化为精神。精神是人类生存的终极追求，是人类的最高享受。"

"我赞同，并且欣赏这种认识和追求。"卡里塔斯说。

卡里塔斯陪同安格莉卡漫步在他的庄园属地，从庄园花园草坪走向小树林，宠物犬娇娇欢快跳跃，与安格莉卡形影不离。

## 第 7 章 镌刻女神石雕

**研讨女性石像**

在金泰利斯庄园住宅明亮、宽敞的客厅里,天顶上吊有华丽的大型玻璃花灯,墙壁上悬挂着大幅自然风光油画。面对向阳的玻璃幕墙放置着三个皮面沙发,金泰利斯请安格莉卡坐在正面的宽大沙发里,自己坐在侧面的一个单独沙发里。宽大沙发的前面放置着一个长条形褐色玻璃茶几,茶几上摆着茶、果汁饮料和啤酒。

金泰利斯和安格莉卡坐在沙发里面对面交谈,讨论以安格莉卡为模特镌刻大理石雕像问题。

"安格莉卡女士,平心而论,在舞场第一次与你牵手跳舞时,你的女性容貌和身躯的美感和它们散发的幽香,就激发起我对你的激情,至今,它几乎将我燃烧成灰烬。我极其渴望为你镌刻人体雕塑。"金泰利斯激动不已,难以自制。

"谢谢!感谢你以我为模特镌刻大理石雕像。我很想知道,在雕像中你着意突出表现什么呢?"

"我将着力突出表现你的美貌和身躯的自然曲线美感;只是遗憾……"

"遗憾？遗憾什么呢？"安格莉卡迷惑。

"当然，当然是你身体散发的幽香难于表现啊！"他们两人都笑了，谈话的气氛轻松、活跃起来。

"按你的意愿，你想如何展现我的容貌和躯体呢？"

"当然是裸体！"安格莉卡顿时羞红了面容，金泰利斯继续说，"你参观过我的雕塑园中的女性雕塑，容貌自不必言，她们几乎无例外的都是裸体雕塑啊！在我们艺术家，尤其是雕塑家和画家看来，裸体雕塑和绘画才可能充分地再现女性的美貌和身躯的美感。"

安格莉卡沉默了，刚刚出现的轻松、活跃的谈话气氛淡化了。

"金泰利斯先生，我不得不向你说明……"安格莉卡的话停顿了一下。

"安格莉卡女士，请尽管讲下去。"

"在我们地球上，裸体是一件不光彩的事情，也可以说是一件羞耻的事情。"

"那你们地球上的雕塑家从未镌刻过裸体女性人体雕塑吗？"

"绝对不是这样！地球上的雕塑家，还有画家，鉴于职业的需求，他们见过许多美女模特，并以她们的形体为模特创作雕塑作品或者绘画作品。模特作为一种社会职业，在法律上是允许存在的。"

"地球上的雕塑家的裸体女性人体雕塑作品？"

"是的。在法国首都巴黎的艺术宫，人们能够欣赏到地球上著名雕塑家的杰出作品！"

"安格莉卡女士，我非常喜欢倾听你讲述地球雕塑家的优秀雕塑作品，特别是极具美感的裸体女性人体雕塑作品！请你详尽地讲述，以便我能从中了解你的审美取向。"金泰利斯恳求道。

安格莉卡在法国巴黎求学期间欣赏到许多极具美感的裸体女性人体雕塑。她开始饶有兴趣地讲述她在巴黎欣赏过的裸体女性人体雕塑。

在巴黎卢浮宫，人们可以看到发掘自梅罗岛古希腊的世界最为著名的石雕"梅罗的维纳斯"。人们在维纳斯石雕近旁驻足，忘情地仰望着这位希腊绝代佳人。人们在想着什么呢？想到她的美丽，她的优雅，她的魅力……还会想到她的两只断臂，原来会是什么样子？它们现在哪里？梅罗的维纳斯是爱和美的化身，爱和美的女神。安格莉卡十分欣赏爱和美的女神维纳斯的容貌和身躯美，连同她的断臂，也觉得是一种"残缺"美呢！

金泰利斯陷入沉思。问题是他从未见过这座石雕，他正在依安格莉卡的叙述想象这座石雕可能的形态。

安格莉卡向金泰利斯描述维纳斯雕像的容貌和形态，介绍维纳斯雕像发现的历史，推测维纳斯雕像残缺的两只"断臂"的可能形态。

"维纳斯"雕像是罗马人对她的称呼，1820年在梅罗岛出土，被赞誉为古希腊最美的雕像之一。雕像呈现出典雅的风姿，优美的韵律，美妙的节奏和崇高的精神。雕像上部半裸，下部披布在身。形态稳健而优美，比例匀称而和谐，风韵典雅而崇高。臀下披布粗放而有力，与上部的半裸体形成鲜明对比，为雕像增添了含蓄迷人的美。整体雕像充满和谐而美妙的节奏，仿佛周身有一种柔和的波动，在这富有生命力的人体上，静穆也掩饰不了她那内在的激情，为理智所节制了的生命之愉悦、幸福与安宁。

"安格莉卡女士，我还是难于想象女神维纳斯的相貌体态，更加难于想象她的两只断臂原来会是怎样的姿态。你能简洁地描述一下维纳斯的形态与天然星女性的形态的差异在哪里吗？"金泰利斯问。

"梅罗的维纳斯优美、健康、充满活力,然而并不给人以柔媚或肉感的印象。她的微转有致的身姿,显得大方、健美,沉静的表情里有一种坦荡而又自尊的神态。她不是他人的女奴,因而无须故意取悦他人;她也不想高踞于人们之上,故也毫无装腔作势、盛气凌人之感。在她的面前,人们感到的是亲切、喜悦以及对于完美的人和生命自由的向往。"安格莉卡这样评价维纳斯。

"很有意境。"金泰利斯说。

"美是一种感受,使用人类的语言有时是难以描述的,至少对于我是这样的。"安格莉卡女士说,端起茶几上的一杯果汁饮料,喝了一口说道,"恕我直言,我的感觉……从你的雕塑园里女性雕像看,我的印象,与地球上的女性,譬如与地球上的女神梅罗的维纳斯比较……"

"安格莉卡女士,你尽可直言。"

"相对而言,你们星球上的女性的生理特征比较明显。"

"生理特征?女性的生理特征?"

"我们必须坦承,天然星上的人类比我们地球上的人类更为进化。人类的生理器官是用进废退的,伴随女性进化的是生理特征更为发达。女性的天性是生育儿女,其生育儿女的生理器官伴随人类的进化而更进化。"安格莉卡直言不讳。

"赞赏你直言,请继续讲。"金泰利斯话语坦诚。

"相对于地球上的女性,进化的天然星女性,乳房隆起,臀部翘起,这是由于天然星上的女性在生理上,为孕育和生育头脑更为聪慧和发达,体形更为硕大和强壮的孩子所需要的,女性生理器官的进化,主导了人类的进化。"安格莉卡说到这里停了下来,想知道金泰利斯对此的反应。

"安格莉卡女士，正如你说过的——'美是一种感受'。我们天然星人普遍喜欢女性的这种，如你所说的词汇——'生理特征'明显的女性。从天然星人审美理念讲，男人欣赏乳房隆起，臀部翘起的女性，女人为此骄傲。再说，我们星球上，可不是母系社会啊！"金泰利斯似乎还没有接受安格莉卡的论点。

"从人类进化和社会发展角度讲，女性在人类的繁衍、进化过程中，起着主导性的作用；社会结构形式是女性受宠的社会。人类因女性优生更进化。"

金泰利斯连连饮用茶几上的果汁饮料，然后说道："安格莉卡女士，请你告诉我，从心灵深处，你向往的你的雕像是怎样的？"

"就像维纳斯那样的雕塑！当然，我没有维纳斯女神那般优美的形态和神态，但是，无论如何，不要忘记镌刻我的完整的双臂！"安格莉卡清晰地表明了她发自心灵深处的想法。

"安格莉卡女士，我尊重你表达的愿望——'就像维纳斯那样的雕像！'"金泰利斯开始讲述他对镌刻安格莉卡雕像的考虑，"雕塑是一座半裸体雕塑，身体上部裸露，身体下部以披布遮掩。"

"一座半裸体雕塑——这也是我所愿望的。"安格莉卡流露出对此设计中意的表情。

"雕像的面容要区别于维纳斯的坦荡与自若的神态，而是显现你作为少女的纯真与愉悦。雕像的体态区别于维纳斯的韵律与性感，而是表现你作为少女的自然美线条。当然，雕像的体态有别于天然星美女的高曲率线条体态。"

"有趣，非常有趣！看来，我能在一定程度上想象你对雕像造型的设计了。金泰利斯先生，请按你现在的想象，描绘一下你镌刻的雕像的形态吧！"安格莉卡说。

"好！地球少女青春面庞，长发披在头后，用布条盘成卷发；上体裸露，乳房秀美；下体披布，裙摆动感；身态苗条，线条自然；她左臂下垂，左手轻挽披布；右上臂向前方稍稍抬起，右下臂和右手伸向胸部。"

"很好！据我所知，在维纳斯诞生的古希腊文明时代，男子一般被镌刻成全裸体的，而女人被镌刻成半裸体的，敏感部位是要尽可能地遮掩起来的。因而，我认为维纳斯原来的形态可能是如你设计的那样！"安格莉卡对金泰利斯说。

### 为安格莉卡镌刻石像

为安格莉卡镌刻石像的这一天到来了，它让安格莉卡既感到激动，也感到不安。为她将在天然星留下自己的女神般雕像感到激动；为她将以半裸体模特姿态出现在雕塑家金泰利斯面前而感到不安。美美的宠物犬汪汪以其敏锐的直觉感受到了安格莉卡的激动和不安心态，从早晨起，就一直与安格莉卡形影不离。安格莉卡也为汪汪守护一旁而心感慰藉。

按约定，金泰利斯在早餐后就驾驶它的私人海陆空飞船来到依多尔庄园，接安格莉卡去金泰利斯庄园。安格莉卡身着白色短裙、头戴白色遮阳帽、脚踏白色运动鞋，全身洁白出现在客厅里，汪汪则紧随其左右，寸步不离。

依多尔夫妇陪同安格莉卡走向草坪上停泊的飞船，向金泰利斯致以问候。汪汪仍然任性地跟随安格莉卡，即使美美喝令它留在客厅，它依然我行我素。以安格莉卡此刻的心情，她十分愿意汪汪陪她去金泰利斯庄园雕像的。当然，汪汪早已感知到这一层愿望了。

金泰利斯和安格莉卡，以及汪汪一同来到金泰利斯庄园的雕塑工作室，为镌刻安格莉卡的"像《梅罗的维纳斯》那样的雕塑"做准备。

安格莉卡从雕塑工作室踏上楼梯，走入二楼更衣间，汪汪始终伴其左右。金泰利斯走向工作室中用于素描竖立起来的画板旁，用图钉将雪白的图纸固定在画板上。

约半小时后，安格莉卡将身体裹在一件长长的睡袍里，款款从楼梯走下，停在工作室中央部位的画板前，汪汪乖乖地蹲坐在安格莉卡身旁。金泰利斯注视着安格莉卡的一举一动，缄口无言。

安格莉卡缓缓脱下睡袍，将其掷在一边；汪汪挪动几步，蹲坐在睡袍一旁。

她，安格莉卡，正像金泰利斯精心设计的那样——地球少女的青春面庞，披在头后的金色长发已用布条盘成卷发；上体裸露，乳房秀美，下体披布，裙摆动感；身态苗条，线条自然；她左臂下垂，左手轻提披布；右上臂向前方稍稍抬起，右下臂和右手伸向胸部前方。

当安格莉卡缓缓脱下睡袍的那一刹那，金泰利斯完全为安格莉卡陶醉了！

这是金泰利斯有生以来第一次见到如此美妙的一位外星人少女处于半裸体状态，它激发他的视觉神经兴奋，他为她优美的体态所陶醉；由于安格莉卡上体是裸露的，它身体散发的幽香更易于溢散，它激发了金泰利斯的嗅觉神经兴奋，他为她身体散发的幽香所陶醉。

"啊！我的维纳斯女神！"金泰利斯不由自主地在心中默念。

金泰利斯伫立在画板前，凝神审视安格莉卡的半裸体态良久，一切尽在无言中。

出于地球少女的矜持和自我保护意识，安格莉卡的羞涩和不安感觉增强。汪汪清晰地感觉到了安格莉卡情绪的变化，一双发亮的眼睛警惕地盯着金泰利斯的一举一动，不时仰头看看安格莉卡，细心觉察她情绪的变化。金泰利斯似乎也察觉到了安格莉卡的羞涩和不安情绪，以及汪汪的行色流露出的警惕，乃至敌视态度，而致举止有所谨慎和收敛，在安格莉卡处于半裸体状态下，保持合理距离，不越雷池一步。

金泰利斯开始用绘画铅笔在画板上为安格莉卡的半裸体态素描。他反复地审视安格莉卡的身体，铅笔在图纸上飞快地嚓嚓作响。他从安格莉卡的头部线条画起，迅速地向下画出颈部、双臂、胸部、腹部、臀部、披布、足部的线条；每个部位，他都用画笔首先轻轻地画上数笔，选择他满意的线条，加重涂抹。他在素描胸部和臀部时画的线条最多，他精心地寻求画出最适于安格莉卡的胸部和臀部线条。画安格莉卡的胸部和臀部线条最有难度，原因在于他已习惯于画天然星女人的丰满胸部和翘起的臀部。

金泰利斯终于画出了最适于安格莉卡的优美体态和身体的自然线条。为了增强安格莉卡体态的立体感，金泰利斯选用不同的素描画笔，以不同的粗细和轻重度描绘出她身体的三维形象。

在为安格莉卡身体素描过程中，金泰利斯不时会用言语请安格莉卡变换和调整她的半裸体姿态，譬如，身体的总体姿态，两只手臂及双手的姿态，等等，从不同的角度再次素描安格莉卡的整体体态线条以及局部身体部位。

完成身体素描之后，金泰利斯请安格莉卡到二楼更衣间；更衣完毕，在雕塑工作室，金泰利斯向安格莉卡讲述镌刻石雕的工作方式和进程，并与安格莉卡商谈工作时间和计划。

金泰利斯用于镌刻安格莉卡雕像的石料为山岳域白山石。加工工序分为石料选择、石料粗加工成型、石料精加工雕塑成型、局部精雕细刻。首先需要完成安格莉卡的身体素描，然后据此素描图像以机械方法粗加工剔除多余的石料，最后以安格莉卡为模特，以手工方法，使用凿、锤、钎等手工工具精细地镌刻白山石雕像。

这最后工序——手工精细镌刻石雕是展示雕塑家艺术才华的决定性的步骤，这期间，需要安格莉卡经常来雕塑工作室，作为模特与金泰利斯合作。

金泰利斯向安格莉卡展示了用于镌刻石雕的山洲域白山石石料，用于粗加工的机械，用于精细加工的手工工具。白山石石料来自山洲域白山，整块坯料有1米见方，2米高，质地洁白、纯净。

金泰利斯与安格莉卡商谈工作时间和计划之后，陪同安格莉卡离开雕塑工作室，步行来到金泰利斯住宅客厅休息，自然，汪汪始终寸步不离安格莉卡。

金泰利斯依然处于素描安格莉卡优美的体态激发的激情状态。他衷心邀请安格莉卡一同到饭店用餐。

"谢谢，金泰利斯先生。我刚才站久了，眼下不想走出去用餐；如果可以，我们一起留在这里用快餐吧！"

听到安格莉卡愿意留下来用快餐，金泰利斯同样兴奋，心想，她能留下来就好，他说："好！"

安格莉卡建议仍然吃快餐，她说她已经喜欢上天然星快餐了。

金泰利斯预订了蔬菜沙拉、洪堡、比尔快餐，同时为汪汪预订了一份宠物犬罐头食品。

快餐和罐头食品很快就通过快餐店的无人自动送餐飞行器送

达了。金泰利斯和安格莉卡一起吃沙拉、吃洪堡,喝比尔,很是开心。汪汪在一旁也吃得津津有味。

几杯比尔喝过,金泰利斯的话语越来越多,显然越来越兴奋。

金泰利斯放下空酒杯,双目凝视安格莉卡无语;安格莉卡莫名其妙,轻声问道:"金泰利斯先生,你没事吧?"

金泰利斯突然开口说道:"安格莉卡女士,我们一起生活吧!"

听到这句话,安格莉卡像是突然被一道闪电击中,一时愣在那里,说不出话来。

金泰利斯在茫茫然中祈望得到安格莉卡的回答。两人一时一同陷落在茫然与不安情绪之中。汪汪立时察觉到了,它睁大眼睛左顾右盼,竖起耳朵望着他俩。

"金泰利斯先生,我没听错吧,你是说:'我们在一起生活吧!'"

"是的。安格莉卡女士,我们在一起生活吧!"

"金泰利斯先生,我们刚认识不久啊,我们彼此间尚不了解啊!"

"我们在一起生活,才可以更快地相互了解啊!"

"我们地球人的生活方式不是这样的。"

"安格莉卡女士,你能讲讲你们地球人的生活方式吗?对此,我渴望知道。"

"在地球上,假若一位青年中意一位少女,他会设法与她搭讪,待相识之后,可以再对她说:'我们约会吧!'待几次约会,互相有了相当了解之后,可以再对她说:'我们做朋友吧!'待多次约会,互相有了深入了解、相爱之后,可以再对她说:'我们结婚吧!'"

"天哪！到什么时候，才能对她说：'我们一起生活吧！'"

"青年对少女说过'我们结婚吧'，并且得到少女的首肯之后，就可以择日结婚了！举办过婚礼，夫妇俩就一起生活啦！如果没有得到少女的首肯，那就得继续努力争取或者耐心等待，也许永远也等不到'我们一起生活吧！'那一天了！"

"地球上的恋人只有结婚后，才一起生活吗？"

"地球颇大，情况不同；有的地域是这样的，有的地域的国家总统竟然也没有与女友结婚而长久地一起生活的。"

"安格莉卡女士，你可不可以将我设想成那位国家总统，作为我的女友与我生活在一起呢？"

"目前，我还没有设想到这一步……金泰利斯先生，我们已经相识，我们已经约会，现在，还是'我们做朋友吧！'"

金泰利斯对此没有立即说什么，连续喝他的比尔。

"'我们做朋友吧！'……很好吗！"金泰利斯终于说出这句话，"从明天起，我开始在山洲域白山石石料上，为你镌刻石雕。我们将经常会面，同时我们将从朋友做起！"

安格莉卡点头微笑，汪汪围着他们俩撒欢地跳来跳去，它已经感知到，现场气氛终于得到缓和。

## 金泰利斯的表白

按约定，金泰利斯驾驶家用水陆空飞船，从金泰利斯庄园草坪升空飞行，抵达依多尔庄园住宅花园草坪，迎接安格莉卡女士去田洲域美术馆欣赏绘画。

在美术馆，观赏者被允许使用现场的一种电子摄影器，依据自己的愿望对现场的绘画局部截图和组合，从而得到观赏者"绘制"的一幅"再绘画"。安格莉卡感到十分有趣，于是"再绘画"

一幅男士与女神正在狂跳交际舞的"再绘画",并将其存储到这台电子摄影器中。

金泰利斯陪同安格莉卡参观过美术馆后,选择在美术馆旁的田洲域饭店用晚餐。这是一家高级自配餐饭店。所谓自配餐就是顾客可以在电子灶食谱上,自行设计菜肴,然后经由电子灶自动完成菜肴的选择、配置和烹调,加工后成的"自制"菜肴。

金泰利斯请安格莉卡在电子灶上自行设计和配置出她喜欢的菜谱。

当依多尔还在地球上的时候,安格莉卡曾陪同他和路德博士在巴黎塞纳河边名为"法国岛"的餐馆用过餐。当时她曾在法文菜单中选择了一道法式餐饮菜谱,并将菜谱翻译如下:"古堡波尔多葡萄酒,林木烤牛排,清炖蔬菜泥,干酪拼盘,鸡尾酒浇果汁冰激凌。"

当时,依多尔说:"请原谅,我在你们星球上是不吃动物肉类的。"从而拒绝食用林木烤牛排。

安格莉卡想,在地球上她曾经吃过这道菜肴,感到它味道鲜美,营养丰富。现在,何尝不在天然星上品尝这道"林木烤人造牛排",从而与地球上的"林木烤动物牛排"在品味上做一对比呢?于是她欣然在电子灶上自行设计和配置出这套食谱。

果然,在食用这道菜肴过程中,金泰利斯和安格莉卡都对这套美食赞赏有加。安格莉卡感到"林木烤人造牛排"与"林木烤动物牛排"同样味道鲜美,营养丰富。

在用过饭后甜食"鸡尾酒浇果汁冰激凌"之后,金泰利斯从文件包里取出一封信递给安格莉卡。安格莉卡读这封信时,不时地流露出微笑,金泰利斯在一旁凝神观望。

安格莉卡女士：

你对我的庄园的访问，激发了我对你的炽热情感，让我寝食难安。于是，我开始写情书给你，抒发内心的炽热情感，表达对你的爱慕。以下为我写给你的部分情书，其中，有的已经通过互联网络传递给你。

安格莉卡女士：

对于你能光临我的雕塑园我深感荣幸，对于能称呼你为安格莉卡女士深感快乐，对于你应允我为你镌刻雕像深感受宠若惊。

按我个人的审美理念，我喜欢具有自然美的女性；你的美丽容颜，你的婀娜身姿，你匀称躯体散发的独特幽香，一言以蔽之：你的自然身心所具有的自然美，令我陶醉。醉翁之意不在酒，而在于你的自然身躯所具有的自然美。

我爱你！

金泰利斯

安格莉卡女士：

正如你说过的——"美是一种感受"。天然星女人，地球女人，哪里的女人更美？天然星人，地球人，各人的感受会是不同的。天然星女人，地球女人，随着时间的推移，都会显现进化的特征。从现在看来，天然星女人显现的生理特征表明，她们比之地球女人更为进化。对于我个人而言，我更为欣赏你的身躯所具有的美；它流畅的线条显现人类身躯的自然美，它对于我具有极大的吸引力。

我想说，美与进化是不同的概念；人类进化了，生理功能改善了，然而，是否变美了，其回答却是因人而异的。
我爱你！

　　　　　　　　　　　　　　　　　　　金泰利斯

……

安格莉卡读过金泰利斯的这些情书，没说一句话，只是默默地继续喝咖啡。显然，她在思考。

"安格莉卡女士，你读过我最近发给你的电子邮件了吧？"金泰利斯首先开口问道。

"我想，你寄来的所有电子邮件，我都及时收到了。我为你的一片爱心所感动！"

"关于我在邮件中写的'实践程序'，你怎么看？"

"金泰利斯先生，你是说，邮件中谈到的'做朋友—约会—相爱—在一起生活'那样的实践程序吗？'"

"是的，是的！"

"我想说，金泰利斯先生，我们已经成为朋友，我们现在正在约会。今天，我接受了你的邀请，同你一同来到美术馆欣赏你们星球的绘画展览，然后，我们一同来到这家饭店共进晚餐。不是吗？"

金泰利斯微微点头。安格莉卡说到这里，略略停了一下，像是在思考什么，然后说道："至于后续的实践程序——'相爱—在一起生活'，我想——"

金泰利斯没等安格莉卡说出后续的话，就问："安格莉卡女士，你怎样想？"

"我想，我还需要时间，需要时间考虑和做出决定。"安格莉卡轻声地说。

"我将耐心等待。"金泰利斯迟疑一下后，同样轻声地说。

金泰利斯和安格莉卡从田洲域饭店漫步走向最近的交通站点，金泰利斯驾驶自家水陆空飞船，送安格莉卡返回田洲域的依多尔庄园。

## 第8章 欣赏建筑佳作

**卡里塔斯斜塔**

清晨，建筑师卡里塔斯按约定驾驶家用水陆空飞船，从位于邦联原洲域的卡里塔斯庄园草坪升空至三维交通网络的上层网络飞行，从城区上空下降到邦联田洲域的依多尔庄园住宅花园草坪，再次迎接安格莉卡女士去卡里塔斯庄园做客。

在卡里塔斯原子球住宅，卡里塔斯以绿茶和自己制作的点心招待安格莉卡，然后卡里塔斯与安格莉卡乘坐水陆空飞船从住宅前的草坪起飞，一同游历邦联原洲域。

卡里塔斯驾驶家用水陆空飞船升空，卡里塔斯原子球住宅逐渐隐蔽在林间树海中，唯有住宅最高的两个圆球尚依稀可见。

在蔚蓝的天空，从水陆空飞船远眺广阔的原野，满目郁郁葱葱。天是蓝的，地是绿的，湖水碧波粼粼。天连着地，地连着水，水连着天。天地之间在绿色原野中红的、黄的、白的、藕合等各种颜色、各种式样的小房子星罗棋布。

"卡里塔斯先生，在茫茫的原野上怎么看不到多家聚集的住宅？"安格莉卡问。

"原洲域属于原野地域，地域广阔平坦或略有起伏，人烟稀疏。各家喜欢分散居住，就像我家的庄园那样。"

"怎么几乎看不到楼房？"

"我们这里并不缺少土地。人们喜欢住在一层或者两层的独家住宅里。为什么要住在高楼里？在这里，只有相对贫穷的人才住在高楼里。"

"你们这里建造高楼吗？"

"是的，诸如衣物、食品、运动器械、儿童玩具等生活用品就集中在大型商场里出售，这种大型商场一般是四五层的大楼，人们在大型商场里自行选购。"

卡里塔斯驾驶家用水陆空飞船继续在高层交通网络上飞行。

"看啊，那里有一栋圆柱形高塔耸立在树海之上！"安格莉卡手指高塔呼喊。

"安格莉卡女士，你可注意到，那是一座斜塔呢！"卡里塔斯一边驾驶家用飞船，一边向安格莉卡手指的方向望去。

"斜塔？从高处难以看清，我们降落到那里吧！"

卡里塔斯驾驶家用飞船，平稳地降落在斜塔附近的交通站点。

这确实是一座斜塔，一座圆柱形的斜塔。安格莉卡在圆柱形斜塔周边转来转去，投以好奇的目光。她表现得很勇敢，竟然敢于在斜塔的倾斜方向部位久久伫立，不怕它随时就倾倒。

卡里塔斯向安格莉卡讲述斜塔的构造和用途。

卡里塔斯讲，这座圆柱形斜塔是由他设计的，并以他的名字命名的"卡里塔斯斜塔"；它是一座高10层、直径30米的圆柱形、山石结构斜塔，倾斜角为5度，塔高100米。这座斜塔集观光、运动、游戏、科学实验功能于一体。

卡里塔斯斜塔外缘建有分布在各层的建筑护栏，护栏由立柱和其上的拱券承重结构构建，圆柱形护栏与圆柱形护墙之间建有从下而上的螺旋阶梯观光盘道。圆柱形护墙之内部空间建有双螺旋盘道，一种为阶梯式螺旋盘道，供成人从下向高处蹬踏，做登高运动；另一种为滑梯式螺旋盘道，供儿童从上向低处滑落，做下滑游戏。斜塔圆柱体中央建有升降梯，提供儿童、老人或者欲节省体力的人们升高或下降；人们借助升降梯可在短时间内登上斜塔塔顶的观光台，通过望远镜一览原洲域风光。在斜塔倾斜一方，人们可做跳伞运动，科学家可做自由落体实验。

卡里塔斯讲到自由落体实验时，安格莉卡突然想起什么，于是问道："自由落体实验？啊，你是说，物体从高处自由降落的实验？"

"正是，安格莉卡女士，你做过自由落体实验？"

"不，不。它让我想起地球科学家在比萨斜塔上做的自由落体实验！"

"比萨斜塔，地球上有斜塔？"

"比萨斜塔，它是意大利比萨城的著名斜塔。意大利科学家伽利略在比萨斜塔上完成了两个不同重量的铁球同时落地的著名实验。"

"安格莉卡女士，我对比萨斜塔和自由落体实验都感兴趣，而对比萨斜塔更有兴趣，请你先讲讲比萨斜塔吧。"

安格莉卡开始讲述比萨斜塔。

比萨斜塔建于1173年，它由著名建筑师那诺·皮萨诺主持修建。开始时，塔高设计原为100米左右，但动工五六年后，塔身从三层开始倾斜，直到竣工还在持续倾斜。至今，比萨斜塔倾斜程度约10%，即5.5度，偏离地基外沿2.3米，顶层突出4.5米。

"是什么原因造成比萨塔倾斜的呢？"

"比萨斜塔之所以倾斜，是由于地基下面土层的特殊性造成的。比萨斜塔下有好几层不同的软质土层，由软质粉土的沉淀物和非常软的黏土相间形成，而在深约 1 米的地方则是地下水层。经过数年的治理，比萨斜塔的倾斜程度趋于缓和，减少到每年倾斜 0.1 厘米。"

卡里塔斯似乎对此感到遗憾，他礼貌地对此未加评论。

"1590 年，出生在比萨城的物理学家伽利略，在比萨斜塔上做自由落体实验，让两个重量不同的铅球从相同的高度同时落下，结果两个铅球同时落地，由此发现了自由落体定律，推翻了此前亚里士多德认为的重的物体会先到达地面，落体的速度同它的质量成正比的观点。"安格莉卡继续讲道，"严格地讲，伽利略的两个球体并非像传说中的那样同时落地，即使重力加速度不变，两个球体受到的空气阻力不同，是不会同时落地的。这也就是为什么鹅毛和铅球不会一起落下的原因。由于受到空气阻力，两个球体不能视作自由落体。"

安格莉卡讲到这里，卡里塔斯插话说："然而，伽利略的实验理论是正确的，在真空中，无论多重的物体，都遵循自由落体定律。"

安格莉卡陷入沉思，她在思考什么呢？

"卡里塔斯先生，你设计的卡里塔斯斜塔怎么会倾斜的呢？"

"这个问题吗，真的不难回答——它原本就是按着我的设计，使用四维建筑打印机一层一层地打印成的斜塔啊！它汇集观光、运动、游戏、科学实验功能于一体。"卡里塔斯一言道破真相。

卡里塔斯与安格莉卡乘坐水陆空飞船从卡里塔斯斜塔附近交通站点再次起飞，在原洲域空中交通网络上飞行。

"看呀，那是一座怎样的建筑呀？"安格莉卡用手指着一座顶端竖立着许多人物雕塑，穹顶呈十字形结构的建筑。

卡里塔斯望了望那座建筑，说道："那是使用四维打印技术建造的原洲域大教堂。"

卡里塔斯驾驶水陆空飞船，稳稳地降落在原洲域大教堂附近的交通站点。

这座原洲域大教堂是一座长方形的教堂，整栋建筑呈现出一个十字架的结构，具有巨型穹隆顶和多排圆石柱以及水平的过梁。巨型穹隆顶坐落于十字架的结构的中央，穹隆顶之上耸立着一个巨大的十字架。多排圆石柱上方竖立着多座巨大而精美的人物雕塑。

"安格莉卡女士，你曾谈过，基督教是地球上的三大宗教之一。千余年来，基督教教会一定建造了许多的基督教教堂，其中最著名的教堂的建筑风貌是怎样的？"

"在地球上，梵蒂冈城圣彼得大教堂是地球上，最庞大、最负盛名的基督教教堂。它的建筑风格与眼下这座原洲域大教堂颇为相似呢！"圣彼得大教堂的建造可以追溯到罗马皇帝君士坦丁时代。一代又一代建筑大师们参与了圣彼得大教堂的设计和建造，主导过大教堂设计和建造。圣彼得大教堂两翼呈弧形排列着284根圆石柱。柱廊之上依次排列着88座人物雕像。圣彼得大教堂是文艺复兴艺术建筑和巴洛克艺术建筑的代表作品。

"建造圣彼得大教堂，需要多长时间？"卡里塔斯问。

安格莉卡讲述，圣彼得大教堂最初是由君士坦丁大帝于西历326-333年在圣彼得墓地上修建的，称为老圣彼得大教堂。16世纪，教皇朱利奥二世决定重建圣彼得大教堂，并于1506年破土动工。在长达120年的重建过程中，意大利最优秀的建筑师布拉曼特、米开朗琪罗、德拉·波尔塔和卡洛·马泰尔相继主持过设计和施工，直到1626年11月18日才正式宣告落成，称为新圣彼得大教堂。

"这样算来，从西历1506年至1626年，仅重建圣彼得大教堂工程就用了120年？"

"是的。卡里塔斯先生，你们使用四维打印技术建造原洲域大教堂用了多少时间？"

"基础与构架建设用时半年，精装修却也用了半年时间。"

卡里塔斯驾驶水陆空飞船从原洲域大教堂附近的交通站点起飞，向田洲域飞行，送安格莉卡返回依多尔庄园。

## 湾洲天文台

按约定卡里塔斯驾驶家用水陆空飞船，抵达邦联田洲域的依多尔庄园住宅花园草坪，迎接安格莉卡女士去湾洲域游览。

湾洲域距田洲域和原洲域都比较远，从田洲域去湾洲域需要花费较多时间；卡里塔斯征得安格莉卡同意，决定选择从依多尔庄园换乘天阳能动力更为充足的公共交通水陆空飞船从田洲域飞往湾洲域。

卡里塔斯陪同安格莉卡乘坐公共交通水陆空飞船升空飞行，依多尔庄园逐渐隐蔽在蓝天下的林间树海中。

在蔚蓝的天空，从水陆空飞船俯视大地，江川、湖泊、海湾历历在目，湾洲域是天然星水源丰沛的地域。

彩色斑斓的各式宅院坐落在江川、湖泊、海湾旁。在前往湾洲域访问湾洲天文台的途中，卡里塔斯和安格莉卡再一次谈及湾洲域居民的信仰问题。

湾洲域多数居民信奉宇宙内在的结构、和谐、运动的规律。如果将其称为上帝的话，它将被称为理性上帝，而非人格化的上帝，类似爱因斯坦的上帝。爱因斯坦曾这样阐述过他信仰的上帝："我信仰斯宾诺莎的那个存在于事物的有秩序的和谐中显示出来的上帝，而不信仰那个同人类的命运和行为有牵连的上帝。"地球人将爱因斯坦信仰的上帝称之为"爱因斯坦的上帝"，而湾洲域多数居民信奉的理性上帝，它与爱因斯坦的上帝是相当类似的。可见，湾洲域多数居民是相当了解宇宙内在的结构、和谐、运动的规律的。

卡里塔斯和安格莉卡抵达湾洲天文台，并直接走进宽敞的天象馆。

映入眼帘的首先是天阳系星球运行模型。天阳系星球运行模型制作精良，采用磁悬浮技术，蓝色幕布衬托下的全部6颗星球和1颗大星球得以在自由状态下悬浮在空间。在象征天际空间的蓝色幕布衬托下，其中的6颗星球围绕着1颗大星球在运行中。

卡里塔斯向安格莉卡讲述，那颗居于星球运行模型中央的硕大星球即为天阳。以天阳为中心，由近及远，依次为天骄星、天穹星、天然星、天使星、天象星、天涯星，围绕天阳按其特定的运行轨道运行。天阳为恒星，其他6颗星球为行星。

在天阳系中，恒星天阳绝对是最大的星球，它的直径约为130万千米，其重量占天阳系星球重量总和的90%以上。

天阳系中的六颗行星围绕天阳运行的轨道，大体在一个平面上，各行星运行轨道平面之间的角度相差低于10%。天然星围绕天阳运行的轨道为椭圆轨道，确切地说，是一个极其接近椭圆的轨道，原因在于其运行过程中，不仅受到天阳的强大吸引，同时受到其他5颗行星的引力作用。

天阳的形态为球体，而天然星的形态却是两极直径稍稍偏小，赤道直径稍稍偏大的球体。天然星不仅围绕天阳公转，还以自身的旋转轴自转，这样天然星上就有了白天和黑夜。

天阳是一颗发光、发热的恒星。天阳是一个炽热的气体球体，它的表面没有分明的界面。天阳从中心到边缘依次分别由热核反应区、辐射区、对流区、天阳大气层组成，各层之间没有分明的界面；其中的天阳大气层由内向外依次由天阳光球、天阳色球、天阳日冕构成。由此，天阳成为天阳系中唯一的一颗可以发光、发热的恒星。

"看来，天阳与我们地球所属的太阳系中的恒星太阳有许多相似之处呢！"安格莉卡插话。

"安格莉卡女士，你的这一信息相当有意义；它或许可以解释天然星何以与地球有许多相似之处呢！"

卡里塔斯继续讲述，天阳燃烧自己而发光、发热，让围绕天阳运行的天骄星、天穹星、天然星、天使星、天象星、天涯星6颗行星接受天阳发射的光和热。

在天阳系行星上，出现人类生命的决定条件之一是天阳系行星上存在原始大气层和水层。另外一个决定条件是天阳系行星在距离天阳适当的远处，并按特定的轨道围绕着天阳运行，这样它才能接受到适合于生命出现、发育、成长的光与热。天阳系行星距离天阳太近或者太远运行，造成天阳系行星表面温度过高或者过低，都不能出现人类生命，乃至不能出现相应的动物、植物、微生物。

从进化论角度讲，人类是在适宜的环境与条件下，从低级动物向高级动物逐步进化来的。在这一漫长的进化过程中，菌藻类、藻类、藻类植物、裸子植物、被子植物相继出现；相应的，低级原始动物、海生无脊椎动物、鱼类、两栖动物、爬行动物、哺乳动物，直至人类出现。

天然星湾洲域的多数居民了解并信奉宇宙内在的结构、和谐、运动规律，相信生物进化论，因而，他们信仰存在于事物的有秩序的和谐中显示出来的上帝，也即理性的上帝，而不信仰那个同人类的命运和行为有牵连的上帝。

卡里塔斯和安格莉卡离开天象馆，来到天文台各式天文望远镜旁，安格莉卡从天文望远镜瞭望星际空间。

"天阳系之外的宇宙空间是怎样的？"安格莉卡问。

"天外有天，天阳系之外有天。"卡里塔斯说，"据天文科学家观察与研究，天阳系之外，已经发现10亿颗以上天阳一类的恒星呢！更遥远的天阳系之外的星系还有待发现！"

"我们的地球在哪里？"

"很遗憾，通过地面和空间的天文望远镜，从射电、红外、紫外、X射线一直到γ射线这一整段电磁波段上全面地审视天空，我们现在还不能分辨特别遥远的星际空间的星体群是怎样的星系，包括你们的地球和它所属的太阳系。我们的天文学家依据星体群总体形状，以与其相似的天然星上的动物、植物、物体等的名称为星体群命名。"

"宇宙浩瀚，宇宙是有限的还是无限的？"

"我想说，这是一个正在探讨，尚未解决的问题。有人认为，宇宙是有限无界的。宇宙是为四维空间堆叠成的超圆体，一个具有有限空间体积的自身闭合的连续区。就是说，当人们在宇宙中的一点向一个方向观察，最终会回到原点。"

"似乎在地球上也有人说过这样的话。我知道长、宽、高三维空间的含义，可是何为宇宙四维空间？"

"人类生活在三维空间中，但是，宇宙尚在膨胀，于是就有了宇宙第四维——时间。这意味着，人们现实所能观察到的宇宙空间是随时间的变化而时时变化着的。人类对于宇宙的认识是由时间限定的,或者说,人类对于宇宙的认识被打上了时间的标志。"稍停片刻,卡里塔斯继续说道:"然而,我们天然星人对于临近我们天然星的行星天使星还是有较多的了解的。"

"天使星?天阳系中的行星天使星?依多尔先生曾经与他的儿子驾驶宇宙飞船在星际空间飞行,并将一颗未知星球误认为天使星,而搭载在这颗未知星球上,阴差阳错地来到了地球。"

"据我所知,依多尔先生已经成功地飞返于天然星与天使星之间。我也曾经驾驶宇宙飞船成功地飞返于天然星与天使星之间呢!"

"真让人羡慕啊!"

"安格莉卡女士,你愿意同我一起去天使星旅游吗?"卡里塔斯问,急切地渴望听到安格莉卡的回答。

听到这一提议,安格莉卡露出惊异的表情,一时没有作答。

"安格莉卡女士,我们今天在旅途中花费了许多时间;现在天色渐晚,我建议,我们先到饭店用晚餐,今夜在饭店留宿。你看怎样?"

"好吧!"安格莉卡点头允诺。

**卡里塔斯的情书**

卡里塔斯和安格莉卡在湾洲域饭店用晚餐。

卡里塔斯为安格莉卡和他自己各订了一盘人造牛排、西兰花、西红柿汁土豆条、鲜榨柠檬果汁以及一种天然星咖啡。

饭后喝咖啡时间,卡里塔斯交给安格莉卡一封情书。安格莉卡默默阅读,卡里塔斯在一旁静默凝视。

安格莉卡女士：

原谅我冒昧给你写信，表达我发自身心深处的感受。

自从在依多尔庄园与你巧遇，经依多尔先生介绍与你相识，我的心便失去了平静，至今我依然激动不已。

我是一个崇尚感觉的人，自信我的感觉是敏锐的。我们天然星人具有超凡感觉，超凡直觉，超凡预感，超凡梦幻，超凡灵感，超凡心灵感应。人们不需要烦琐、冗长思考、推理、判断，就在心灵中出现感觉、直觉、预感、梦幻、灵感、感应。

我对你的第一感觉就是：你太美，太可爱，太聪慧了！

你的秀美面庞，你的体态自然美线条太可爱了。

你身体散发的幽幽清香总是让我处于陶醉之中。

你优雅谈吐，尤其关于人类学的不凡的观念，总是让我啧啧称羡。

安格莉卡女士，我感恩苍天，让我有幸与你相识。这就是缘分吧！

怎么会那般蹊跷，在我访问依多尔庄园的瞬间，你出现在庄园草坪，缓缓地走向住宅客厅，让我们相见，让我们相识？你可是一位从遥远的太阳系的地球，来到天阳系的天然星球的人类一员啊！两个星系的两个星球的人偶然相遇，该如何做出解释？我开始相信缘分了。

纯洁的爱情是出现在两个人之间的情感，它凝结在有情人的心灵中，出现于感觉、直觉、预感、梦幻、灵感、感应中。

我清楚地记得我们相处的时光，美好的记忆时时伴随我的生活。

当我们在依多尔庄园谈起地球现世人类的五大人种特征，谈到天然星人的进化特征，我们都认为，天然星人与地球人的结合将有助于促进人类的进化。

我在自家庄园接待了第一位外星人，来自地球的美女安格莉卡女士。我设计的以四维打印机建造的9球体卡里塔斯庄园住宅风貌，引发你的联想，让你感到新奇——"地球上的布鲁塞尔原子球怎么会出现在天然星"？

在卡里塔斯庄园我们一起谈论过天然星人和地球人的信仰。我认为，神灵已经成为一种精神意念，一种象征性的观念，或者说，一种拟人化的形象。你说："我欣赏'爱因斯坦的上帝'，这可能与我学习和研究人类学的经历有关系。"可以说，我们的信仰是接近的，这是难能可贵的。

在卡里塔斯庄园我们一起谈论过战争问题。我谈到天然星人的邦联域，我说，我们天然星上的人类，并不热衷于战争。你谈道，地球上战争起因是多方面的。譬如，国家领土、资源引起的问题，经济利益引起的问题，种族、民族、宗教、信仰引起的问题，等等。你说："国家之间应和平相处。"

在邦联原洲域，我们一同游历了卡里塔斯斜塔。我谈到卡里塔斯斜塔的设计，建筑结构以及功能。你介绍了地球上的比萨斜塔的出现、结构、功能，有趣的伽利略比萨斜塔自由落体实验。我们还一同游历了使用四维打印技术建造的原洲域大教堂，它具有巨型穹隆顶和多排圆石柱式以及水平的过梁。你将它与地球上的基督教圣彼得大教堂在建筑方法、建筑结构，甚至建筑耗费的时间上做了有趣的比较。

这些难忘的经历让我们彼此间相识，让我们彼此间相知，让我们彼此间愉悦，让我不能自拔地迷恋你，我向往永远与你在一起生活。

　　我爱你！做我的妻子，我们结婚吧！

卡里塔斯

　　卡里塔斯专注地望着凝神读信的安格莉卡，看见她偶尔露出的他熟悉的可爱微笑，一边慢慢饮着咖啡。

　　"谢谢，卡里塔斯先生！"安格莉卡的视线离开那封情书，面对卡里塔斯郑重地说，"真的为你的炙热和至诚的情感所感动！"

　　"安格莉卡女士，你愿意同我一起去天使星旅游吗？"卡里塔斯激动不已地问。

　　卡里塔斯等待安格莉卡的回答，然而她没有对此说什么。

　　"安格莉卡女士，你有时间考虑这一切，包括我们之间的关系。"卡里塔斯意图缓和谈话的气氛，如此说道。

　　安格莉卡显然为卡里塔斯的幻想和激情所感动，她低头望着她的咖啡，用羹匙慢慢搅动它，她在思索，从内心深处寻找合宜的答案。她抬头凝视着卡里塔斯，显然他正在渴望她的回答，她轻声说道："卡里塔斯先生，只是……"安格莉卡一时没有说下去。

　　"安格莉卡女士，请直言，我有心理准备。"

　　"抱歉，我在心理上还没有准备好。"

　　两个人都沉默下来，各自饮着咖啡。

　　"时间不早了，我想，我们可以回客房了。你说呢？"卡里塔斯打破沉默。

"我想，也是。"

"安格莉卡女士……"卡里塔斯欲言又止。

"嗯，什么？"

"我为我们已经在饭店预订好了相邻的两个房间，我们今晚能在一个房间留宿吗？"卡里塔斯问。

安格莉卡不知选择怎样的话语回答，于是又重复了刚才说过的那句话："抱歉，我在心理上还没有准备好。"

安格莉卡说出这句话，立时感到有些尴尬，于是又补充说道："卡里塔斯先生，我们现在是在天然星上，我想说……"

"请讲，你想说什么？"卡里塔斯好奇地问。

"我想说，若是我们在天使星上，或许，我会是另外一种回答！"

安格莉卡说过这句话，显得异常羞涩；卡里塔斯却立马兴奋异常，不无风趣地说道："安格莉卡女士，你是说，在天使星我们不会有相邻的两个房间，是吗？"

安格莉卡连连点头，只字未言。卡里塔斯的坦诚表白，让安格莉卡的羞涩之情溢于容颜。

翌日，卡里塔斯陪同安格莉卡乘坐公共交通水陆空飞船返回依多尔庄园，然后独自驾驶自家的水陆空飞船从依多尔庄园返回自家庄园。

## 第9章 小行星撞向天使星

**反 思**

从湾洲域旅行归来后的一天，用过早餐之后，依多尔夫妇和两个孩子准备一起外出看望孩子们的爷爷和奶奶，依多丽雅问安格莉卡是否愿意一同前往；安格莉卡表示了感谢，由于近日多次外出旅行，这天她想一个人独自留在庄园。

依多尔夫妇和两个孩子离开后，安格莉卡走出庄园住宅，她发现，宠物犬汪汪竟然尾随其后。她在广漠的田野里漫步，汪汪在她周围欢快地跑来跑去，不时地汪汪几声，像是在告诉大自然：我来了！

她在绿葱葱的田野上，抬头仰望湛蓝的天空，感到渐渐融入深邃的大自然当中，感到心绪也随之渐渐舒展开来。

安格莉卡想到了自己。她回忆起，她与雕塑家金泰利斯，与建筑设计师卡里塔斯相识和相处的时光，反思自己的感情经历。

金泰利斯和卡里塔斯的身影浮现在她的眼前。他们皆英俊、优雅，洋溢着艺术家的气质；而金泰利斯更富激情，卡里塔斯更为沉静。

在蔚蓝的天穹下，在野花竞放的草原上，安格莉卡高声问自己:"我到底爱上了谁?金泰利斯先生还是卡里塔斯先生?"

天穹、大地默默无语,唯有汪汪,它欢快的汪汪叫声,在天穹里,在大地上回荡。

在草原上,安格莉卡漫无目标地行走着,她的思维却依然停留在对两位求爱者的身上。

安格莉卡在想,可以说,金泰利斯是位偏向感性和性情的男士。他感性,他可以一见钟情地爱上一个女人;他对于他认为性感的女性表现出激情澎湃。卡里塔斯是位偏向理性的男士。他理性,他对女性不轻易地表达爱恋之情或者许诺什么,他喜欢保有他的感情,让它自然升华。

安格莉卡突然联想起,在地球上,路德博士曾经讲过的一个关于爱情的有趣比喻。他说,他曾与一位欧洲朋友聊天,谈起了地球上东、西方爱情观。那位欧洲朋友用铁炉和壁炉比喻爱情。并说,东方人的爱情像是壁炉,升温慢,降温也慢,持续时间长;西方人的爱情,像是铁炉,热得快,凉得也快,持续时间短。

安格莉卡在想,金泰利斯的爱情会是偏向于地球上西方人的爱情,而卡里塔斯会是偏向于地球上东方人的爱情吗?她不能肯定这一点,毕竟这是出现在两个星球上的人类的爱情观。

特别值得安格莉卡思考的是:金泰利斯原来是位独身主义者,尽管自从见到她后,他表达了愿意有所改变,但毕竟他从未与她谈及结婚一事,而卡里塔斯在湾洲域饭店,坦诚地求婚:"我爱你!做我的妻子,我们结婚吧!"

卡里塔斯对于在天然星上的婚姻生活,有许多切合实际的考虑,乃至设想。他是想过家庭生活的人!安格莉卡明白,恋爱时期的激情总会渐渐平息,她喜欢温暖、安宁的家庭生活,她喜欢孩子,她疼爱孩子,让他(她)们接受最好的教育,找到他(她)们最爱的生活伴侣,在他(她)们最喜欢的地方,过他(她)们最喜欢的生活。

想到这里,安格莉卡的心情明朗起来,她仰望蔚蓝的天空,远望广漠的原野,看着撒欢的汪汪,将它抱在怀中,不住地亲吻它,这让汪汪格外兴奋。可见,女人的爱不仅能够改变男人,也能改变宠物,乃至其他动物呢!

安格莉卡将汪汪轻轻地放到草地上,用天然星语对它说了句:"咱们回家吧!"汪汪深情地仰望着她,汪汪两声,像是在说:"好啊!"乖乖地跑在返回依多尔庄园住宅的路上。

**飞往天使星**

卡里塔斯获悉一则"飞天星际旅行社"新近发布的组团赴天使星旅游的信息,于是立即向安格莉卡讲述了这则"天然星—天使星往返旅行"项目。

谈到天使星,让安格莉卡立即想起依多尔与他的儿子的奇特经历。父子俩原本打算一起单独乘坐宇宙飞船从天然星去天使星的,但是,由于一次偶然事件,父子俩乘坐的宇宙飞船误搭上一颗未知星球未能抵达天使星,而是来到了地球上空,父子俩在跳伞降落地球过程中失散了。

"我虽然是位建筑设计师,然而对于天文学有着特殊的爱好。从儿时起,我就迷恋天文现象,渴望有一天飞向太空,渴望能在天使星上生活!"卡里塔斯的话让安格莉卡从她的回忆中回到现实中。

"真让人羡慕啊!"安格莉卡感叹道。

卡里塔斯以欣赏的目光望着安格莉卡,慢声慢语问道:"安格莉卡女士,你愿意同我一起去天使星生活吗?"

"生活?人类在天使星上生活?这怎么可能呢?天使星上有人类赖以生存的空气和水吗?"

"科学家研究表明,天使星的两极大部分为冰覆盖,小部分由固态的二氧化碳,即为'干冰'覆盖;天使星上曾经有过大面积的海洋与湖泊。天使星周围笼罩着大气层;天使星大气层的主要成分是气态二氧化碳,其次是氮、氩,此外还有少量的氧和水蒸气。不过,氧的含量太低了,其含量大致相当于天然星大气中氧含量的1%,人类是不能赖以生存的。"

"那么,问题严重了,我们如何在天使星上生存啊?"在这里,安格莉卡选用了词汇"我们",显然她在思考在天使星上与卡里塔斯一起生存的实际问题。

"这个问题,我反复研究过,同时请教了天然星的科学家。我们可以首先将天使星的冰加热融化成水,然后使用电极水解方法将水分解成氢气和氧气,进而分离氢气和氧气,将氧气留在我们生活的空间。"在这里,卡里塔斯也选用了词汇"我们",显然他也在思考在天使星上与安格莉卡一起生存的实际问题。

"十分有趣!如何在天使星上获取热能和电能呀?"

"从天阳获取辐射热能,以热电转换器转化为电能,用于取暖、烹调、照明以及应用电能以电极水解方法将水分解,获取氧气,等等。"

"还有,如何解决生活空间中的住房问题?"

"这个,这个还是个问题。安格莉卡女士,那就让我们先去天使星旅游吧!"

"怎么,人类能够在天使星生活吗?我只知道,依多尔先生驾驶宇宙飞船已经成功往返于天然星与天使星之间,难道你们曾经离开宇宙飞船在天使星地面行走过吗?"

"确切地说,还没有。不过,我下一步的计划就是实现在天使星陆地上游览。"

"真让人羡慕啊!"安格莉卡再一次发出如此的感叹。

卡里塔斯以欣赏的目光望着安格莉卡,慢声慢语问道:"安格莉卡女士,你愿意同我一起去天使星旅游吗?"

"十分愿意!"安格莉卡爽快地答道。

安格莉卡对于随同飞天星际旅行社去天使星旅游颇感兴趣,况且,由于她在协助邦联田洲域安全部破获"基菲特涉嫌毒品交易案"中立功,获得邦联田洲域安全部赠予的丰厚奖金,为她在天然星,乃至其他相邻星球的旅行创造了物质条件。

卡里塔斯和安格莉卡及时在飞天星际旅行社报名参加天使星旅行团。金泰利斯从飞天星际旅行社得知卡里塔斯和安格莉卡报名参加了天使星旅行团后,立即告知安格莉卡,他也已报名参加天使星旅行团旅游。

飞天星际旅行社的天使星旅行团一行13人,其中有宇航员兼指令长弗里德,宇航员兼通信员斯佩希,导游员希恩,旅游者10人。旅行团所有人员皆穿着宇宙航行服进入停泊在天然星宇宙飞船起降场的飞天号宇宙飞船。

宇航员弗里德和斯佩希进入飞船驾驶舱,导游员希恩和旅行团成员进入生活舱。驾驶舱与生活舱之间设置有可以开启或者封闭的通道;通过电讯装置,驾驶员接受天然星起降场指挥部指令,通过飞船内设置的对讲机,驾驶员与导游员和旅行团成员进行通话。

驾驶舱和生活舱内保持标准大气压力,并均储存有食物、水以及压缩空气以维持飞船上人员的生存。

天然星起降场的强大的运载火箭将飞天号宇宙飞船发射向太空，它穿过天然星表面的大气层进入星际空间。时间流逝，旅游者意识到，他们已经远离他们居住的天然星，进入太空星际空间。

运载火箭燃料逐级消耗并脱离飞天号宇宙飞船后，宇航员接收天然星星际航行指挥部指令启动飞天号宇宙飞船自身的核驱动器，驶向天使星。在飞抵天使星附近时，降低飞天号宇宙飞船飞行速度，使其进入天使星的运行轨道，与天使星同步飞行。

宇航员接收到星际航行指挥部指令，准备操纵登陆舱在天使星合宜地点着陆。宇航员请导游员和旅行团成员从生活舱进入飞天号飞船的"登陆舱"，而两位宇航员依然留在飞天号飞船驾驶舱内。

在适当时机，飞天号飞船宇航员在飞天号飞船上操纵飞船的登陆舱，令其脱离飞天号飞船而在天使星上着陆。飞船的登陆舱自身设置有小型核驱动器，可以在飞天号飞船宇航员给出的指令和遥控下安全、平稳地在天使星上的飞船起降场软着陆，并将在必要时安全、准确地返回至飞天号飞船中的原来的位置。

飞天号飞船宇航员操纵飞天号飞船继续沿着天使星的运行轨道，与天使星同步飞行，在星际空间等待登陆舱，在旅游团人员在天使星地面上的游览结束后，返回飞天号飞船。

**游历天使星**

在飞天号飞船驾驶舱中的宇航员给出的指令和遥控下，飞天号飞船的登陆舱安全、平稳地降落到天使星上的飞船起降场。

天使星飞船起降场是天然星星际航行总局建造的星际航行中继站，提供星际航行中的飞船起飞和降落，同时建有"中继站客栈"，供宇航员、航天乘客在其中短期留宿和休息。

导游员希恩引导十名旅游者都穿好保暖、防辐射并附带供氧装备的航天飞行服，戴好氧气面罩，有序地走出登陆舱，踏上天使星上的土地，并缓缓地向中继站客栈走去。

旅游者踏上天使星土地的那一瞬间是令人激动的，毕竟这里的土地是宇宙中的另外一颗星球的土地，他们踏上了另外一颗星球！人生难得有机会踏上居住星球以外的星球。何况，对于安格莉卡而言，这已是她人生中踏上的第三颗星球的土地了！

星际航行中继站的一排8个相互连接的球形建筑映入旅游者的视野，导游员希恩向旅游者简要地介绍了中继站客栈的情况。

由于行星天使星距离恒星天阳比之行星天然星距离恒星天阳远一些，于是造成天使星表面平均温度较之天然星上的平均温度低一些。天然星大部分陆地表面温度在摄氏30度与零下20摄氏度之间，适合人类生存。天使星表面的平均温度过低，天使星上赤道地区中午时最高温度可达摄氏零度，而夜间最低温度可达零下80摄氏度；天使星绝大部分陆地表面温度皆在摄氏零度以下，早晚温度落差极大，不适于人类生存。

天使星表面是存在大气的，然而，问题在于其大气主要成分是二氧化碳，大气中的氧气仅仅占1%。人类是不可能在天使星上呼吸其大气生存的。

由于上述的气温过低和大气中氧气含量过低原因，人类在天使星上生存所依赖的植物难以存活，导致人类借以生存的食物来源也成了问题。

值得庆幸的是，在天使星存在人类赖以生存的水！

天然星星际航行总局在天使星上建造了"中继站客栈"，正是为了解决人类在天使星上短期生存的问题。

天使星星际航行中继站中的客栈由一排8个相互连通的球形建筑构成。建筑部件是在天然星上使用的保温、防辐射材料，应用四维打印技术预制好的，以星际航行飞船运送到天使星，然后组装成球形建筑的。

　　在8个球形建筑中一个球体上方，安装了大面积的伞状天阳能接收器，球体中安装了天阳能转换器；天阳能转换器将天阳能转换为电能，为人们提供电量、热量。另一个球体中安装了电极水解设备和水净化设备，电极水解设备将水电解成氢气和氧气，为人们提供氧气，解决呼吸问题；水净化设备为人们提供饮用水、生活用水。其他球体中安装了空调，备有床铺和卧具，并储存有一定数量的食物。旅游者可以脱掉航天服，在中继站中活动、休息或者过夜居住。

　　在中继站客栈，导游员希恩开启了天阳能转换器、电极水解设备和水净化设备，旅游者将随身携带的东西放置好，熟悉环境，稍事休息之后，便身着航天飞行服，戴好氧气面罩，随同导游员希恩有序地走出中继站客栈，踏上游览天使星的行程。

　　按约定，在导游员希恩陪同下旅游者集体游览1小时，随后有半小时时间，在中继站客栈附近区域自由活动，然后，统一在客栈前集合，一同返回中继站客栈。

　　时值天使星夏季白天，中继站客栈又处于天使星赤道附近，相对而言，旅游者正处于天使星气候相对温暖的季节和地域。

　　在天使星地面，旅游者见到不同的地貌，平坦的陆地上可见片片耐寒的青草，稀疏的灌木丛，以及结了冰的弯曲小河。在青草中有爬虫蠕动，在低矮的灌木丛中有类似鸣蝉的昆虫在鸣叫。导游员说，天然星人类至今还从未在天使星上见到过大型动物。

　　在天使星上，让安格莉卡赞叹不已的是环形山。

环形山数量多，地貌美。有的环形山山脊的坡度比较平缓，有的陡峭。山脊坡度平缓的环形山，旅游者可以相对轻松地走上环形山顶部，进而越过平缓的边缘，走进凹形的环形山山口，山口底部相对平坦。从环形山山口平缓的底部向四周张望，视线为环形山边缘所遮挡，不见山坡和地面；目力所及为远处陡峭的环形山和火山，以及火山灰反射天阳光线所呈现的明亮彩带，那景致妙不可言。边缘坡度陡峭的环形山，让人望而却步。它的边缘映现出尖尖的影像，仿佛在环形山顶边缘筑起了护栏。

就旅游者目力所及，远处环形山高大，矿物质凝结，颜色各异；近处环形山矮小，山口呈碗状，环形山山口物质的颜色与山脊颜色类同。这两类山体的成因体现了环形山的两种基本形成方式。前一种环形山为火山爆发形成，火山爆发时喷射的地下熔岩在山口凝结；后一种环形山则为外来陨石撞击而成。星际空间运行的体积不同的陨石，受到天使星引力吸引，猛然撞击到天使星表面，在其上形成大大小小的陨石坑。

在天使星赤道地区表面上，旅游者可见错落无序的小型峡谷延伸远方。峡谷壁通常十分陡峭，有明显的边界，显示出陷落和山崩活动的迹象。这些小型峡谷可能是天使星自身的地下冰在融解和蒸发过程中形成的，也可能是由风或水的侵蚀造成的。

当时，旅游者在天使星上空并未见到赤道上空飘浮的云，导游员希恩说，人们在天使星极其寒冷的极地天空可以见到飘浮的云，天使星大气中飘浮的云的成分主要是二氧化碳掺杂少量的水汽。天使星极区的冬季，大气温度低于二氧化碳的凝固点，因而形成覆盖极区的浓雾状的干冰云。

导游员希恩还说，在天使星上的一些高大的火山上空，偶尔能观测到大片云状的沙尘暴。天使星上的低层大气气流卷起尘埃沙砾，升腾到高耸的环形火山口时，常常为环形火山口搅乱，随后逐渐膨胀，遇冷而凝结，形成云状沙尘暴。这种云状沙尘暴多出现在大气中水蒸气增多的夏季。

对于来自天然星或者地球上的旅游者而言，天使星的自然景观是陌生而奇特的，这片陌生而奇特的天地让旅游者流连忘返。

### 小行星撞向天使星

飞天星际旅行社的天使星旅行团10名旅游者，在导游员希恩引导下在天使星陆地上集体行动，观赏天使星的自然景观。天使星的体积和质量比之天然星小一些，由此重力作用相对降低，旅游者虽然身着肥大的宇宙航行服，行走起来还是感觉到腿脚相对轻松。

按旅行计划，旅游者集体游览活动后，旅游者开始分散活动。由于在天使星上手机通信信号消失，旅行者之间已经不能用手机联络了，导游员希恩决定留在中继站附近，要求各位旅游者在可以见到他的范围内，也即旅游者可以在见到中继站的范围内活动，并约定分散活动半小时后，准时在中继站前集合，以便一同进入中继站。

安格莉卡在卡里塔斯和金泰利斯陪同下，继续在天使星上游历，他们来到一座陨石撞击形成的环形山前，各自选择自己喜欢的自然景观用手机拍摄图片和录像。

安格莉卡非常喜欢这座环形山，她在其附近流连，拍摄了多幅图片。之后，她突然面对身旁的卡里塔斯和金泰利斯说："对不起，你们在这附近等我一会儿；我个人需要到环形山背后去一下，再拍摄一些我喜爱的图片，一会儿就回来！"卡里塔斯和金泰利斯其实不明白安格莉卡说的"我个人需要"的确切含义，但既然是个人需要,又不方便就此提问,于是,两位先生一同对安格莉卡点头,轻声说:"一会儿见!"安格莉卡沿着这座陨石撞击造成的并不十分高大的环形山边缘走过去,转眼间消失在环形山背后。

突然,卡里塔斯和金泰利斯听见导游员希恩从远处一遍又一遍地冲着旅游者大声呐喊:"出现异常紧急情况,全体人员立即到登陆舱前集合!事不宜迟,刻不容缓!"

卡里塔斯和金泰利斯立即沿着安格莉卡消失身影的环形山周边寻觅,然而他们终不见她的踪影!

无奈,卡里塔斯和金泰利斯决定先回到中继站前,问明究竟到底发生了什么,并请全体旅游团人员合力协助寻找突然失去踪影的安格莉卡。

瞬间,旅游团成员已从各自方向快步返回登陆舱前。

导游员希恩报告大家:"接飞天号飞船指令长弗里德先生电告,转告天然星星际航行总局电令:一颗质量15万吨的小型行星正向撞击天使星方向飞行。电令在天使星上的飞天号飞船登陆舱立刻起飞,返回在天使星外围空间与其同步运行的飞天号飞船。事关登陆舱全体人员生命安全,不得片刻延误!"

在场的人听罢全都惊呆了!

"安格莉卡女士走失!"卡里塔斯以颤颤巍巍的声音喊道。

在场的人齐声"哇"了一声,全然哑然无语。

"事关登陆舱全体人员生命安全,不得片刻延误!我自愿留下来,继续寻觅安格莉卡女士!"卡里塔斯打破沉默,断然说道。

在场的人又齐声"哇"了一声,依然哑然无语。

"我立即向飞天号飞船指令长电告,我们这里现在发生的事情。"导游员希恩说着,并快步向登陆舱走去。

极度焦急等待的数分钟过后,飞天号飞船指令长弗里德电告登陆舱导游员希恩:"天然星星际航行总局电令:从多数人生命安全考虑,事不宜迟,登陆舱立即起飞!衷心向在危难中救助外星人安格莉卡女士的卡里塔斯先生致敬!祝愿他们安然无恙!"

尚未待飞船登陆舱启动,卡里塔斯即向旅游团人员挥手告别,径直向安格莉卡消失踪影的那座环形山疾步走去。

登陆舱导游员希恩立即请全体在场人员登上飞船登陆舱。人们双手合十,举到脸面前,向卡里塔斯先生深深敬礼,为走失的安格莉卡女士祈福。随后,登陆舱立即启动,渐飞渐远,消失在浩瀚的太空中。

由于地球人与天然星人之间的身体电磁感应微弱,卡里塔斯感知不到安格莉卡就在不远处,安格莉卡也感知不到附近有天然星旅游者存在;卡里塔斯只能依靠大声呼唤和极目扫视寻觅安格莉卡的踪影。

终于,在环形山顶传来了安格莉卡微弱回声:"卡里塔斯先生,我在这里!"

激动不已的卡里塔斯立即向声音传来的方向瞭望,但仍然见不到安格莉卡的身影。卡里塔斯一边继续快步向环形山上攀登,一边连声喊道:"安格莉卡女士,等着我,我正去你那里!"

卡里塔斯终于登上环形山山顶,立即发现了站在山口凹处环形山口底部的安格莉卡!

卡里塔斯跨过山顶陡坡,在环形山山口凹处紧紧地拥抱住安格莉卡,像是生怕她再次迷失。那是极其令人感动的一刻啊!

卡里塔斯搀扶安格莉卡跨越环形山陡峭的山顶边缘,走下环形山缓坡。天空尚明亮,中继站的球形栈房映入他们的视野。他们向中继站栈房走去。

路途中，卡里塔斯向安格莉卡讲述了在登陆舱旁刚刚发生的惊心动魄的事件。

"据天然星星际航行总局报告，一颗质量15万吨的小型行星正向撞击天使星方向飞行……电令飞船登陆舱立即起飞，返回飞天号飞船。"

"天啊！"安格莉卡非常震惊，急忙问道，"卡里塔斯先生，你怎么没有乘登陆舱返回飞天号飞船？"

"我愿意留下来，同你在一起！"卡里塔斯坚定而镇静地回答。

安格莉卡停下脚步，深情地望着卡里塔斯，眼睛里充盈着泪花，紧紧地拥抱卡里塔斯，并深情地在卡里塔斯耳边轻声说："非常感激你，与我共患难！"

"安格莉卡女士，我很好奇，你是怎样在环形山旁迷失的呢？"卡里塔斯问。

"离开你和金泰利斯先生，我沿着环形山麓走到环形山背面，那里有一片青草和一片低矮的灌木丛。青草中有爬虫蠕动，低矮的灌木丛中有鸣蝉鸣叫。我很喜欢那片地域，我停在那里，用手机摄影和录像。"

安格莉卡讲到这里停下来，她的神情看起来异常激动，她说："突然，我听到嚓嚓声响，我看到绿色的爬虫爬上了我的航天服上腿部位！"讲到这里，她的声音已经有些颤抖了。

"发生了什么事？"卡里塔斯急切地问道。

"绿色的爬虫在我的航天服上越聚越多，灌木丛中的一群鸣蝉叫着向我扑来。当时我感到恐怖极了！不知道该怎么办。"

安格莉卡调整了一下呼吸，继续说道："我突然用带着航天服手套的双手猛力拍打航天服，将它们扫落地面，我最担心的是它们会像啮齿动物那样咬破我的航天服中的供氧装备！如果那样，我就会因为缺氧立即昏迷和很快死亡的。我急中生智，立刻向环形山脊攀登；那里光秃秃的，没有青草和灌木丛。我一直攀登到环形山山顶，并跨越过陡峭的山顶边缘，滚进山顶上平缓的凹形底部。"

卡里塔斯在一旁静静地聆听，听到这里，他紧张的心情也随着安格莉卡的叙述有所缓解。

"在山顶的平缓的凹形底部，我终于感到安全了！那些爬虫和鸣蝉没能跟上来！"讲到这里，安格莉卡终于松了一口气。

"我不明白，这一切缘何竟会发生呢？安格莉卡女士，你能给出解释吗？"

"细想起来，又是由于我具有不同于天然星人的地球人的特异体味，特异体味吸引了，或者说特异香气陶醉了那些爬虫和鸣蝉，令它们不由自主地向着特异香气的来源地一窝蜂地聚拢来！鸣蝉嘈杂的叫声淹没了你们在环形山前对我的呼唤。当我攀高上了山脊，远离了它们，它们对我体味的嗅觉不灵敏了；特别是当我跨越过陡峭的山顶边缘，抵达山顶山口平缓的凹形底部，陡峭的山顶边缘已经隔开了我与它们，使它们完全嗅不到我的体味了；当然，陡峭的山顶边缘同时也完全挡住了我的视线，阻断了我对你们和你们对我的高声呼唤。"

"可恨……啊，可怜的天使星动物们！"危险过后，卡里塔斯开始同情它们了。

"现在，我想说，它们是一群既可恨、可怕，又可爱、可怜的天使星动物呢！"安格莉卡不无幽默地补充说道。

讲到这里，安格莉卡突然话锋一转，说道："当然，当我在环形山顶感到安全了的那一刻，我却不知道，新的、性命攸关的危险已经降临到我的——不，我们的头上了！"

## 第 10 章 天使星生死抉择

**生死关头何所求**

卡里塔斯陪同安格莉卡走进天使星中继站客栈，中继站客栈已然空旷无人。

中继站客栈里难得的温暖。一方面，这是由于天使星星际航行中继站在球形住房的上方安装了大面积的伞状天阳能接收器，客栈球体中安装了天阳能转换器，天阳能转换器将天阳能转换为电能，为人们提供电量和热量；另一方面，也是更为重要的一点，飞天号飞船登陆舱本身安装有核动力装置，它为登陆舱从天使星起降提供动力，在登陆舱降落到天使星后，它曾为中继站客栈提供电量和热量，保证中继站客栈的空调开足马力运行，为旅游者休息和过夜创造相对舒适的环境。

天阳的阳光透过中继站的窗口照进客房，让他们感到身心温暖。他们脱下臃肿的航天服，换上行李中带来的便装；卡里塔斯紧紧地拥抱安格莉卡，亲吻她，他们长时间地相拥在一起。

"此时此刻，我们在天使星上所能做的，唯有等待上天的护佑了！"安格莉卡喃喃自语。

"安格莉卡，不要怕！我与你同在，我们生死与共！"卡里塔斯坚定而深情地对她低语，依然拥抱着她；安格莉卡将头埋在他的怀里，眼泪润湿了他的衣衫。

他们从中继站一排8个相互连接的球形建筑的一端走向另一端。旅游者走得匆忙，或许还考虑到卡里塔斯和安格莉卡尚在这里，从而让天阳能转换器、电极水解设备和水净化设备都依然处于开启状态。客房里尚储存有飞天旅行社携带来的为旅游团储备的食物，卡里塔斯陪伴安格莉卡坐在桌旁开始饮用净化水，吃点尚存的太空速用食品，边吃边谈起来。

"安格莉卡，凭借这里的空气、水、食品，我想，我们可以生存几天！"

"你是说，直至不明小行星撞上天使星？"

"请不要那么悲观。上天保佑，我们会活下来！"

"但愿你是对的！"忧伤、恐惧的表情依然留在安格莉卡的青春面庞上。

"安格莉卡，你的人生中，经历过生死攸关的时刻吗？"

安格莉卡思索片刻，点了点头，说道："是的，那是我在法国巴黎大学攻读人类学学士学位的时期。2012年12月下旬，我从巴黎返回我的故乡德国柏林度圣诞节假期。奶奶向我讲起玛雅人的预言：公元2012年12月21日的黑夜降临以后，12月22日的黎明永远不会到来，这一天是世界末日。"

"你们相信了吗？"

"虽然很多民族都有末日预言传说，但是玛雅人的末日预言传说，受到人们的特别重视；原因在于玛雅历法的计算相当准确，从玛雅人的历法得知，他们早已知道，地球公转时间是365天又6小时24分20秒，误差非常之小。"

"2012年12月21日的黑夜降临之后，"安格莉卡继续讲道，

"我一直守候在奶奶的身边。奶奶问我：'假若，今夜真是世界末日，你最想做的一件事是什么？'"

"是啊，你怎样回答的啊？"

"我回答：'和奶奶在一起！'奶奶说：'孩子，我是说，不是今夜，多年以后当我离去之后，当你的生命在'世界末日'即将终结的那一刻，你最想做的一件事是什么呢？'"

"是啊，你怎样回答的啊？"

"我回答：与我亲爱的人在一起！"安格莉卡的表情相当镇定，她面对卡里塔斯，深情地望着他，继续说道："或许，今夜就是我们的世界末日……当我的生命即将终结的这一刻，与你在一起，我感到心中释然，我将排遣孤独和恐惧，坦然直面生命的终结……"

安格莉卡发自深心的表白，让卡里塔斯感动不已，他紧紧地拥抱着安格莉卡，一次又一次地亲吻她，他的眼泪润湿了安格莉卡的面庞。

"安格莉卡，你一定记得我们在湾洲域饭店用晚餐的夜晚吧？"

"怎么会不记得呢。当晚你还交给我一份你写的情书呢！真为你炙热和至诚的情感所感动！"

"当时，我还说：'我为我们已经在饭店预订好了相邻的两个房间，我们今晚能在一个房间留宿吗？'"卡里塔斯像是在叙旧，又像是在提问。

"我当时是怎样回答的？"安格莉卡故作忘记。

"当时，你说：'抱歉，我在心理上还没有准备好。'"卡里塔斯模仿安格莉卡当时讲话的语调继续说，"当时，你还说：'卡里塔斯先生，我们现在是在天然星上，我想说……我想说，若是我们在天使星上，或许，我会是另外一种回答！'"

"天哪，当真我讲过这样的话吗？"安格莉卡故作惊讶。

"我们共同难忘的经历让我们彼此相识，让我们彼此相知，让我们彼此愉悦，让我不能自拔地迷恋你，我向往永远与你在一起。亲爱的安格莉卡，我爱你！"

"亲爱的卡里塔斯，我也爱你！在天使星上我们不会在相邻的两个房间了！"安格莉卡为卡里塔斯的坦诚表白而激动不已，她终于在天使星上给出了另外一种回答。在天使星上，他们有了第一次亲密接触……

天阳落下，确切地说，当安格莉卡和卡里塔斯在天使星上居住的地方运行到背向天阳，阳光不再照射，黑夜降临，寒气袭来，气温骤然下降。原本天使星上的气温就在摄氏零度之下，更可怕的是其昼夜温差极大，夜晚温度急剧下降。

如今飞船登陆舱已经远去，它返回了飞天号飞船，它为天使星中继站留下的热能逐渐消耗殆尽。天使星中继站客栈中的天阳能转换器所存储的天阳能量极为有限，使得中继站客栈在黑夜逐渐成了冰冷的天地！

天使星的天色暗淡下来，浑浊的沙尘笼罩着空旷的大地。当安格莉卡想象，在这一颗类似天然星般硕大的天使星上，不像天然星那样，居住和生活着10亿人口，更不像地球那样，居住和生活着70亿人口，而是只有她与卡里塔斯两个人的时候，特别是当黑夜降临，天空和大地一片漆黑的时候，不能不让她感到孤独和恐惧。

安格莉卡和卡里塔斯为了尽可能地保存身体的热量，重新穿上了臃肿的航天服，尽管如此，仍然不能抵御黑夜中冻僵人体的酷寒。他们穿行于客栈的几间球形住房之间，期望借此保持身体血液的循环。他们知道,这样做会使他们感到些许温暖,但是也在消耗他们身体尚存的有限热量。

安格莉卡和卡里塔斯和衣躺在床上,他们俩互相拥抱着,想象中,传递他们身心之间的尚存热量和微弱的感应能量,并相互鼓励着,互相安慰着。

天使星上的严寒是可怕的,更让人战栗的是让他们想象,当不明小行星撞上天使星,他们将在不明小行星与天使星相撞的火光和爆炸声中瞬间死亡!

安格莉卡和卡里塔斯在生命或许瞬间消亡的前夜,谈到了"死亡"。

"当我还是个朦朦懂懂的中学生时,我读过德国大文豪歌德的一句名言:'生命的全部奥妙就在于为了生存而放弃生存。'当时,我完全不明白这位同胞讲的是什么。"安格莉卡说。

"此地此刻,你理解它了?"

"我不准确知道,我是否理解它了;但是,我想,也许应该将其理解为:'生命的全部奥妙就在于为了生存而将生存置之度外。'"

"你是说,在我们现在所处的命悬一线的时刻,为了生存,我们应该具有将死亡置之度外的勇气?"

"你不认为,此地此刻,如若我们将死亡置之度外,或许我们还有生存的可能吗?"

"多么希望,你是正确的!"

"当我还是个懵懵懂懂的小学生时,我读过丹麦著名童话作家安徒生的一句名言:'记住,死就是一个伟大的搬家日!'"

"此地此刻,你理解它了?"

"我不准确知道,我是否理解它了;但是,我想,也许应该将其理解为：'如若我们今天在这里死去了，那将是我们搬家到新的星球上，开始新的人生！'"

"好极了！让我们搬家到新的星球上，开始新的人生吧！"

**死神召唤何所念**

天使星上的夜渐入深沉，严寒、缺氧、孤独、恐惧、死亡像是一群魔鬼在安格莉卡和卡里塔斯的身心中跳舞。

卡里塔斯在黑暗的中继站客栈中借助流星划过夜空的光芒寻觅到两条红色毛毯，卡里塔斯将其中的一条毛毯首先为安格莉卡盖在宇航服上避寒；为了减少氧气消耗，他们双双依偎着躺在床上，尽量减少活动；为了减少电能消耗，关闭了客栈中的全部照明灯。

透过客栈中的玻璃窗，他们看见不时有流星划过茫茫的夜空，在黑暗中留下一线星光，转瞬即逝。庆幸的是，那不是撞向天使星的那颗不明小行星的飞行遗迹。他们从那流星的一线光芒感知，他们还活着。

"卡里塔斯，这里的环境让人感到恐怖，让我们选择一个开心的话题谈谈吧！"安格莉卡小声说道。

"开心的话题？让我想一想。"卡里塔斯思索片刻，说道："安格莉卡，让我们一同幻想，幻想我们从天然星搬家到天使星上，开始新的人生的情景吧！"

"好的！"

借助窗外的微弱星光，卡里塔斯以欣赏的目光望着安格莉卡，慢声慢语问道："安格莉卡，你愿意同我一起在天使星上生活吗？"

人在如此的生死瞬间，思维变得敏锐，语言变得明朗。安格莉卡爽快地回答:"我愿意!"

"但我想知道,如何解决在天使星上的生活住房问题?"安格莉卡尚在卡里塔斯怀抱中,她注视着他,向他提出了这个实际问题。

"我们乘宇宙飞船从天然星飞往天使星时,不要忘记携带一台小型的四维建筑打印机。我是建筑设计师,我会在天使星就地取材,譬如矿物质沙砾、地下熔岩凝结体和外来陨石,使用小型的四维建筑打印机打印小型部件,用于以组装方式建造房屋。当然,使用小型的四维建筑打印机建造一次成型的大房子是有困难的。届时,我们在天使星上的住房将被设计为小巧、适用型的。"

"如何考虑食物问题?"

"我们将从天然星携带大批可以长久保存的食品前往天使星,提供在天使星生活的初期阶段享用,同时在天使星就地取材烹调新食物,因地制宜种植植物,培育微生物以及圈养家畜。"说到这里,卡里塔斯补充了一句话:"安格莉卡,你得开始学习新的烹饪方法了!我们还要带上一大、一小两个电脑机器人,大机器人协助你烹饪,小机器人陪你游戏,排遣寂寞。"

"如何解决经济来源呢?"

"我为天然星星际航行总局在天使星上的星际航行中继站工作,保障中继站客栈的天阳能接收器、天阳能转换电能设备、电极水解设备和水净化设备的正常运行,同时设法改进这些设备,提高它们的工作效率,以便更好地为航天员、星际旅游者服务,完善中继站中的活动、休息或者过夜居住环境。"

"卡里塔斯,你为你自己、为我们,为你未来的家庭成员考虑过吗?"

"当然,当然。我们可以定期地乘坐星际航行旅行社的星际航行飞船返回天然星休假，去外星球旅行，特别是到你的故乡——地球去旅行，我是多么向往不久就能飞到地球去旅行啊！看看你的诞生地柏林，沿着依多尔先生早年在地球上寻子的路线环游地球！"

说到这里，卡里塔斯由于连续讲话，氧气供应不足，感到有些呼吸不畅了。他停下话语，稍许调整呼吸之后，继续说道："假若我未来有了子女，我要送他／她们到外星球学习和深造。人类在浩瀚宇宙中所能认识的空间正在逐步扩大，不同星球不同文化背景的人类之间相互交往、相互理解是完全必要的，从而增进人类之间的相互理解和往来。我深信，理解会带来宽容，友情会带来和谐，祝愿宇宙间人类的未来多一点鲜花、友情和爱。"

"看来，卡里塔斯先生，你设想的天使星未来生活还是蛮有诱惑力呢！"安格莉卡看到卡里塔斯疲惫的神情，不忍心再让他讲下去，于是说，"让我讲讲地球上的传说，在地球上初始的第一对男、女是怎样生活的吧！"

"安格莉卡，我愿意听。我在想，他们会不会也像我们在天使星上这样生活呢？"

安格莉卡和卡里塔斯身着航天服，各自盖着一条红色毛毯，相伴躺在床上。安格莉卡开始讲述《圣经》的故事。

"太初时候，万能造物者'上帝'用七天时间在空虚混沌世界里造物。第一天造光，第二天造穹窿，第三天造水和植物，第四天造发光星体，第五天造水生动物和飞鸟，第六天造牲畜、昆虫、野兽，并且造人！第七天上帝造物之工完毕，他休息了。"

"造人？"卡里塔斯问。

"是的，造人。上帝照着自己的形象，用地上的尘土造出一个男人，往他的鼻孔里吹了一口气，有了灵，他就活了，能说话，能行走，上帝给他起了个名字，叫'亚当'。上帝派亚当修理和看管伊甸园，统管伊甸园的飞禽走兽。"

安格莉卡看见卡里塔斯正眯着眼睛，轻轻地在呼吸，处于似睡非睡状态，于是问道："卡里塔斯，你在听我讲吗？"

"我在听，很有趣，你继续讲吧！"卡里塔斯睁开眼睛，身体没有移动。

"上帝看到亚当一个人根本管理不过来那么多飞禽走兽，于是说：'一个人独居不好，我要为他造一个配偶，以便帮助他工作。'于是上帝使亚当沉睡，上帝从他身上取下一根肋骨，又把皮肉不留痕迹地重新合起来，亚当对此毫无疼痛感觉。上帝用取下的一根肋骨造就了一个女人，起名'夏娃'。亚当一觉醒来，看见面前的女人，非常高兴，欣喜地说道：'这是我骨中之骨，肉中之肉！'"

"安格莉卡，你是说，你是'骨中之骨，肉中之肉'？"卡里塔斯问。

安格莉卡不知卡里塔斯是故意这样说，还是他没有听明白她讲的故事。

"不是这样，亚当说，夏娃是他的'骨中之骨，肉中之肉'！"

安格莉卡继续讲亚当和夏娃的故事。她说："亚当和夏娃这对夫妻天真烂漫，虽然赤身裸体，但并无羞耻感觉。他们吃着树上的果子，漫步在林间草地，相互依偎在河边岩石上。晴朗、清新的空气中，飘散着野花的芬芳。亚当和妻子听从上帝的安排，飞禽走兽听从亚当和妻子的指令。亚当和妻子生活在伊甸园里，过着无忧无虑、和谐美满、与世隔绝的幸福生活。"

"这段故事我听明白了。安格莉卡，你相信，我和你从天然星搬家到天使星上，我们也会像亚当和夏娃那样，过着无忧无虑、和谐美满、与世隔绝的幸福生活吗？"

"亲爱的卡里塔斯，我相信！天使星将会成为我们的伊甸园吗？"

安格莉卡没有听到卡里塔斯的任何反应。

在黑暗的中继站客栈房间里，借助窗外的微弱星光，安格莉卡模模糊糊地看到卡里塔斯合着双眼，身体一动不动，唯独轻轻地在呼吸。

安格莉卡想象，卡里塔斯身材高大，体魄强壮，他的身体需要更多的热量，更多的氧气维持生存；安格莉卡相信，卡里塔斯已经安然入睡了。

安格莉卡顿时感到强力的困倦感袭来，瞬间进入睡眠状态。

### 迫使小行星变轨运行

天然星星际航行总局空间警戒部发现在星际空间一颗不明小行星正在朝向撞击天使星方向飞来，飞天号飞船登陆舱驾驶员奉令驾驶登陆舱飞向正在天使星运行轨道上飞行的飞天号飞船。

困在天使星上的安格莉卡和卡里塔斯对于登陆舱人员飞离天使星后来的情况以及在天然星上的情况并不知晓。

当时，在天然星，星际航行总局空间警戒部专家认为，这颗不明小行星撞击天使星时将会发生爆炸，其破坏威力之大难以想象！它严重威胁当时在天使星着陆的飞天号飞船登陆舱及其旅行者的生命安全。

天然星星际航行总局电令飞天号飞船指令长弗里德："飞天号飞船登陆舱立即从天使星起飞，返回正在天使星运行轨道飞行的飞天号飞船！"

飞天号飞船指令长弗里德向其在天使星地面的登陆舱导游员

希恩发出了"准备立即返回飞天号飞船"的指令。

登陆舱导游员希恩向飞天号飞船指令长弗里德报告了安格莉卡失踪,卡里塔斯自愿留在天使星寻找失踪的安格莉卡的新情况。

极度焦急等待的数分钟过后,飞天号飞船指令长弗里德电告导游员希恩:"天然星星际航行总局电令:从多数人生命安全考虑,事不宜迟,登陆舱立即起飞!衷心向在危难中救助外星旅游者的安格莉卡女士和卡里塔斯先生致敬!祝愿他们安然无恙!"

登陆舱导游员希恩立即回答飞天号飞船指令长弗里德:"登陆舱9名人员准备就绪,可以随时起飞。"

飞天号飞船指令长弗里德遥控启动登陆舱驱动装置,登陆舱起飞,不久即进入飞天号飞船飞行轨道,随后安然、平稳地与飞天号飞船接合。宇航员、导游员、旅游者重新会聚在飞天号飞船中,每个人的心情都异常激动,遗憾的是,缺少了卡里塔斯和安格莉卡!对此,其中的一位旅游者内心感到十分内疚,他就是乘坐登陆舱返回飞天号飞船的金泰利斯!

与此同时,星际航行总局专职人员遥控正在天使星外围空间执行空间探索任务的天然星星际航行总局所属的无人驾驶的"探寻号"人造天体,追踪并自动记录不明小行星的运行数据,并将运行轨迹数据及时自动发回总局空间警戒部。

"探寻号"人造天体发回总局空间警戒部的数据表明:这颗质量15万吨的小型行星,正以每秒15千米的运行速度向撞击天使星方向飞行。

星际航行总局空间警戒部专家紧急研究避免不明小行星撞击天使星的对策。

专家们从现存的对策方案中选择一种对策方案,并报请星际航行总局批准，立即执行。

这现存的对策方案依次为：（1）向那颗不明小行星发射一枚火箭或者导弹，炸毁它；（2）启动一颗人造天体与那颗不明小行星接轨，以机械力推动不明小行星改变其运行轨道，远离天使星；（3）通过改变不明小行星表面的照射颜色来改变其反射和吸收光能效率，从而改变其表面的温度，其表面温度的变化将影响其运行轨道；（4）向不明小行星表面发射一台大型火箭发动机，并使其在不明小行星表面上软降落，以火箭发动机的动力改变不明小行星的运行轨道；（5）向不明小行星表面发射一面"天阳帆"，并使其在不明小行星表面上软降落，天阳帆吸收天阳照射的能量，促使不明小行星偏离原来的运行轨道。

在专家论证"以机械力推动不明小行星改变其运行轨道"时，曾经出现了两种方案。

一种方案是遥控正在天使星同步轨道运行的"飞天号"飞船承担起改变那颗不明小行星运行轨道的任务；另一种方案是遥控正在天使星外围空间执行空间探索任务的"探寻号"人造天体承担起改变那颗不明小行星的运行轨道的任务。

采用"飞天号"飞船方案的优点在于，它当时就在天使星轨道上，可以在短时间内接近不明小行星，执行以机械力改变不明小行星运行轨道任务，而且有驾驶员在"飞天号"飞船中，可以保证"飞天号"飞船与不明小行星极其准确、平稳地对接，随后施以机械力推动不明小行星改变其运行轨道。缺点是，驾驶员、导游员、旅行者在"飞天号"飞船中，万一在实施改变不明小行星运行轨道操作中出现这样或那样的问题，人命关天，其后果不堪设想。

采用"探寻号"人造天体方案的优点和缺点与"飞天号"方

案的优点和缺点恰好互补。由于人的性命总是作为第一要素被考虑的，于是天然星星际航行总局决定采纳并立即实施以遥控"探寻号"人造天体改变那颗不明小行星运行轨道方案。

星际航行总局专职人员接到电令，立即启动了迫使不明小行星改变运行轨道的程序。

星际航行总局专职人员遥控在天使星外围空间执行空间探索任务的"探寻号"人造天体改变其自身运行轨道，从而探寻不明小行星的运行轨迹。

按天体运行的"宇宙波运行理论"，宇宙星体的运行轨迹不是呈现直线式运行的，而是因受到其他星体，特别是受到邻近的星体的引力作用，而改变其运行轨迹。宇宙空间星体的运行轨迹呈现波形运行，不明小行星的运行轨迹同样如此，这意味着，不明小行星不是从遥远的空间径直地撞向天使星的。

总局专职人员随时遥控调整"探寻号"人造天体的运行轨道，使其片刻不离地跟踪星际空间运行的不明小行星，按不明小行星的运行轨道，与不明小行星等速飞行。在不明小行星逼近天使星大约6万千米时，总局专职人员遥控"探寻号"人造天体，与不明小行星极为缓慢地对接，避免发生任何局部碰撞，直至两者稳稳地吻合在一起。

对接在一起的不明小行星和"探寻号"人造天体的结合体，一方面沿着不明小行星的运行轨道在运行，另一方面也按着不明小行星的自转方向在旋转；由此要求总局专职人员精确设计，在不明小行星和"探寻号"人造天体的结合体处于最佳时间、地点、状态下，遥控"探寻号"人造天体对不明小行星施以适当的机械推动力，使不明小行星偏离撞向天使星的运行轨道，并保证不明小行星后续的飞行不撞向在天使星运行轨道上运行的飞天号飞船。

当不明小行星逼近天使星大约4万千米时，也即不明小行星距离天使星既不太近，从而它不至于被天使星的吸引力吸引过去而发生爆炸；又不太远，否则导致难以准确地测量它运行的宇宙波，从而难以遥控对它施以合宜的机械推动力。

在不明小行星处于合宜的时间、地点、状态时，星际航行总局专职人员以遥控方式，及时启动"探寻号"人造天体对不明小行星施以机械推动力。"探寻号"人造天体以提速的方式，提高了自身的动力；不明小行星在外部机械力推动下，被动地微微转向，终于适当地改变了原来的运行轨道！可以想象，不明小行星既没有撞上天使星，又没有撞上飞天号飞船！

"探寻号"人造天体精准地完成了改变不明小行星偏离其原来的运行轨道的任务后，星际航行总局专职人员遥控"探寻号"人造天体平稳地脱离不明小行星，并返回"探寻号"天体原来的运行轨道飞行。

天然星星际航行总局空间警戒部的人员在欢呼，飞天号飞船上的人员在欢笑，唯有可怜、可爱、可敬的安格莉卡和卡里塔斯还在等待命运的安排，对此挽救性命的"迫使不明小行星变轨"的极好消息却依然一无所知。

### 飞天号营救行动

天然星宇宙飞船指挥部确认，星际航行总局专职人员以遥控方式，及时启动"探寻号"人造天体对不明小行星施以适当的机械推动力，成功地改变了不明小行星原来的运行轨道，既避免了它撞上天使星，又避免了它撞上飞天号飞船之后，立即电令正在天使星轨道上运行的飞天号飞船的指令长弗里德："业已成功改变了不明小行星撞击天然星的运行轨道，电令你们立即操纵飞船的登陆舱在天使星中继站合宜地点着陆，搜寻和营救旅游者安格莉卡女士和卡里塔斯先生！情况紧急，刻不容缓！"

飞天号飞船当时正在天使星的运行轨道上，与天使星同步飞行。接到天然星宇宙飞船指挥部指令后，飞天号飞船指令长弗里德决定，派遣导游员希恩和3位旅游者紧急从生活舱进入登陆舱，并准备在天使星中继站旁合宜地点软着陆，以便迅速搜寻和营救尚滞留在天使星上的旅游者安格莉卡和卡里塔斯。

闻讯将在天使星搜寻和营救安格莉卡和卡里塔斯，在飞天号飞船里的金泰利斯争先报名参加，其余8名旅游者也纷纷表示极愿同行。他们认为，为保证能够迅速搜寻到滞留在天使星上的安格莉卡和卡里塔斯，多些人参与搜寻是必要的。飞天号飞船指令长弗里德认为此言有理，于是决定派遣导游员希恩和所有在飞船上的8位旅游者携带两副富氧、保温的航天专用医疗担架和必要医疗设备，紧急从生活舱进入登陆舱。

飞天号飞船指令长弗里德、宇航员斯佩希仍然留在飞天号飞船上；弗里德适时发出指令，遥控启动登陆舱自身设置的小型核驱动器，登陆舱与飞天号飞船平稳分离，向天使星飞去。

时值天使星夜间，为遥控登陆舱准确地在天使星中继站附近地面软降落增加了难度。就是说，由于天使星围绕恒星天阳公转以及自转，当时天使星上的中继站正处于背向天阳的位置，不为天阳的光线所照耀。由于登陆舱装置有红外线探测设备用于定位，从而指令长弗里德与宇航员斯佩希得以遥控登陆舱准确、安全地降落在中继站附近。

身着宇航服的导游员希恩和包括金泰利斯在内的8位旅游者携带专用医疗担架和必要医疗设备走出登陆舱，径直走入中继站客栈。眼前的情景,让他们个个心惊胆战,一时无所适从!

中继站客栈的球形客房里,漆黑一片,寒气逼人,无声无息。

黑暗中,在中继站客栈入口处,导游员希恩一遍又一遍地呼唤安格莉卡和卡里塔斯的名字,然而没有应答,没有一丝细微的回音。希恩一行借助手电照明,小心翼翼地在球形客房里一间一间地查看。天阳能转换器在白天储存的天阳能已然耗尽,电能驱动的产生热量的空调器已然停止运转,电能驱动的电极水解产生氧气的设备已然寂然无声。现在,不仅照明用电耗尽了,借以维持人们生存的热量、氧气、饮用水都耗尽了,人们何以生存?

希恩一行终于在一间客房里发现了安格莉卡和卡里塔斯!

安格莉卡和卡里塔斯相互拥抱着,躺在一张双人床上。他们身着宇航服,安格莉卡身上盖着红色毛毯,卡里塔斯用修长的臂膀紧紧地搂抱着安格莉卡,她将头深深地埋在他的宽阔的胸前,犹如一对来自天然星的旅游情侣,在旅行劳累之后,拥抱着进入甜蜜的梦乡。

安格莉卡和卡里塔斯双双失去了知觉,希恩一行人当时还不能准确确定他们两人是否还有生命迹象。希恩和金泰利斯将相互拥抱着的安格莉卡和卡里塔斯轻轻分开,为他们两人带上了氧气面罩。在希恩组织下,8名旅游者分为两组,各用一副专用医疗担架赶紧抬着安格莉卡和卡里塔斯进入登陆舱。

导游员希恩立即向飞天号飞船指令长弗里德报告:"发现安格莉卡女士和卡里塔斯先生,他们已经失去知觉,正在登陆舱富氧环境中抢救,请求立即返航。"

飞天号飞船指令长弗里德回电:"立即返回飞天号飞船!"

弗里德适时给出指令,遥控启动登陆舱自身设置的小型核驱动器,登陆舱从天使星起飞,进入飞天号飞船运行轨道,并平稳、安全地与飞天号飞船对接。

在飞天号飞船里,安格莉卡和卡里塔斯被从登陆舱护送到生活舱,在高压氧气环境中接受紧急救护。

弗里德向天然星宇宙飞船指挥部紧急报告营救情况,并接到电令:"飞天号飞船立即返回天然星!"

弗里德启动飞天号飞船核驱动器,在适当时机,脱离天使星运行轨道,飞往天然星运行轨道。

在飞天号飞船飞抵天然星附近时,宇航员降低飞天号宇宙飞船的飞行速度,使其进入天然星的运行轨道,与天然星同步飞行。在适当时机,宇航员再次适当降低飞船飞行速度,进入天然星大气层,随后,安全地降落到天然星宇宙飞船着陆场。

在天然星宇宙飞船着陆场,安格莉卡和卡里塔斯立即被待命的急救中心救护车接走,紧急送往天然星航天与航空总医院。导游员希恩和金泰利斯随车陪同前往总医院。在飞船着陆场迎候安格莉卡和卡里塔斯归来的依多尔夫妇得知安格莉卡和卡里塔斯处于昏迷状态后惊恐不已,立即驾车跟随急救中心救护车前往总医院看望。

旅游者们站在天然星的大地上,仰望天然星的天空,庆幸自己经历了不明小行星撞向天使星的危难,安然无恙地回来了。在亲属与朋友们的迎接与簇拥下,欣慰地返回各自家园。

飞天旅行社允诺,不久将再次组织赴天使星的星际旅行;凡是参加过本次不明小行星撞向天使星的危难旅行的旅游者,将理所当然地获得精神和物质补偿,并将择日再次前往天使星旅行。

经天然星航天与航空总医院对安格莉卡女士和卡里塔斯先生在各自的急救病房进行昼夜抢救,确认安格莉卡女士和卡里塔斯先生尚存生命迹象。

安格莉卡恢复意识后，焦急地向总医院医生询问卡里塔斯的健康状况；医生考虑到安格莉卡刚刚恢复意识，出于对她健康的考虑，隐瞒了卡里塔斯处于深度昏迷状态的事实；安格莉卡只被告知，卡里塔斯仍处于抢救之中。

翌日，导游员希恩与金泰利斯、依多尔夫妇相约前来医院探视安格莉卡。

安格莉卡见到依多尔夫妇感到十分亲切，她在他们家里生活，形同家人。这次在天使星上惊险逃过一劫，如今从昏迷状态苏醒过来，她有多少话要与他们叙说啊！

安格莉卡急于知道，这期间她的天然星家人过得怎样？美美可好？灵灵可好？宠物犬汪汪可好？

安格莉卡根本还不知晓，她在天使星上旅行期间，当依多尔全家听到"不明小行星撞向天使星"的报道时，何等日夜食寝不安啊！当飞天号飞船降落到天然星飞船着陆场前，依多尔夫妇早已等候在那里。当他们得知安格莉卡和卡里塔斯处于昏厥状态后，惊恐不已，立即驾车跟随救护车前往总医院看望。安格莉卡处于昏厥状态在总医院抢救期间，依多尔夫妇日夜守候，在被允许的情况下参与护理。

在总医院病床上，仍处于恢复健康阶段的安格莉卡向导游员希恩与金泰利斯、依多尔夫妇简要地讲述了她在天使星遇险的情况。

"当时，我与卡里塔斯、金泰利斯一起从中继站客栈走向一座并不高大的环形山，后来，我个人需要到环形山背后去一下，再拍摄一些喜爱的图片，我让他们在山前等我一会儿。在山后的一片草地和树丛旁，可能是由于我的有别于外星人的地球人的特异体味吸引了一群爬虫和鸣蝉蜂拥而至，我不得已逃避到环形山顶的凹处。再后来,卡里塔斯在环形山顶的凹处发现了我……"

安格莉卡调整呼吸,停顿片刻后,继续讲道:"中继站客栈内一片漆黑,房间内的热量和氧气逐渐消耗殆尽,我与卡里塔斯感到异常寒冷,呼吸困难;我们双双穿着航天服,各自盖着一条红色毛毯躺在双人床上,说着互相安慰和鼓励的话语。

"我们谈到了《圣经》故事中的伊甸园,想以此来减轻我们由于不明小行星撞向天使星而产生的恐惧情绪。我问他:'你相信,天使星将会成为我们的伊甸园吗?'他没有回答;借助窗外闪过的一线星光,我见到他闭着眼睛,一动不动。我相信,他已经安然入睡了。我顿时感到困倦感袭来,瞬间进入梦乡。我不知道过了多么漫长的时间……当我清醒过来时,我已然躺在天然星航天与航空总医院病床上了!"

安格莉卡感人肺腑的叙述令在场的导游员希恩与金泰利斯、依多尔夫妇感动不已。

病榻前一阵沉默,安格莉卡眯上眼睛,像是再次微微调整呼吸,又像是在继续回忆那段不可思议的往事。

"请讲讲你们知道的情况,后来发生了什么?"安格莉卡调整呼吸后,睁开眼睛望着他们问道。

导游员希恩向安格莉卡简短地介绍了星际航行总局及时启动"探寻号"人造天体对不明小行星施以机械推动力,成功改变了不明小行星原来的运行轨道,避免了它撞上天使星的情况。

金泰利斯谈到,这之后,所有在飞天号飞船上的旅游者都争先要求乘登陆舱返回天使星,参与搜寻和救护安格莉卡和卡里塔斯的行动。飞天号飞船登陆舱重新在天使星中继站附近着陆后,导游员希恩带领他们8名旅游者在黑暗、寒冷、令人窒息的中继站的一间球形栈房里发现了安格莉卡和卡里塔斯的情况。

"非常感激你们所做的一切！"安格莉卡听到这里，显得十分激动，她睁大眼睛，朝向金泰利斯说道，"我难于想象，你们发现我和卡里塔斯的那一刻的情形是怎样的？"

金泰利斯回答说："当时卡里塔斯搂抱着你，你们双双躺在床上；你们都穿着宇航服，你身上盖着两条红色毛毯——"

"你说什么——"安格莉卡突然打断他的话，激动地问道："我身上盖着两条红色毛毯？"

"是的，你身上盖着两条红色毛毯。"金泰利斯平静地回答。

"不！这……怎么可能呢？"安格莉卡感到十分惊诧，她说，"当时，卡里塔斯已然先于我入睡了，在我也入睡时，明明是我们两人各盖着一条红色毛毯啊！"

"不是这样的。这一点，在场的导游员希恩先生可以证明。"金泰利斯再次平静地回答。

"安格莉卡女士，金泰利斯先生没有说错。"导游员希恩解释说，"当时，是我和金泰利斯先生将你和卡里塔斯先生在床上分开，随后与另外两位旅游者用专用医疗担架抬着你迅速登上登陆舱的；另外四位在场的旅游者用专用医疗担架抬着卡里塔斯先生迅速登上登陆舱的。"

"啊，天哪！"安格莉卡突然从床上坐起，用右手轻轻拍拍她的额头，惊异的表情浮现在她依然苍白的面庞上。

此刻，安格莉卡已经明白，当卡里塔斯和她都已入睡后，卡里塔斯曾经再次因寒冷和缺氧而醒来，将他自己身上的红色毛毯掀开，盖在了她的身上！卡里塔斯将死的危险留给了自己，而将生的希望留给了她！想到这里，她已然不能自已，双手掩面呜呜地痛哭起来。

在场的所有人无不面面相觑，不知突然发生了什么……

**生死情**

几日后，天然星航天与航空总医院依然告知安格莉卡："卡里塔斯先生仍然处于抢救之中。"

安格莉卡因卡里塔斯仍然处于"抢救之中"而悲痛不已；她躺在医院病床上，沉浸在回忆之中。

处于悲痛至极的境界，人是哑然无语的。安格莉卡默默地为卡里塔斯写了一首诗，表达她对他的生死情怀。

天使星旅行的那个夜晚，
不明小行星飞驰撞来；
恐惧、严寒、窒息，
驱赶我们走向死亡。

天使星居所夜晚，
我沉浸在睡梦中；
你躺在我身边，
伴我同枕共眠。

我深切感觉到，
你的爱依然；
你的心扉为我敞开，
你的激情为我奔放。

你问我，
伊甸园在哪里？
我回答，

在我们相互拥有的地方。

我们吃树上的果子,
依偎在河边岩石上;
漫步在林间草地,
看飞禽走兽歌舞狂欢。

你的爱,
点燃了我的爱,
在它燃尽我之前,
我愿伴随你去海北天南。

爱情是生命的动力,
生命是爱情的本源;
它们催生生命延续,
它们拒绝等待死亡。

讴歌爱情,
驱动生命延续进化;
讴歌生命,
广漠宇宙中源远流长。

## 第 11 章 混血儿安格尔

**安格莉卡的隐私**

两周以来,卡里塔斯经天然星航天与航空总医院紧急抢救和精心护理,终于从昏迷中醒来!但是,卡里塔斯仍然需要卧床,接受精心护理和治疗。

当航天与航空总医院医生告知安格莉卡这一喜讯的刹那间,她从病床上一跃而起,欢呼雀跃,兴致勃勃地拥抱了那位医生,并请他立即陪同她去卡里塔斯所在的隔离病房见她的爱人!医生满足了她的愿望,但是,只允许她隔窗瞭望,不能惊动卡里塔斯先生。安格莉卡只好答应了。安格莉卡隔窗见到卡里塔斯的瞬间,她的激动和喜悦心情是难以描述的……只见卡里塔斯仍然戴着呼吸面罩,臂上插着药物和营养液导管,胸上连着心脏起搏器和心电图监控器。

一个月以来,安格莉卡在航天与航空总医院接受医生们的良好治疗,护士们的精心护理,她的健康状况逐渐好转。主治医生决定,为安格莉卡做一次全面的身体检查,如果一切恢复正常,她就可以出院了。

全面体检报告显示,安格莉卡的健康指标几乎全面正常,唯有女性内分泌指数偏离常人标准。医生们会诊认为，由于她是地球人，又是在外星球天使星出现昏厥和休克状况的，问题比较复杂，存在几种导致女性内分泌指数偏离常人标准的可能性，建议安格莉卡继续留在医院一个月接受护理和观察，然后再接受一次全面体检，以便准确地确定病因。

安格莉卡住院两个月后的第二次全面体检清楚地显示：她怀孕了！

在天然星，女人怀孕是一件特别值得庆贺的事情！富饶而广漠的天然星总人口只有七亿人，天然星的邦联宪法明文鼓励女人生育子女。

人们纷纷地由衷祝贺安格莉卡怀孕并将在孕期之后产子。在天然星一般人不会询问诸如："小姐，他（她）是谁的孩子呀？""他（她）有爸爸吗？""您和谁结婚了？"之类的问题。

依多尔在地球上生活时期，曾经阐述过许多天然星人对于婚姻、家庭问题的看法。

在天然星，夫妻婚姻只是多种生活方式中的一种，不再是主流或者唯一的选择。社会结构，社会风气并不会使人们对于婚姻的向往成为主流或者唯一的选择。单身女性不是在孤寂中等待着她们的伟大爱情，也不会让经历过的爱情和婚姻在她们心灵上留下永久的创伤；单身女性的主流群体欣赏单身状态，欣赏单身状态生活中蕴涵的独立和自由。

在物质已足够丰裕的天然星，人们热衷于追求精神生活，享受人间真情，享受人文文化，享受奇妙大自然。物质生产主要由男性承担，抚养孩子主要由女性承担。结婚生子与未婚生子均是合乎法律规范的。单身女性并非只喜欢男性朋友，出于天性，她们由衷地喜爱孩子；有的单身女性不想生育子女，她们多选择适合女性的社会工作，不必从事繁重体力劳动。

人们的性关系是完全出于自己的理智和情感选择的。人们的身心得到了解放和升华，变得更为自由和高尚了；人们出于理性和喜爱选择朋友，选择是否结婚，是否生育，养育几个孩子；或者选择一段单身生活，甚至终身单身生活。

当然，相当不少的人选择了夫妻婚姻，并且过着幸福、稳定、持久的夫妻家庭生活。不过，也许应强调说明，这种幸福、稳定、持久的夫妻家庭生活方式和状态，同样是在身处的环境中，在自愿原则下自然形成的。这种夫妻婚姻形式既不是主导的婚姻方式，也不受其他生存与生活方式的歧视与排斥。生存与生活方式的选择是充分自由和广受尊重的，譬如单身女性或者单身男性选择的单身生存与生活方式，譬如不婚主义者，他们拒绝夫妻婚姻形式，但他们不排斥恋爱同居。

谈及安格莉卡怀孕的情况，这在天然星，自然是无可非议的事情了。

当安格莉卡得知自己已经怀有身孕，甚为惊喜！话说回来，这毕竟是她个人的隐私，只有她自己最清楚，这一切是如何发生的。

时间推移到建筑设计师卡里塔斯邀请安格莉卡到湾洲域参观湾洲天文台的时候。参观之后，他们在湾洲域饭店用晚餐；饭后喝咖啡时间，卡里塔斯交给安格莉卡一封情书。安格莉卡默默阅读，卡里塔斯一旁静默凝视。

在这封情书里，卡里塔斯回忆了他们之间的相识、相知、相爱的愉悦历程，然后写道：

"这些难忘的经历让我们彼此间相识，让我们彼此间相知，让我们彼此间愉悦，让我不能自拔地迷恋你，我向往永远与你在一起生活。我爱你！做我的妻子，我们结婚吧！"

安格莉卡显然为卡里塔斯的求婚十分感动，她低头望着她的咖啡，用羹匙慢慢搅动它，她在思索，从深心处寻找合宜的答案。她轻声说道："卡里塔斯先生，只是……抱歉，我在心理上还没有准备好。"

安格莉卡说出这句话，立时感到有些尴尬，于是又补充说道："卡里塔斯先生，我们现在是在天然星上，我想说……我想说，若是我们在天使星上，或许，我会是另外一种回答！"

这话，在天使星上果然应验了！

在天使星，安格莉卡和卡里塔斯独处中继站客栈，共同承受无名小行星随时撞击天使星引起爆炸的危机。

在此生死攸关的时刻，卡里塔斯再次向安格莉卡真诚求婚。"亲爱的安格莉卡，我爱你！做我的妻子，我们结婚吧！"

"亲爱的卡里塔斯，我也爱你！在天使星上我们不会在相邻的两个房间了！"安格莉卡为卡里塔斯的坦诚表白而激动不已，她终于在天使星上给出了另外一种回答。

在天使星上，他们有了第一次亲密接触……

卡里塔斯在天然星航天与航空总医院接受精心护理和治疗。两个月后，主治医生决定，为卡里塔斯做一次全面的身体检查，各项器官功能均已恢复正常。

安格莉卡先于卡里塔斯恢复健康，鉴于她已怀有身孕，依据天然星的邦联宪法规定，可以继续住院接受免费的长达一年的医学检查和精心护理。但是，安格莉卡考虑到卡里塔斯尚在健康恢复期，他们两人都需要护理，她与卡里塔斯协商后，决定选择在航天与航空总医院同一护理单元，一同住下去生活。

这期间，卡里塔斯开始了新的建筑设计工作，为航天与航空总医院设计"航天与航空总医院疗养院"。设计成功后，用"四维打印技术"主导建设团队成功地建成了这座疗养院，将"航天与航空总医院疗养院"作为总医院抢救、治疗、护理他和安格莉卡的答谢礼物。

### 安格尔·卡里塔斯诞生

安格莉卡在邦联田洲域妇产医院产房顺利生下一个男孩，母子健康。

最先去田洲域妇产医院产房探望安格莉卡的是依多尔夫妇，他们为她带去了从依多尔庄园刚刚摘下的蓝色、紫色、粉红色、白色矢车菊鲜花，向安格莉卡表示由衷的祝贺！

依多尔庄园位于邦联田洲域，安格莉卡选择在田洲域妇产医院产子，也是为了便于与依多尔夫妇取得联系和得到关照。

安格莉卡为她与卡里塔斯的混血婴儿取名安格尔·卡里塔斯（Anger Caritas）。它意味着，新生儿的姓氏取自卡里塔斯，名字取自与"安格莉卡"（Angelika）一脉相承的"安格尔"（Anger）。

按天然星人的习俗，孩子的姓氏是随父姓还是随母姓完全是自愿的，全然由父母亲或者单亲母亲决定的。

安格莉卡和她的儿子安格尔组成了一个非婚母亲家庭；这个家庭由未婚单身母亲安格莉卡和她的儿子安格尔组成。从生理角度讲，卡里塔斯是安格尔的父亲；从伦理角度讲，卡里塔斯负有养育和培养安格尔的义务和责任；然而，从法律角度讲，安格莉卡与卡里塔斯没有建立起一个家庭，卡里塔斯不属于安格莉卡建立起来的家庭，卡里塔斯处于安格莉卡和安格尔组成的非婚母亲家庭之外。

安格尔的母亲当然是安格莉卡·弗罗伊德（Angelika

Freud)。

从生理角度讲，安格尔的父亲是谁呢？从法律角度讲，安格尔的父亲是谁呢？这一点，唯有安格莉卡最清楚！

从生理角度讲，安格尔的父亲是卡里塔斯吗？这一点，尚必须得到邦联的科学认证。这并不难，天然星上的亲子认证，类似地球上的DNA亲子鉴定。田洲域妇产医院轻而易举地就完成了对安格尔的亲子鉴定书。科学鉴定精准确定：从生理和法律角度讲，安格尔的母亲是安格莉卡·弗罗伊德（Angelika Freud）！从生理角度讲，安格尔的父亲是卡里塔斯（Caritas）先生！从伦理角度讲，卡里塔斯负有养育和培养其亲儿子安格尔的义务和责任。

关于卡里塔斯和安格莉卡的关系，从法律上讲，尽管他们俩彼此热烈相爱，有了性关系，甚至在卡里塔斯陪同安格莉卡参观湾洲天文台，在湾洲域饭店用晚餐时，卡里塔斯就郑重地向安格莉卡求婚："我爱你！做我的妻子，我们结婚吧！"但在法律上，他们俩由于未履行结婚手续，并不构成法律意义上的夫妻婚姻关系。

在天然星，婚姻家庭中的母亲，其孕期和产子后，在孩子10岁之前的这段相当长的时期，生育和抚养孩子的费用由天然星邦联供给。对于单身母亲家庭，在孩子成年之前，母子的生活费用，全部由邦联从民政公共费用支付。孕妇在怀孕期间和分娩后1年之内可以生活在邦联妇产医院，以便母子得到最佳的护理。

天然星上的6块大陆各自构成一个相对独立的行政区——邦联域。依据大陆块自然条件特点，分别被命名为田洲域、原洲域、丘洲域、山洲域、湾洲域、岛洲域。上述邦联域相应地以田园风光、原野风光、丘陵风光、山岳风光、河川风光、海岛风光著称。依多尔庄园位于以田园风光著称的田洲域；卡里塔斯庄园位于以原野风光著称的原洲域。

这6个相对独立的邦联域的联合体，统称为邦联。邦联的参议院制定邦联宪法，各邦联域严格遵从和实施邦联宪法，以邦联宪法原则制定其各邦联域的法律规章，依据邦联宪法和邦联域法律规章治理邦联域，行使邦联域的相对独立的行政管辖权。

安格莉卡在怀孕期间和分娩后1年完全有权生活在邦联田洲域妇产医院，以便母子得到最好的专业护理。

## 安格尔的天性

安格莉卡在邦联田洲域妇产医院留诊、看护3个月，一切情况正常，安格莉卡健康状况恢复良好，儿子安格尔健康；安格莉卡接受依多尔夫妇的恳切邀请，在依多尔夫妇陪同下，安格莉卡夫妇乘坐妇产医院医疗车安然开往依多尔庄园。

凭借天然星人之间的电磁感应特异功能，灵灵和妹妹美美已预先感知到他们父母的来临，早早地等待在住宅前的草坪上。不用说，他们家的那只白色皮毛、黑色斑点的小狗汪汪也早已尾随灵灵和美美，跑来跑去，或者蹲坐一旁，闪亮的眼睛向远处左右张望。

医疗车安稳地停在依多尔庄园住宅前的草坪上，安格莉卡心情十分激动，犹如她那次从地球随同依多尔父子初次来到依多尔庄园时那样。

依多尔先行下车开启车门，依多丽雅抱着裹在小被里的婴儿安全走下车，随后卡里塔斯搀扶安格莉卡安全走下车。灵灵和美美立刻将他们围拢起来，汪汪撒欢地围着他们转来转去，欢快地汪汪叫着，生怕没有人注意它的存在和理会它的快乐。

宠物犬汪汪围着安格莉卡身边转来转去，用它的鼻子嗅来嗅去，不时用它的前爪抚摩她的长裙。过了一会儿，汪汪走近怀抱着婴儿的侬多丽雅，同样在她身边转来转去，用它的鼻子嗅来嗅去，但它不用它的前爪抚摩她的长裙，而是用后腿支撑，将它的前爪悬在空中，摆来摆去，力图掌握身体平衡，用它的鼻子在嗅着什么。对汪汪的此种行径，美美极为敏感；因为汪汪是她的爱犬，此刻却对他人热情，而冷落自己。

美美非常喜爱这个新生婴儿，在客厅沙发背面，安格莉卡身后，面对在安格莉卡怀中的新生婴儿仔细端详，啧啧称羡。

汪汪蹲坐沙发前边，恰在安格莉卡和婴儿身边，静静地守护在一旁，偶尔动动它的鼻子。美美凝视汪汪良久，它依然如故，我行我素。美美终于明白了：安格莉卡的身体散发出来的特异幽香与婴儿的身体散发出来的特异幽香合起来，让她的汪汪全然神魂颠倒了！可怜的汪汪啊！

安格莉卡与儿子安格尔在侬多尔庄园生活无忧无虑，十分快乐。

安格尔健康发育，日渐成长；孩子的成长为母亲带来无尽的快乐。侬多尔一家人待安格莉卡母子犹如亲人。侬多丽雅对于安格莉卡母子的生活起居多有照应，美美非常喜欢这个混血婴儿，汪汪自不必说，几乎片刻不离安格莉卡母子。安格莉卡母子完全融入侬多尔家庭中。

汪汪喜欢安格莉卡母子，更多地出于他们母子身体散发的特异幽香，让它陶醉，不能自拔。美美喜爱安格莉卡母子，却是出于她与这个混血婴儿身心之间的特异感应。

安格尔是天然星人卡里塔斯和地球人安格莉卡的混血婴儿，

他的体内蕴含特定强度的感应生物电流，具备形成可观强度生物电场、生物磁场的条件，尽管安格尔体内蕴含的感应生物电流强度不像其父亲那么高，但是足以让天然星人美美感应到了。这种特异电磁感应功能，让美美感觉安格尔特别亲近，让她特别喜欢安格尔。美美的妈妈和爸爸对于安格尔的喜爱，可以用相同的电磁感应理论得到诠释。

安格莉卡夫妇和安格尔住在依多尔庄园住宅中的一套客房里，它临近依多尔夫妇的套房，便于依多丽雅夫人照应他们母子。无论安格尔在哪里，美美都能感应到他的存在。美美感应到的还远远不仅如此。

当安格尔的情绪有变化时，美美也能感觉到。这是因为，当安格尔的情绪有所变化时，譬如处于喜、怒、哀、乐或者睡眠等不同状态时，他体内蕴含的感应生物电流，从而形成的感应磁场强度是不同的，也即从而形成的感应磁场强度是相应变化的；美美可以感知到这种感应强度的变化，同样的，美美的父母也会感知到这种感应强度的变化，并依据其相应变化感知他情绪的状况。在需要时，他们会及时给予安格莉卡以帮助或者提示。

# 第 12 章 卡里塔斯天使星创业

**旅居天使星**

卡里塔斯在天然星继续从事建筑设计工作。然而，那段他陪同安格莉卡在荒无人烟的天使星旅游的人生非凡经历却常常萦绕在心间。

在过了安格尔的哺乳期后，卡里塔斯决定旅居天使星创业，经营与管理天使星星际空间站，接待来自不同星球的旅游团在天使星游览。其间，卡里塔斯可以随同天然星旅游团乘坐宇宙飞船在天使星与天然星之间来往。

卡里塔斯向安格莉卡讲述这一久久深藏内心的愿望，并得到安格莉卡的理解、支持和鼓励。

就如当年卡里塔斯陪同安格莉卡从天然星乘宇宙飞船去天使星旅游那样，卡里塔斯随同天然星飞天星际旅行社的天使星旅行团安全抵达天使星。

天使星旅行临近结束，旅游者返回天然星的时刻到来。全体旅游者身着宇宙航行服登上了停泊在天使星上的飞船登陆舱，而同样身着宇宙航行服的卡里塔斯按事先商定的合约，自愿留在了天使星，他动情地向旅游者们挥手告别。

在飞天号飞船宇航员给出的指令和遥控下，飞船登陆舱自身设置的小型核驱动器启动，飞船登陆舱与在天使星运行轨道上同步飞行的飞天号飞船安全、平稳地会合，准确地返回至飞天号飞船中的原来的位置，并安全返回天然星。

卡里塔斯，作为天使星星际航行空间站的导游和中继站客栈的主管，独自在天使星生活，他必须自己独立解决生活中的诸多问题。

首要的问题是生存。幸好他初到天使星生活时，星际航行空间站一排8个相互连通的球形客栈已然建成。客栈栈房上方，安装了大面积的伞状天阳能接收器，球体中安装了天阳能转换器；天阳能转换器将天阳能转换为电能，为人们提供电量、热量。另一个球体中安装了电极水解设备和水净化设备，电极水解设备将水电解成氢气和氧气，为人们提供氧气，解决呼吸问题；水净化设备为人们提供饮用水、生活用水。其他球体中安装了空调，备有床铺和卧具，并储存有一定数量的食物，卡里塔斯可以脱掉航天服，在中继站中活动、休息或者过夜居住。

建筑师卡里塔斯对于"四维打印技术"钟爱有加。如今，他暗自下定决心，在天使星使用四维打印技术建造一座通体为冰质的天使星冰屋，供在天使星上生存的人们居住。

卡里塔斯设计的冰质的天使星冰屋，形似一轮从地平线上喷薄初升的天阳，其大部分已然升起在地平线之上。

卡里塔斯设计的天使星冰屋是一座双层的圆球结构建筑。天使星冰屋主体是不同直径的、套在一起的、空心的两个大小不等的冰质圆球。外层冰质圆球的直径为15米，冰质圆球的冰壳厚度为半米；内层冰质圆球的冰壳直径为10米，内层冰质圆球的冰壳厚度也是半米。外层冰质圆球和内层冰质圆球都是大部分露在地面，下方以土方固定在地表之下。

天使星上大气十分稀薄，而冰本身又是一种通透的物质，这样一来，照射进来的天阳光线会对在冰屋居住的人群造成辐射伤害。这种双层球体冰屋设计，相当于在双层球体之间创建了一个缓冲区，保护居住在内层冰屋的居民免受辐射伤害，又能在一定程度上起到保持室温的作用。而且，它在双层球体之间的空间创造了一个生态环境，在其间可以种植花卉和少量蔬菜，它们吸收二氧化碳，释放氧气，对于净化冰屋生存环境是十分有益的。

卡里塔斯考虑，由于在天使星存在表面结冰的溪流，即存在水资源。天使星赤道的最高温度也高不过摄氏零度，高纬度处的最低温度可达到零下 80 摄氏度；天使星星际航行空间站地表温度，总是在摄氏零度以下的。这就给予卡里塔斯建造冰屋创造了有利的自然条件。

如何建造这样一座冰质双层圆球体建筑呢？

卡里塔斯选择用四维建筑打印机建造冰屋；他还选用将一种高分子气凝胶掺入冰水中，作为建筑打印机用的建筑材料。

通过天然星飞往天使星的旅游飞船，卡里塔斯将四维建筑打印机和高分子气凝胶原料运至天使星。在天使星，卡里塔斯直接使用小河冰下的冰水或者利用天阳能动力在地面之下钻井汲取的水，作为建造冰屋的主体材料。

卡里塔斯在预先选择的地面上，将四维建筑打印机安装好，用机器人将高分子气凝胶均匀掺和在冰水中，四维建筑打印机按预先设计的程序将气凝胶冰水层层喷出，近距离的喷头可确保喷出的气凝胶冰水在预先设定的位置上重新结冰，四维建筑打印机按着事先设计的长、宽、高三维参数和时间参数自动地、层层地打印出整个双层冰屋球体结构。

按卡里塔斯的预先设计，使用四维建筑打印机在双层球体上打印出了两扇滑动式的，掺加了纤维和气凝胶的冰门，用于居住者进出冰屋之用。

按卡里塔斯的预先设计，使用四维建筑打印机在冰屋外层球体之上，打印出巨型装饰物和许多细长的尖塔，宛如天阳喷发的汹汹火焰和发射的光线。

这种高分子气凝胶冰液凝结成的球壳，也即冰屋的墙壁，可以让天阳的可见光穿透过，但是它不仅能防止对于人类有害的高能量辐射线穿透过冰壳；它还能作为热的绝缘材料，不让冰壳融化，抵挡外界严寒，尤其可以抵挡深夜里的酷寒，保持居住区相对的温暖。这种高分子气凝胶冰液凝结成的球壳，对于在冰屋中的居住者是十分有益的；它对于冰屋内的植物生长也是有益的。它还能有效地减弱外层空间的大气对于冰屋球体和其表面上的众多装饰物和细长尖塔的风化作用。

卡里塔斯的天阳神冰屋就此建造完成了。卡里塔斯在这之后，开始考虑在冰屋外建造天阳能收集器，在冰屋内建造电力转化器，为冰屋解决照明、取暖、烹调问题；在冰屋内建造电化水解装置，为冰屋解决水解的氧气和氢气供应问题；在冰屋内建造水净化设备，为冰屋解决饮用水、生活用水问题。这些问题在天使星星际空间站的栈房内外已经得到相当好的解决。

卡里塔斯从远处展望他的杰作，心旷神怡，浮想联翩。

天使星球体冰屋，在白昼，在灿烂阳光下，宛如一轮光辉的天阳从大海中磅礴升起；球体冰屋外缘上的许多装饰物和细长的尖塔，在天阳光线的照耀下，映现出多彩光芒，宛如它在喷发汹汹火焰，发射光线和热能。

天使星球体冰屋，在黑夜，在淡淡星光下，宛如一颗洁白的水晶星体从深邃星空升起；球体冰屋外缘上的许多装饰物和细长的尖塔，在星光照耀下，映现缕缕的光线，宛如数道闪电交相闪耀，划破天际。

## 天使星生活

如今，卡里塔斯在天使星建造了双层球体冰屋，在双层球体之间种植了少量花卉、水果，同样可以提供他自己和旅游者居住和活动。

卡里塔斯生活中所需的主食和蔬菜，主要还是通过天然星旅游局的旅游飞船顺便运来。然而，旅游局的旅游团只是不时地来天使星，卡里塔斯必须独立解决生存问题。

为此，卡里塔斯在建造好天然神冰屋，并成功试用了一段时间之后，决定依据原来的设计和原料，使用四维建筑打印机再造一座同样的天然神冰屋，用于种植粮食、蔬菜和瓜果，譬如，五谷杂粮、青菜瓜果乃至鲜花，并为它取名"蔬菜大棚"。

自从建好蔬菜大棚，卡里塔斯的生活发生了许多变化。在没有旅游团来访的期间，他经常去蔬菜大棚，照料种植的粮食、蔬菜和瓜果，为它们浇水、除草、松土。

作为天使星星际航行空间站的导游，卡里塔斯不定期地接待来自其他星球的旅游团。一个优秀的星际旅行导游员，需要具备良好的有关天使星的旅游知识，尤其有关天阳及其行星的天文知识，还需要具备高水平的语言表达能力，若能多掌握几门外星语言则更好。当然，具备健康的体魄是绝对必须的。

卡里塔斯的母语是天然星语，此外，他从妻子安格莉卡那里学会了地球语中的德语和英语。

卡里塔斯在天使星独处时期，阅读了许多天然星文字的书籍，得到了许多关于天然星、天使星和天阳星系以及人类学的知识。

此外，安格莉卡出于在天然星研究和比较研究人类学的需要，她从地球飞来天然星时，携带了一些有关宇宙结构、宇宙航行和人类学的纸质书籍。这为卡里塔斯在天使星独处时期，学习宇宙结构、宇宙航行和人类学知识提供了很好的帮助。

天阳星系由恒星天阳和环绕它运行的6颗行星组成。以天阳为中心，这6颗行星的特定运行轨道距离天阳由近至远依次为天骄星、天穹星、天然星、天使星、天象星、天涯星。

在天阳星系中，恒星天阳绝对是最大的星球，它的直径约为130万千米，其重量占天阳星系星球重量总和的90%以上。

天阳星系中的6颗行星围绕天阳运行的轨道，大体上在一个平面上，各行星运行轨道平面之间的角度相差低于10%。天然星围绕天阳运行的轨道为椭圆轨道，确切地说，是一个极其接近椭圆的轨道，原因在于其运行过程中，不仅受到天阳的强大吸引力，同时受到其他5颗行星的引力作用。

天阳的形态为球体，而天使星的形态却是两极直径稍稍偏小，赤道直径稍稍偏大的球体。天使星不仅围绕天阳公转，还以自身的旋转轴自转，这样天使星上就有了白天和黑夜。

天阳是一颗发光、发热的恒星。天阳是一个炽热的气体球体，它的表面没有分明的界面。天阳从中心到边缘依次分别由热核反应区、辐射区、对流区、天阳大气层组成，各层之间没有分明的界面；其中的天阳大气层由内向外依次由天阳光球、天阳色球、天阳日冕构成。由此，天阳成为天阳星系中唯一的一颗可以发光、发热的恒星。

在天阳星系行星上，出现人类生命的决定条件之一是天阳星系行星上存在原始大气层和水层。另外一个决定条件是天阳星系行星在距离天阳适当的远处，并按特定的轨道围绕着天阳运行，这样它才能接收到适合于生命出现、发育、成长的光与热。天阳星系中距离天阳太近或者太远运行的行星，由于表面温度过高或者过低，都不能出现人类生命，乃至不能出现相应的动物、植物、微生物。

天阳星系中只有天然星是距离天阳适当的远处，并按特定的轨道环绕着天阳运行的行星，这样它才能接受到适合于生命出现、发育、成长的光与热。从进化论角度讲，天然星人类是在适宜的环境与条件下，从低级动物向高级动物逐步进化来的。

天使星也是天阳星系中的一颗行星。天使星与天然星都环绕天阳星系中的恒星天阳运行，然而天使星的椭圆形轨道远离天阳，导致它从天阳接收到的光与热远低于天然星，从而不适合人类生命出现、发育、成长。然而，由此导致在天使星上出现了许多不同于天然星上的诱人的天然环境和自然风貌。

地球是太阳系中的一颗行星，太阳系中的太阳是恒星，环绕它旋转的8大行星，从近到远依次为水星、金星、地球、火星、木星、土星、天王星、海王星；其中有的行星尚有卫星，譬如，月球为地球的卫星。

太阳系是银河系中的一个星系。银河系是由无数颗星体组成的星团，仅在银河系中，存在3000个太阳一类的恒星呢！银河系之外类似银河系的恒星系统名为"河外星系"，已发现的类似银河系中的恒星已达10亿多颗，更遥远的河外星系还有待发现！

宇宙之浩瀚难以想象。据人类现今科学家的学说，宇宙是由星系团组成的，星系团是由星系组成的，星系是由恒星与环绕它旋转的行星组成的，有的行星周围尚有卫星环绕其运行。

天阳与太阳的大小、发光强度类似，天然星比之地球略小，天然星距天阳的距离比之地球距太阳的距离略远，于是，天然星上的气温相对于地球略许低一些；而天使星上的气温相对于地球就低得多了。

学习天文学知识，为卡里塔斯在人迹寥寥的天使星生活里带来许多乐趣和快乐。

## 第 13 章 星球人战争

**天然星人被攻击**

卡里塔斯独自在天使星创业，生活中充满挑战；安格莉卡常常托付从天然星飞往天使星的旅行团带给卡里塔斯一些书信和生活用品，特别是常常为他带去一些专门烹调的食品，这让他特别高兴，让他感到安格莉卡的爱时时刻刻伴随着他。

一日，一场灾难突然降临天然星。

当日凌晨，天色朦胧，来历不明的一艘大型飞艇和一艘小型飞艇从星际空间突然飞抵天然星上空，在大气层高空盘旋。不久，但见那艘大型飞艇开始降低高度，逼近天然星上以海岛风光著称的岛洲域陆面。

那艘未明大型飞艇在岛洲域上的袅袅岛边着陆，那艘小型飞艇在上空继续盘旋。

从那艘着陆的大型飞艇上，快速走下大约 50 名武装人员。他们形体高大，体魄强健。他们手持武器在海岛边缘居民住宅中强行掠夺物资和财富，凡有反抗者一律遭射击恫吓。

事发地区的天然星人通过无线通信设备紧急向岛洲域行政部报告，岛洲域行政部立即报告邦联，请求立即派遣安全部队保卫岛洲域人的生命和财产安全。

邦联依据现场情况立即派遣3艘宇宙飞船，120名武装士兵飞往事发地区。其中一艘飞船为战斗指挥部人员所乘飞船，在空中盘旋；另外两艘飞船载100名武装士兵降落在事发地区，与地面上的未明外星人士兵武力对抗。

天然星人与来历未明的外星人之间的战斗打响了！

未明外星人手持轻型射击武器，有的甚至仅仅手持大刀与长矛。

天然星人属于更为进化的人类，他们用于保卫领土的重要武器是先进的光学武器。

为了说明这种光学武器，尚需讲述一点光学知识，以便人们能够理解这种武器。

人类视觉是通过眼睛，这一视觉系统的外周感觉器官来接受外界环境中一定波长范围内的电磁波刺激，经中枢神经有关部分进行编码加工和分析后，获得主观感觉的。

人的眼睛可分为感光细胞（视杆细胞和视锥细胞）的视网膜和折光（角膜、房水、晶状体和玻璃体）系统两部分；其适宜刺激波长为370-740纳米的电磁波，即可见光部分。这部分光通过折光系统在视网膜上成像；经视神经传入大脑视觉中枢，就可以分辨所看到的物体的色泽和分辨其亮度。因而可以看清视觉范围内的发光或反光物体的轮廓、形状、大小、颜色、远近和表面细节等情况。

人的眼睛能看清物体是由于物体所发出的光线经过眼内折光系统（包括角膜、房水、晶状体、玻璃体）发生折射，成像于视网膜上，视网膜上的感光细胞——视锥细胞和视杆细胞能将光刺激所包含的视觉信息转变成神经信息，经视神经传入至大脑视觉中枢而产生视觉。因此视觉生理可分为物体在视网膜上成像的过程，及视网膜感光细胞如何将物像转变为神经冲动的过程。

天然星人的光学武器具有两种形式。一种是轻力度破坏对方的视觉系统，使对方的眼睛不能接受一定波长范围的电磁波刺激，从而不能形成视觉图像；另一种是重力度麻醉对方的视觉神经系统，在对方即使尚存有视觉系统功能情况下，由于他们的视觉图像不能经视神经传入大脑视觉中枢，从而对方无法分辨其视觉系统所捕捉的视觉图像。简言之，在未明外星人被天然星人的光学武器击中后，立即失明了！

天然星人与未明外星人之间的战斗并非想象中的轰轰烈烈、长时间搏杀的星球人大战。

未明外星人50名士兵，在其飞艇中的外星人军官指挥下，乘飞艇登陆岛洲域中的袅袅岛边的初期，烧杀抢掠，势如破竹；然而，当天然星邦联派遣三艘宇宙飞船，120名武装士兵抵达事发地区时，在上空盘旋的天然星那架飞船中指挥人员命令下，其他两艘飞船里的100名武装士兵登陆袅袅岛边后，整个战斗形势迅速发生了改变。

邦联士兵使用轻力度光学武器向未明外星士兵射击。这种武器发射的一种液态球形物质，它们迅速在未明外星士兵的眼球上形成一层薄薄的透明液态薄膜，随即迅速转化成为超薄白色固体薄膜。未明外星士兵对此并未感到十分痛苦，只是立时什么也看不见了！

对于那些眼睛上戴有护镜的未明外星士兵，邦联士兵使用重力度光学武器向未明外星士兵射击。这种武器发射一种特定波长的不可见电磁波，这种不可见电磁波能麻痹未明外星士兵视网膜上的感光细胞，使其不能将可见光刺激所产生的视觉转变成神经信息，从而使视神经不能将其传入至大脑视觉中枢而产生视觉。

此后，邦联士兵们及时冲向未明外星士兵，彻底解除他们的武装，用塑条手铐将他们分别反手铐起来，挟持他们到一处平坦地面集中，等待邦联指令，对他们做进一步安排和处置。

且说，那架在空中盘旋的未明外星飞艇，它实际上是指挥其士兵战斗的飞艇。这架飞艇在邦联的两艘飞船挟持下，被迫降落到袅袅岛上的一处平坦陆地。

这架未明外星飞艇的艇门被打开后，首先走出飞艇的是士兵，他们在艇门前分列两排，相对而立。片刻，沿着扶梯款步走下一位貌美如花，身材苗条，衣着华丽，沉着冷静的少女！这不由得让邦联士兵高声"哇－哇"惊叹。

在邦联一位军官和一位护卫的引导下，这位少女在未名外星士兵簇拥下走进袅袅岛一处办公场所，跟随他们的是一群邦联军官及护卫。由于语言不通，双方面面相觑，他们之间根本无法交流。

### 天穹星女王国

在岛洲域袅袅岛，邦联岛洲域的几位行政长官和军官陪同这位未明外星少女坐在一处行政部门的一间敞亮的办公室里，由于双方不懂对方的语言，而无法交流，只能喝茶饮水，面面相觑。

与此同时，几位邦联军官走进那架停在袅袅岛边的未明外星飞艇进行查看。在一处宽敞的座舱里，他们在桌面上收集到一些文件，其中的一张星球图让他们倍感惊喜！

这是一幅宇宙空间星球图。岛洲域行政部人员认为它对于了解这些未明外星人的来历或许很有参考价值，于是请来邦联域天文学家解读这份宇宙空间星球图。

宇宙空间星球图上标出了数颗星体。其中的一个星系具有一颗恒星和围绕它旋转的6颗行星。邦联域天文学家们依据星系中恒星的位置和各行星的运行轨道研究确认，这个星系就是天然星所属的天阳星系！

那颗居于星球运行模型中央的硕大星球即为恒星天阳。以天阳为中心，由近及远，依次为行星天骄星、天穹星、天然星、天使星、天象星、天涯星，围绕天阳按其特定的运行轨道运行。

在宇宙空间星球图上标示的这个天阳星系中，与天然星相毗邻一颗行星，它的运行轨道比之天然星的运行轨道距离天阳更近。这颗行星被单独标示为浅蓝色。当这颗浅蓝色行星运行到距离天阳最近点的位置，可见标示出的一条红线，红线的另一端点的箭头符号指向天然星！邦联域天文学家们依据两颗行星的相对位置，浅蓝色行星的运行轨道和标示出的它与天然星的红线研究确认，那颗浅蓝色星球就是未明外星人所在的行星天穹星！其间的红线表示出他们乘宇宙飞艇飞向天然星的运行轨迹。

这一颗被称为天穹星的行星是一颗怎样的星球呢？

依据天然星天文学家对这一毗邻天然星的长期观测与研究确认，由于天穹星环绕天阳的运行轨道，比之天然星环绕天阳的运行轨道距离更近，导致天穹星从天阳接收到的光与热远高于天然星，从而导致天穹星上的平均气温高于天然星上的平均气温，然而不是特别高，加之其他合宜的自然条件，譬如水的存在和大气的存在，导致生物存在，乃至人类生命的出现、发育、成长。

由此确认，是天穹星人乘宇宙飞艇从天穹星飞到天然星上空，并降落到邦联岛洲域袅袅岛，对天然星人发起了武力攻击！

天穹星是怎样的一颗星球？天穹星人是怎样的一类外星人？

依据天然星天文学家对于天阳星系的研究，天阳星系中的行星天然星的运行轨道距离天阳适中，从天阳接收到的光与热适于人类生存。行星天使星的运行轨道距离天阳比之天然星要远，因而天使星接收到的光与热比之天然星要少，那里的气温在摄氏零度到零下80摄氏度之间。行星天穹星的运行轨道距离天阳比之天然星要近，那里的气温比之天然星上的温度要高许多。

为在高温环境中生存，天穹星人将房屋建筑在高原区的丛林里，有些天穹星人则在山脚下开凿山洞或者挖掘地下洞穴，以遮挡天阳的强烈辐射光与热。当然，如果这些房屋距离水源，如河流、湖泊、地下水源不远，则更受天穹星人青睐。

天使星与天穹星上空都存有大气，与天使星相比，天穹星的优越之处在于：天穹星大气中的氧含量要比天使星大气中的氧含量高许多，几乎达到天然星大气中的氧含量，人类可以借此生存；而天使星大气中的氧含量只占大气中的1%，人类是不能借此生存的。

由于天穹星围绕天阳运行的轨道是椭圆形的，就形成了天穹星上的春、夏、秋、冬四季。在相对温度不那么炙热的春、冬季节，天穹星人劳作，多以在山中射杀野兽，在河流、湖泊上捕鱼为生。

天穹星人的社会文明进化程度，特别是科学技术开发程度比之天然星人低下得多，他们是通过挖掘地下土地来建造房屋的，以地下房屋来抵御酷热。

天穹星人尚处在人类早期氏族社会的母系社会阶段。母系社会中，女性掌握氏族的领导权、世袭权、继承权，子孙归属于母亲。人们缺乏生理知识，错误地认为，只有女人能够繁衍后代，并且人类的存在和繁衍完全依靠女性。

在天穹星，女性受到极大尊重，女性以养育儿女为己任，并依此为荣。男人生来强健，生性勇猛，善于搏斗。尤其对于他们的女王，绝对忠诚，俯首甘为孺子牛。女王在内宫，身边有多位女仆伺候；在宫外，身边有多位官兵护卫。

在天然星，那位在护卫簇拥下从天穹星飞艇款步走下飞艇的貌美如花，身材苗条，衣着华丽，沉着冷静的少女，就是天穹星女王国的女王薇奥拉(Viola)！就是她在一艘天穹星飞艇上，指挥另一艘满载天穹星士兵的飞艇从天穹星起飞，经由星际空间，远飞天然星的；她在岛洲域上空盘旋的飞艇上，亲自指挥天穹星士兵在袅袅岛登陆，攻击天然星人，与天然星士兵战斗的。

## 战争结局

邦联国防部研究认为，尽管天穹星女王薇奥拉及其士兵这次对于天然星本土的攻击对于人民的生命财产造成了一定的破坏和损失，由于邦联的应对及时和适当，尤其是武器先进所起到的决定性作用，使得这场战争并未长时间或长期的持续，人民的生命财产遭受的破坏和损失尚非严重，就以天然星人的胜利而终止了。邦联决定以宽大为怀的精神处理这场战事，宽恕天穹星女王及其士兵，驱除他们通通回到天穹星自己的土地。

天穹星女王及其护卫依然被留在袅袅岛行政部门的那间敞亮的办公室里。

所有被俘的天穹星士兵均被解除了手铐。那些因被轻力度光学武器射中，在眼球上形成了超薄白色固体薄膜，从而造成失明的天穹星士兵，其双目眼球被统一滴上了几滴特制的滴眼液，一刻钟之后，眼球上的超薄白色固体薄膜溶解了，士兵们重新恢复了正常的视力。

对于那些因被重力度光学武器发射的特定波长的不可见电

磁波击中，使视觉神经被麻痹从而造成失明的天穹星士兵们，天然星医务人员在士兵们的静脉里统一注射了一种解麻醉的特制药物，大约45分钟之后，士兵们的视觉神经解除麻痹，重新恢复了正常的视力。

这时，邦联国防部代表，请天穹星女王走近她的已经获得健康和自由的士兵中间，他们用天穹星语热烈而激动的谈论着什么，至于到底谈论了什么，在场的天然星人面面相觑，不得而知。

天穹星女王转向邦联国防部代表，做了四种手势：用手指了指她的心脏部位，用手指了指她的士兵们；用手指了指停泊在附近的两艘飞艇；然后用手指了指天穹星方向。显然，天穹星女王欲向邦联国防部代表表达：她和她的士兵们希望乘他们的两艘飞艇返回天穹星。

邦联国防部代表转向在场的国防部军官，交谈一会儿后，转向正焦急等待回答的天穹星女王，同样做了四种手势：用右手在天穹星女王和她的士兵们范围画了一个大圈；用手指了指停泊在附近的两艘飞艇；用手指了指天穹星方向；然后用右手在被缴械的武器范围画了一个大圈，同时在他脸面前摆了摆手。天穹星女王似乎明白了这些手势，在国防部代表做出前三种手势后，表情显露出极度欢欣鼓舞，而在看到他的第四种手势时，却耸了耸肩，表现出伤心和无可奈何的神情。显然，国防部代表欲向天穹星女王表达：我们允许你和你的士兵乘你们的两艘飞艇返回天穹星；然而，不能带走被缴获的武器！

天穹星女王思索片刻之后，面向她的士兵喊话。天然星人虽然不懂她讲了什么，但见士兵们分别走向那两艘飞艇，天穹星女王面向国防部代表，合拢双手致意，在护卫的簇拥下登上那艘专用飞艇；其他士兵们遵令有序地登上另外那艘飞艇。

不久，天穹星两艘飞艇发动，升空，飞离天然星，渐渐消失在星际空间中。

天然星人与天穹星人之间的这次星球战争，以天穹星人的彻底失败而结束。

安格莉卡在电脑上自始至终极度关注这次天然星人与天穹星人之间的星球战争的报道。这次星球战争的开端、发展和结局让她回忆起她在卡里塔斯庄园做客时，与卡里塔斯有过的一段关于战争的谈话。

"地球上战争起因是多方面的。譬如，国家领土、资源引起的问题，经济利益引起的问题，种族、民族、宗教、信仰引起的问题，等等。"安格莉卡的这些话，让卡里塔斯深思，尤其是谈到种族、民族、宗教、信仰问题成为引发战争起因的问题。

"我想说，我们天然星上的人类，并不热衷于战争。"卡里塔斯坦言道。

"我相信是这样的。"安格莉卡说，"依多尔先生在地球上生活时，他曾阐述过他对于战争的看法：人类之间的战争，损害社会秩序和生存环境，改变人类和平相处的心理状态，停滞或者破坏经济、文化、科学和教育的发展，导致人类的存在与进化出现问题或者成了问题。自然，热衷于战争的人类在宇宙各人类中成为进化迟缓的人类；从宇宙视野思考，进化迟缓的人类一旦面对进化的、先进的人类或者面对进化的、强大的生物群体会在生存竞争中处于劣势地位的。"

"我认为,依多尔先生对于战争的看法,阐述了我们天然星人对于战争的普遍性观点。"卡里塔斯说道。

这段关于战争的谈话和这段关于战争的经历,让安格莉卡更加确信和更加赞赏她的卡里塔斯讲过的那句话——"我们天然星上的人类,并不热衷于战争。"

## 第 14 章 卡里塔斯的命运

**卡里塔斯身陷囹圄**

天穹星士兵在袅袅岛对天然星人的袭击彻底失败，天穹星薇奥拉女王命令其士兵们分别地走向他们停在路面的那两艘飞艇，天穹星女王在护卫的簇拥下首先登上那艘专用飞艇，其他士兵们遵令有序地登上另外那艘飞艇。

天穹星两艘飞艇发动，升空，飞离天然星，向星际空间飞去。然而，出于天穹星人扩展生存空间的理念，在攻击天然星人失败后，他们并没有飞返天穹星，而是遵照女王的命令，向临近天然星的行星天使星飞去。天穹星女王寄希望于占领幅员广阔的天使星，开拓荒无人烟的天使星，使其成为天穹星人的殖民地。

天穹星人飞艇驾驶员操纵飞艇减速，下降到天使星大气层，观测到天使星地面上的飞船起降场，中继站客栈，以及大面积的伞状天阳能接收器，还有卡里塔斯建造的天阳神冰屋和蔬菜大棚。女王命令那艘运载士兵的飞艇首先降落到飞船起降场，随后女王所乘坐的飞艇也降落到飞船起降场上。

第一批士兵，身着航天飞行服首先走出飞艇，立即发现这里不仅寒冷，而且难以呼吸，令人窒息，于是立即返回飞艇。在装备了供氧设备，戴好氧气面罩后，才重新走出飞艇，径直走进由8个相互连通的球形建筑构成的中继站客栈。

行星天使星距离恒星天阳比之行星天然星距离恒星天阳远一些，于是造成天使星表面平均温度较之天然星上的平均温度低，绝大部分陆地表面温度皆在摄氏零度以下，早晚温度落差极大。天使星大气中的氧气含量极低，人类是不可能在天使星上呼吸其大气生存的。

第一批士兵发现中继站客栈中温暖而无须氧气面罩，他们分头走进8个相互连通的球形建筑，竟然发现空无一人，让他们感到茫然。一位军官立即用通信设备就地向女王报告在中继站客栈中所见到的情况。

女王在两名护卫的陪同下，也身着航天飞行服，戴好氧气面罩走出飞艇，径直走进中继站客栈。

在中继站客栈，女王感到很舒适。她摘掉氧气面罩，脱下航天飞行服，在8个相互连通的球形建筑里兴致盎然地走来走去，东张西望。

女王发现在8个球形建筑中一个球体上方，安装了大面积的伞状天阳能接收器，球体中安装了天阳能转换器；另一个球体中安装了电极水解设备和水净化设备。其他球体中安装了空调，备有床铺和卧具，并储存有一定数量的食物！

当女王看到那些储存的食物时，她惊异的表情明显地映现在她年轻而美貌的面庞，而浮现在她面庞上的惬意的表情荡然无存了。她深切地感觉到：这个星球上有人类生存！

女王断然命令尚在两艘飞艇上的士兵们身着航天飞行服，戴好氧气面罩走出飞艇，径直到中继站客栈前集合。女王和中继站客栈中的士兵也身着航天飞行服，戴好氧气面罩径直来到中继站客栈前。

女王命令护卫她的士兵留在她身边，其他所有士兵对天使星地面上的飞船起降场及其附近区域进行全面搜索，确认是否有人类，乃至凶猛动物存在。

士兵们接到女王命令后，在军官奥克斯（Ochs）的指挥下，立即结队分头行动。女王则在两名护卫陪同下回到中继站客栈中，等待有关搜索行动的报告。

一些士兵走在平坦的陆地上搜索，见到片片耐寒的青草，稀疏的灌木丛，以及结了冰的弯曲小河。在青草中有爬虫蠕动，在低矮的灌木丛中有类似鸣蝉的昆虫在鸣叫。士兵并没有见到大型野生动物。

一些士兵走向环形山搜索。环形山数量多，地貌美。有的环形山山脊的坡度比较平缓，有的陡峭。士兵们竞相走上山脊坡度平缓的环形山，抵达环形山顶部，进而越过平缓的边缘，走入相对平坦的环形山凹形山口。边缘坡度陡峭的环形山，让士兵们望而却步。

一些士兵走入延伸到远方的小型峡谷。峡谷壁十分陡峭，有明显的边界，显示出陷落和山崩活动的迹象。这些小型峡谷可能是天使星自身的地下冰在融解和蒸发过程中形成的，也可能是由风或水的侵蚀造成的。

在一处山坳，也就是在一处山间的平坦地面上，一队士兵惊异地发现了两座球体建筑。第一座球体建筑外缘上建有装饰物和细长的尖塔。士兵们小心翼翼地用力拉动一扇可滑动的厚厚冰门，走进球体冰屋，见到迎面还有一扇可滑动的厚厚冰门。拉开第二道冰门，士兵们惊异地发现，里面竟然是一座可供居住的球形冰屋！他们在冰屋中以及双层冰壳中的廊道里仔细搜索，始终未见人影。

第二形球形建筑外缘上没有任何装饰，士兵们同样小心翼翼地用力拉开一扇可滑动的厚厚冰门，惊异地发现这座冰棚里阳光充沛，架上、架下的稻谷、蔬菜和瓜果生长茂盛。士兵们都惊呆了！士兵们在大棚里仔细寻觅，只见那里的土地松软，犹如刚刚被翻松过；那里的土地湿润，犹如刚刚被浇灌过。然而，他们竟然没有发现任何人！这是一处怎样的苗圃和菜园啊？

军官奥克斯使用通信设备就地向女王报告搜索两座球形建筑所见情况。

听到上述报告，女王像士兵们一样也惊诧，不过她头脑清醒，她断定，附近必有人类生活！

女王命令参加搜索的全体官兵继续进行严格地、全面地搜索，不得有任何遗漏！她断定附近地区必有人类生活，如果他们找不到任何外星人，就别想再回到中继站客栈了！

遵照女王的严厉命令，那些在环形山附近搜索的官兵们只得进行更为仔细的搜索。

军官奥克斯带领一部分士兵攀爬坡度相对陡峭的环形山。他们吃力地爬上山口边缘，艰难地抵达山口边缘的锯齿状山峰。透过这些锯齿状山峰，他们在山口的相对平坦的凹形的地面仿佛看到有人影形象。

搜索的士兵们兴奋起来，用天穹语一遍又一遍地对着人影呼喊："有人吗？有人吗？"除了他们的回声在凹形山口回荡，却无一丝声息。他们穿过锯齿状山峰，步入相对平坦的凹形山口层面，惊异地看到一个在凹形山口席地而坐的人！可以想象，他正是卡里塔斯！

随行士兵蜂拥而上，将卡里塔斯围在中间。军官奥克斯厉声厉色地用天穹语问："你是谁？你在这里做什么？"

此时的卡里塔斯并未惊慌，反而显得十分镇静，他用天然星语反问他们："你们是谁？你们来这里做什么？"

双方面面相觑，无所适从。无奈，军官奥克斯对随行士兵们说了什么；之后，只见几个士兵将卡里塔斯反手铐了起来，两名士兵走在卡里塔斯前面，军官奥克斯和几名士兵跟随其身后，催促卡里塔斯走下环形山。

**卡里塔斯的命运**

卡里塔斯被在环形山搜索的士兵们逮捕了。

原本，当天穹星的两艘飞艇在天使星上空盘旋时，卡里塔斯刚刚从蔬菜大棚劳动后走出来，正在返回中继站栈房的路上。卡里塔斯这一天并没有接到天然星飞天星际旅行社电讯，通知将有旅游团来天使星游览，卡里塔斯对这两艘来历不明的飞艇感到不解。回到中继站栈房，也并未看到有关电报到来，卡里塔斯感到蹊跷和不安：这两艘在天使星上空盘旋的飞艇来自何方？来天使星有何意图？

卡里塔斯身着航天羽翼飞行服，立即走出中继站栈房，向一座环形山大步走去；为着进一步观察这两艘飞艇动向，也为躲避它们可能带来的伤害。

这座环形山正是当卡里塔斯和安格莉卡在天使星旅行，一颗不明小行星向撞击天使星方向飞来的时候，由于地球女性安格莉卡身体散发的特异幽香而招来青草中的爬虫，低矮的灌木丛中鸣蝉蜂拥而至，径直向安格莉卡扑来，安格莉卡为躲避这些爬虫和鸣蝉而急忙爬上了一座环形山！安格莉卡在环形山凹形山口处躲藏，离开了同行的旅游者们的视线，从而失去了乘坐登陆舱飞离天使星逃生的机会。

卡里塔斯知道，他如今爬上的这座环形山，正是当初安格莉卡爬上的那座环形山！

天穹星搜索队士兵们在环形山发现并逮捕了卡里塔斯之后，军官奥克斯立即直接向女王报告："尊敬的女王陛下，我们在一座环形山上抓住了一个不明外星人！他身着宇航服，头戴氧气面罩，没有携带任何武器。"

女王命令："立即将这个不明外星人带回中继站客栈！停止所有搜索活动，全体官兵返回中继站客栈！"

军官奥克斯与参加搜索的士兵们将卡里塔斯从环形山带回中继站客栈。途中，在中继站附近参加搜索的一群官兵，见此场面，一片哗然，议论纷纷。

"啊哈，天使星上有人类生存！"

"这小子是天使星人吗？"

"他为啥躲藏在环形山顶？他会伤害我们吗？"

"干脆杀了他！"

在中继站客栈，女王命令士兵将卡里塔斯的手铐卸下，让卡里塔斯脱下宇航服，摘下氧气面罩，女王和士兵们第一次看清卡里塔斯的真容。

青年卡里塔斯长相英俊，像是天然星人。面对这诸多陌生的不速之客，他目光炯炯，显现有些紧张，却并不慌张。

女王端详这位生活在天使星上的年轻人良久，竟然仿佛旁若无人，自言自语道："啊，好一个美男子啊！"

官兵们看见他们的女王如此迷情，略感嫉妒，深感恐慌，一些官兵乱声喊叫："尊敬的陛下，他是不祥之物，会给我们带来厄运的！""尊敬的陛下，请下令：杀了他！"

女王的目光依然凝视着卡里塔斯，片刻，她终于开口说道："留下他！他能为我们管理中继站客栈！"女王斜眼看了士兵们一眼，继续说道："你们懂什么？你们之中有谁能代替他管理中继站客栈？杀了他，我们会在这里因为没有天阳能而冻死，没有洁净水而渴死的！"

女王一席话，让士兵们清醒，拯救了卡里塔斯，免于杀身之祸！

女王命令几个士兵，使用肢体语言向卡里塔斯示意，让他为他们在中继站客栈内展示，如何使用开关和调节电源，如何开关和调解天阳能转换器部件，将天阳能转换为电能，为人们提供电量、热量。如何操纵和调解电极水解设备和水净化设备，将水电解成氢气和氧气，为人们提供氧气，解决呼吸问题。如何操纵和调解水净化设备，为人们提供饮用水、生活用水。

卡里塔斯带领这些天穹星人，在身着宇航服，佩戴氧气面罩的情况下，走出中继站客栈，观察耸立于中继站客栈之外的球体上方，安装的大面积的伞状天阳能接收器，它接受天阳的热和光辐射，为中继站提供天阳能。

这些天穹星人从卡里塔斯那里学到了许多操作技能，从而对卡里塔斯表现出某种程度的好感，对于卡里塔斯的敌意有所降低，但是仍然怀有警惕。

天穹星人将空调马力调足，电极水解功率加大，水净化能力提高，使得中继站客栈迅速暖和起来。他们将卡里塔斯孤单地置于中继站客栈的一个角落里，开始将飞艇中储备的食物搬运到中继站客栈内。

在温暖的客栈里，士兵们首先为女王摆设好食品和饮料，也丢给卡里塔斯几块干粮，然后官兵们就开始狼吞虎咽般地吃喝起来，不久就因旅途劳累而疲惫不堪，就地和衣睡起觉来。

女王并没有急于用餐，她在观察坐在角落里的卡里塔斯。

如前所述，天穹星人是出于扩展生存空间的理念，飞往天然星攻击天然星人的，而在攻击失败后，遵照女王的命令，飞至临近天然星的行星天使星，企望占领幅员广阔的天使星，开拓荒无人烟的天使星，使其成为天穹星人的殖民地的。为此，他们需要广泛地考察天使星的地形、地貌和资源，特别是人类赖以生存的水资源，大气中的氧气状况。这项任务，由于突然发现了陌生人卡里塔斯，而暂时搁置下来。

如今，卡里塔斯处于孤立无援的状态。天然星人不晓得卡里塔斯已经为天穹星人挟持，身陷囹圄；而安格莉卡更是无从知晓她的丈夫正处于危难之中。如今，卡里塔斯的命运取决于天穹星女王的意志和天穹星官兵们的行动。

## 女王薇奥拉的隐情

翌日凌晨早餐之后，女王发布命令：女王飞艇的两名男性驾驶员陪同她留在中继站客栈，其他所有官兵都身着宇航服，戴好氧气面罩外出，广泛地考察天使星的地形、地貌和资源，特别是人类赖以生存的水资源和大气中的氧气状况。

在天使星中继站客栈，只留下四个人：女王，两名飞艇男性驾驶员，卡里塔斯。两名男性飞艇驾驶员在这时承担伺候和保护女王的责任。卡里塔斯感到无所适从，不知道自己该做些什么。

女王一心想与卡里塔斯独处，于是打发两位驾驶员离开中继站客栈做些什么事情。

"我想吃些新鲜蔬菜和水果，你们到蔬菜和水果大棚去给我摘一些来！"女王对驾驶员说，当然讲的是天穹星语，卡里塔斯一点也听不懂。

两位驾驶员担心女王与卡里塔斯独处时的安全，于是向女王建议："女王陛下，请允许我们建议，在我们不在陛下身旁伺候的时间里，将这个陌生的外星人暂时锁起来。"

女王思索片刻，说道："可以的，将钥匙交给我！"

遵照女王指令，两个驾驶员将卡里塔斯推搡进入一间客房，将客房门反锁，并将钥匙交给女王保管。

两个驾驶员离开客栈后，女王将客房门锁打开，径直走近卡里塔斯。

由于语言不通，女王用手势示意卡里塔斯走出客房，陪同她在客栈走来走去。在安装有设备的房间，她使用肢体语言示意卡里塔斯向她展示，如何使用开关和调节电源，如何开关和调解天阳能转换器部件，如何操纵和调解电极水解设备和水净化设备，为人们提供电能，氧气，饮用水，生活用水，从而解决人们的生存问题，就像卡里塔斯曾给那几个天穹星士兵展示的那样。

卡里塔斯陪同女王走进一间客栈厨房，女王惊异地发现这里备有电炉，并储存有食物、蔬菜和水果。她在这个房间逗留许久，并饶有兴致地品尝一种煮熟的薯类主食和几种拌在一起的生菜，连连点头示意："好吃，好吃！"

在女王隔窗望见，两个驾驶员正各抱着一包东西，从蔬菜大棚走回栈房的路上，她示意卡里塔斯走回那间隔离他的客房，并按原样将客房门反锁上。

两个驾驶员从蔬菜大棚摘来一些鲜美的蔬菜和水果，女王余兴未消，夸奖他们很能干。她递给驾驶员那把钥匙，命令他们立即放卡里塔斯走出那间隔离他的房间。卡里塔斯从容地从那间房间走出，犹如什么也没有发生过一样。

女王从中选择了几种水果，让卡里塔斯也过来，与他们一起分享。

不久，外出考察天使星的地形、地貌和资源的官兵们陆续回来了，他们向女王报告考察情况。

官兵们报告，天使星的自然风光很美。

环形山数量多。有的环形山山脊的坡度比较平缓，人们可以相对轻松地走上坡度比较平缓的环形山顶部，进而越过平缓的边缘，走进凹形的环形山山口，山口底部相对平坦。有的环形山山脊的坡度陡峭，让人望而却步。它的边缘映现出尖尖的景象，仿佛在环形山顶边缘筑起了护栏。目力所及为远处陡峭的环形山和火山，以及火山灰反射天阳光线所呈现的明亮彩带，那景致妙不可言。

近处环形山矮小，山口呈碗状，环形山山口物质的颜色与山脊颜色类同。远处环形山高大，矿物质凝结，颜色各异。

军官报告，天使星绝大部分陆地表面温度皆在摄氏零度以下，早晚温度落差极大，不适于人类生存。大气中的氧气含量极低，人类不可能在天使星上呼吸其大气生存的。

女王悉心地听到这里，脸上突然露出怒容，面对官兵们愤愤地训斥道："你们懂什么？你们说，人类不可能在天使星上生存？"稍稍停息，继续以严厉的口吻问道："那我问你们，这位不明的外星人怎么能在天使星上生存？"女王指指蹲坐在一个角落里的卡里塔斯。

全体官兵都为女王的训斥震惊了，中继站客栈内一片寂静，只闻天阳能转换器部件，电极水解设备和水净化设备细微的嗡嗡声响。

片刻之后，女王略显平静，问道："你们在天使星地面发现了什么吗？"

一位军官回答："陛下，在平坦的陆地上，我们在片片耐寒的青草，稀疏的灌木丛旁看见一条结了冰的弯曲小河。"

听到此话，女王兴奋起来，说道："有了水，有了大气，人类就能生存！"她再次指向卡里塔斯，并说道："这位不明的外星人在天使星上，使用天阳能接收器和转换器，使用电极水解设备和水净化设备，建造球形冰屋，蔬菜和水果大棚，为来访者和他自己提供电能，氧气，饮用水，生活用水，从而解决了来访者的生存问题。"面对全体官兵，她以严肃的口吻问道："你们就那么懒惰和愚蠢吗？你们为什么不能自力更生，艰苦奋斗，改造自然，创造美好的生活呢？"

女王的一席话，让官兵们哑口无言。

其实，女王从见到卡里塔斯的那一刻，待她听到和看到卡里塔斯在天使星自力更生建造的球形冰屋，蔬菜和水果大棚就不由自主地爱上他了！

# 第15章 解救卡里塔斯

**女王薇奥拉的诡计**

一个诡异的计划正在天穹星王国女王薇奥拉的心中滋生和渐渐形成。

女王薇奥拉既然爱上卡里塔斯,她就很想赢得他的欢心,更渴望他能与她一起飞往天穹星生活,并协同她一起治理和建设天穹星王国。她认为,卡里塔斯的才华和他在天使星自力更生取得的成就,诸如,使用天阳能接收器和转换器,使用电极水解设备和水净化设备,建造房屋和苗圃,为人们提供电能、氧气、饮用水、生活用水、住房、粮食、蔬菜和水果,等等,卡里塔斯的这种精神和技能,对于解决天穹星人的生存和提高天穹星人的生活水平是极其需要的。

鉴于语言不通,无法交流,她无从知悉卡里塔斯的想法,也从未感到卡里塔斯对她有何好感。她明白,在短时间内,她无法从感情上赢得他,然而,她渴望得到他。渴望与他在语言和感情上沟通,在一起生活。

数天来,由于女王的部队先是去了天然星,又来到天使星,所带的给养已经大部分消费,无论如何,这次不能再在天使星久留，必须尽快返回天穹星。这是女王面临的最为迫切的现实问题。

女王经过审慎思考，决定冒险，尽快实施她的一个诡异的计划——挟持卡里塔斯一同返回天穹星！待以后时机成熟，她将偕同卡里塔斯从天穹星再次返回天使星，开发她的殖民地。

外出考察天使星的官兵们回到中继站客栈的当日，她首先命令，将卡里塔斯送进一间单独客房。然后她向全体官兵宣布了她的返回天穹星的计划，并做了部分说明。

女王庄重地对官兵们说道："你们已经初步考察了天使星，天使星的自然风光很美，具有丰富的天然矿物资源，具有人类借以生存的水与大气，尽管气温太低，大气中的氧气稀少，然而，我们可以改造它，使它成为我们的殖民地，有朝一日，我们将向天使星大批移民。"

官兵们听到这里，显得兴奋起来，相互之间交头接耳，议论纷纷。

女王让大家安静下来，她继续说道："在我们的天穹星，由于温度过高，我们只能在高原丛林居住或者向地下挖掘，居住在地洞里。我们要开发天阳能技术，利用天阳能接收器获得能量，在陆地上建造房屋，我们要住到平坦的陆面上来！"

官兵们听到这里，激动得鼓起掌来。

女王继续说道："我们还要建造电极水解设备和水净化设备，使我们的人民在路面上的住房里得到更为充足的氧气和净化水！我们还要建造更多的苗圃，使我们的人民享用丰富的粮食、蔬菜和水果！"

官兵们听到这里，激动得欢呼起来，连连齐声欢呼："女王陛下万岁！"

女王这时也露出了得意的笑容。她稍许停歇,从容地喝了点水后,然后收敛了笑容,继续说道:"然而——"听到此言,官兵们立马安静下来,迫切想知道陛下要说什么与"然而"有关的话语。

"然而,"女王继续说道,"你们之中谁懂得天阳能技术?谁懂得电极水解和水净化技术?谁懂得在地面上建造房屋和苗圃技术?"

官兵们哑口无言,只是微微摇头。

"那么好——"女王开口直入主题,"我们何不带走在隔壁房间里的那位不明的外星人回天穹星呢?他懂,他懂得技术!他在天使星上已经自力更生地实施了这些先进技术,改变了天使星上的生存条件!"

官兵们洗耳恭听,等待女王阐述上述的主题思想。

"这位不明的外星人若能来我们的天穹星生活,"女王继续说道,"他就能指导我们利用天阳能技术,建立起天阳能发电站,供给我们热量,从而我们才能在天穹星陆地上建造房屋,住到陆地上来!他还将指导我们建造电极水解设备和水净化设备,建造更多的粮食、蔬菜和水果大棚,从而我们才能安居乐业!"

官兵们听到这里,再一次激动得鼓起掌来。

"我们不会只满足于安居乐业的生活的。"女王说到这里,官兵们睁大了眼睛,注目他们心中的伟大女性,等待她的教诲,期待她讲出什么新奇的理念。

"到那时,我们将带着这位未明的外星人再次来到天使星,将天使星开发为我们天穹星人的殖民地!"女王字字铿锵有力地说。

官兵们听到这里,激动得一起振臂连呼:"女王陛下万岁!

女王陛下万岁！"

待官兵们平静下来，女王转换腔调，表情严肃地、字字落地有声地说道："可是——可是，我已经觉察到，这位未明的外星人是不愿意离开他经营的天使星，随同我们一起到天穹星的！"

女王沉默下来，紧缩眉头，目光扫视她的众官兵，突然问道："我的官兵们，你们说怎么办？"

"将他捆绑起来，抬进我们的飞艇！"一位军官大声喊道。

"反正他不会说我们的语言，说什么也没有用！"一个士兵呼应。

"我来推搡他走进飞艇！"一个士兵自告奋勇。

虽然女王在心里暗恋卡里塔斯，梦想与卡里塔斯在天穹星一起生活，协助她治理和建设天穹星，可是，她万万不可向她的官兵们透露她的心声啊！她也只能以造福天穹星人的福祉为理由而夸夸其谈了。

听罢官兵们的呼声，女王断然说道："不，不，不能对这位外星人使用暴力！然而——然而，我允许你们迫使他登上我们的飞艇，与我们一同飞往天穹星家园！"

### 宇辉星导游员艾丽莎

宇辉星是宇阳星系中的一颗行星。宇阳星系是天阳星系以外的又一座星系。

宇阳星系是宇宙中金河系中的一座星系，宇阳星系中的宇阳是恒星，环绕宇阳分别按各自的椭圆形轨道运行的有两颗行星，它们分别为宇辉星和宇石星。

行星上的生存环境除与行星本身的物质及其特性有关外，最直接的因素是与行星环绕运行的恒星有关。

宇辉星上的生存环境温度，与宇阳的发光、发热强度，宇阳与宇辉星之间的距离，宇辉星环绕宇阳运行的轨道状况有关；天然星上的生存环境温度，与恒星天阳的发光、发热强度，天阳与天然星之间的距离，天然星环绕天阳运行的轨道状况有关。然而，这并不意味着，宇阳大小需要与天阳大小相同或者相近似，宇辉星大小、运行周期（决定季节）、自转周期（决定昼夜）需要与天然星大小、运行周期、自转周期相同或者相近似，关键的问题不在这里，而在于宇辉星接收了宇阳传播或者辐射的光与热，在宇辉星上形成的温度要合宜，适合人类生存。换句话说，宇阳与天阳可以是不同大小的，宇辉星大小、运行周期与天然星大小、运行周期也可以是不同的；但是，由上述因素综合产生的宇辉星上的生存环境温度效果，应是与天然星上的生存环境温度大体相当的，以便也为宇辉星上的人类、动物、植物、微生物创造生存的条件。

宇辉星上的生存环境温度与天然星上的生存环境温度相比较，其综合情况是大体相当的。

天然星是一颗适于人类生存的行星，宇辉星也是一颗适于人类生存的行星。天然星人是人类中进化的人类，宇辉星人也是人类中进化的人类。然而，宇石星经历过特别的天体变化情况，与宇辉星的天体情况存在不同之处，这是后话，有待说明。

宇辉星人过着进化人类的生活，衣食住行方面不存在困惑问题；人们喜爱旅行，除在他们自己的星球旅行外，还有人喜欢到距离宇辉星较远的其他星系，譬如到天阳星系去旅行。

一天，宇辉星人一行15人组成一个旅行团，乘坐远航星际旅行社的"远航号"宇宙飞船，从宇辉星出发，来到天阳星系的天使星旅游，为的是一睹天使星的美妙自然风光。

宇辉星旅行团导游员是一位妙龄美女，名为艾丽莎(Elisa)。

宇辉星宇宙飞船起降场上的强大的运载火箭将"远航号"宇宙飞船发射向太空，它穿过宇辉星表面的大气层进入星际空间。时间流逝，旅游者意识到，他们已经远离他们居住的宇辉星，进入太空星际空间，驶向天阳星系的行星天使星。

在飞抵天使星附近时，飞船驾驶员降低"远航号"宇宙飞船飞行速度，使其进入天使星的运行轨道，与天使星同步飞行。

美女导游员艾丽莎开始用无线电讯与天使星客栈主管卡里塔斯联系。艾丽莎身为星际旅行的导游员，通晓多种语言，其中包括天然星语，她与卡里塔斯之间是可以通过天然星语言或者天然星语电讯很好地交流的。遗憾的是，艾丽莎得不到电讯或者语言应答，尽管电讯信号是联通的。

艾丽莎想不通为何出现这种情况，在得不到天使星方面应允的情况下，"远航号"宇宙飞船是不能贸然降落到天使星飞船起降场的。

艾丽莎请飞船驾驶员再次降低远航号宇宙飞船飞行速度，使其进入天使星的大气层飞行。通过雷达望远镜窥视天使星飞船起降场及客栈附近的状况。飞船驾驶员和艾丽莎从电子屏幕上看到了令人震惊的一幕。

在天使星飞船起降场上，停泊着两架宇宙飞艇。一位身着女宇航服的人在几个身着男宇航服的护卫人员护卫和导引下，正从客栈走向其中的一架飞艇。不甚远处，一群身着男宇航服的人，围成两层，正在胁迫位于其间的一位身着男宇航服的人跌跌撞撞地走向另一架飞艇。

那位在人群中间的男人，显然不情愿走向飞艇。突然，他索性坐在地面上不走了。片刻之后，只见几个人转身回到客栈，抬着一把大型椅子又走回来。将那位遭受胁迫的男子按到椅子里，挟持他进入飞艇，后面跟随几十人，也陆续进入飞艇。

在震惊之余，艾丽莎在想：莫非这位被胁迫的人就是卡里塔斯？这群人是什么人？确切地说，这群人是从哪个星球来的人？此时，艾丽莎已经可以断定，卡里塔斯正处于被劫持之中，因而她才得不到他的电讯或者语言的应答。

片刻之后，飞船驾驶员和艾丽莎从电子屏幕上看到令人震惊的景象：那两艘停泊在起降场上的飞艇起飞了，飞行方向不明。

说时迟，那时快，艾丽莎立即使用电子通信设备与天然星飞天星际旅行社联系，报告他们所处的位置和观察到的可疑情况，请他们立即向天然星星际航行总局报告。

**解救卡里塔斯**

天然星星际航行总局空间警戒部，接到天然星飞天星际旅行社转来的艾丽莎发自天使星上空的紧急情况报告后，立即请专家研究、制订解除天使星上异常危难的实施方案。

首先，空间警戒部通过飞天星际旅行社转达宇辉星旅行团，出于安全考虑，建议他们不要在天使星降落，请他们立即飞往天然星。

同时，空间警戒部开始侦查在天使星上发生了什么异常情况？天使星星际空间站主管卡里塔斯是否处于生命危难之中？从而采取何种相应的解救行动。

星际航行总局专职人员，遥控正在天使星外围空间执行空间探索任务的天然星星际航行总局所属的无人驾驶的"探寻号"人造天体进入天使星的运行轨道，并追踪、记录天使星上的情况，追踪、记录从天使星上起飞的两艘不明宇宙飞艇运行情况，并自动将不明宇宙飞艇有关的飞行数据，光学和雷达图像发回总局空间警戒部。

天然星星际航行总局空间警戒部专家依据"探寻号"人造天体发回的有关数据和图像判明，天使星上无人接收电讯号，无人应答，见不到卡里塔斯的身影；那两艘不明飞艇正是曾经在天然星岛洲域的袅袅岛边向天然星人发起过攻击，并被战败而逃亡的天穹星人的飞艇！

那两艘天穹星人飞艇正逐渐远离天使星运行轨道，按"探寻号"人造天体测定的数据显示的特定方向，以前、后排列方式飞行。

星际航行总局空间警戒部立即派出武装人员乘坐三艘宇宙飞船从天然星宇宙飞船起降场起飞，追踪那两艘天穹星人飞艇，从其左方、右方、后方夹击这两艘不明飞艇，威迫它们改变飞行轨道，向天然星运行轨道飞行。

宇辉星旅行团乘坐的"远航号"宇宙飞船首先在天然星岛洲域的袅袅岛边着陆。

在那两艘天穹星人飞艇进入天然星大气层后，天然星人宇宙飞船迫使那两艘天穹星人飞艇也在天然星岛洲域的袅袅岛边着陆。天然星武装人员先于天穹星人员走出飞船，随后，在武装人员持武器监视下，令天穹星飞艇上的所有人员走出飞船。

当时的场景是相当可观的！

在天然星星际航行总局空间警戒部人员，天然星飞船武装人员和艾丽莎等宇辉星旅游者的众目睽睽之下，天穹星武装人员惶惶不安地高举双手，依次走出其中一艘飞艇。少顷，在一群护卫簇拥下，天穹星女王昂首漫步走出另一艘飞艇。显然，女王和他的官兵们已经辨认出，这就是他们曾经到过的、在这里被袭击过的天然星人袭袭岛！天穹星人在与天然星人的那次"星球战争"中，遭到前所未有的惨败！

见此情景，在场的天然星人兴奋有加，然而，在场的艾丽莎和星际航行总局空间警戒部的某些人员却沉浸在迷惑和不安之中：卡里塔斯在哪里？

星际航行总局空间警戒部人员登上天穹星女王乘坐的飞艇，飞艇里空无人迹；他们接着登上天穹星官兵乘坐的那艘飞艇，眼前的景象让他们所有人员都惊呆了——卡里塔斯被绑在一席靠椅上！

见到天然星同胞，卡里塔斯激动不已。警戒部人员急步向前，立即为卡里塔斯解除捆绑，搀扶他站起来，坐在舒适的座椅里，让他少许静下心来。在场的星际航行总局工作人员简要地向卡里塔斯说明："宇辉星星际旅行团的飞船，在飞临天使星上空时，其导游艾丽莎女士以电子通信设备与您联系不上，她同时察觉到您已被劫持，从而立即向天然星飞天星际旅行社报告。天然星星际航行总局警戒部人员立即乘三艘宇宙飞船飞抵天使星解救了您的。"听罢，卡里塔斯感动不已……

阳光下，卡里塔斯缓步走出飞艇。在飞艇出口，卡里塔斯停下脚步，他受到众多手舞足蹈的人们的热情欢呼！

卡里塔斯最先见到的，自然是闻讯赶来的妻子安格莉卡！安格莉卡紧紧拥抱丈夫卡里塔斯，激动和欢乐的泪水润湿了卡里塔斯的面颊。"亲爱的，放心！我自由了！"卡里塔斯哽咽地说。

艾丽莎从欢迎的人群中径直走向卡里塔斯，用双手握住他的双手，晶莹的泪花在明眸中闪动，她用天然星语激动地对卡里塔斯自我介绍说："我是宇辉星远航星际旅行团导游员艾丽莎，希望不久能在你亲自陪同下游览天使星！"卡里塔斯连连点头称是，衷心地感激艾丽莎的及时营救。卡里塔斯对身旁的安格莉卡说："在我受到天穹星人劫持时，是这位艾丽莎女士在宇辉星远航号飞船上发现了异常情况，及时报告了天然星飞天星际旅行社，我才得救的！"安格莉卡听罢，立即伸开双臂热情地拥抱了艾丽莎，并连声致谢。

安格莉卡陪同卡里塔斯乘坐家用水陆空飞船，从岛洲域的袅袅岛飞返邦联原洲域的卡里塔斯庄园，卡里塔斯回家了！

卡里塔斯自由了，他又回到生育、养育自己的天然星！危难中，同胞们解救了自己，他更加爱他的天然星了！就像地球人重新回到他久别的祖国那样。卡里塔斯重又投入安格莉卡的怀抱，他感到无比的激动，无比的温暖，无比的幸福，无比的安全！

对于那些再次被俘的天穹星官兵们和他们的尊贵的女王，天然星邦联决定，仍然依武力驱除他们返回他们的星球天穹星。星际航行总局空间警戒部的武装人员监视他们进入那两艘天穹星人飞艇，从天然星岛洲域的袅袅岛边起飞；天然星武装人员分乘三艘宇宙飞船，同时从天然星岛洲域的袅袅岛边起飞，从其左方、右方、后方挟持这两艘飞艇，威迫它们按限定的飞行轨道，飞返他们的天穹星。

## 第16章 宇阳爆发强磁暴

**卡里塔斯受邀飞往宇辉星**

当初,当天然星星际航行总局空间警戒部,接到天然星飞天星际旅行社转来的艾丽莎发自天使星上空的紧急情况报告后,立即请专家研究、制订解除天使星的异常危难的实施方案。空间警戒部通过飞天星际旅行社转达宇辉星旅行团,出于安全考虑,建议他们不要在天使星降落,请他们立即飞往天然星。

如今,卡里塔斯从被劫持的危险境界中,得到天然星空间警戒部部队及时解救,天穹星人被强制驱赶,回到天穹星上。宇辉星远航星际旅行社研究决定,艾丽莎任导游员的宇辉星远航星际旅行社一行人员,乘坐远航号宇宙飞船,从天然星出发,及时返回天使星,执行原来排定的旅游计划,完成在天使星的旅行。

艾丽莎任导游员的宇辉星远航星际旅行社一行人员,圆满完成了在天使星的旅游之后,准备乘坐远航号宇宙飞船,从天使星出发,返回宇辉星。

在远航号宇宙飞船返回宇辉星之际,宇辉星飞天星际旅行社通过艾丽莎邀请卡里塔斯乘坐远航号宇宙飞船飞来宇辉星旅游。卡里塔斯立刻以无线电讯方式与安格莉卡联系,安格莉卡表示赞同卡里塔斯飞往宇辉星旅游，她因护理安格尔，不能同行。卡里塔斯回应艾丽莎，感谢飞天星际旅行社的邀请，表示欣然接受邀请。

艾丽莎和远航号宇宙飞船指令长雷格尔（Reger）在天使星开始用无线电讯与宇辉星旅游局联系，报告旅游团在天使星游览情况，并准备当日乘坐远航号宇宙飞船启程返回宇辉星，随同旅行团返回宇辉星的还有天使星星际航行中继站主管兼导游卡里塔斯先生。请旅游局批准返程计划。

令艾丽莎和指令长雷格尔十分不解的是，经用无线电讯与宇辉星旅游局数次联系，始终联系不上，无法接通宇辉星旅游局的无线电讯信号。

艾丽莎和指令长雷格尔不明白出现了什么问题。为了验证远航号宇宙飞船里的通信设施是否能够正常运行，也为了寻求其他方面的协助，决定用无线电讯与天然星旅游局联系。

艾丽莎和指令长雷格尔用无线电讯立即与天然星旅游局取得了联系，无线电讯联系正常，没有任何问题。

艾丽莎和指令长雷格尔请求天然星旅游局用无线电讯与宇辉星旅游局联系，代艾丽莎和指令长雷格尔转告出现的无线电讯联系故障和请求批准远航号宇宙飞船返回宇辉星。不幸的是，天然星旅游局经数次联系，同样始终联系不上，无法接通宇辉星旅游局的无线电讯信号。

艾丽莎和指令长雷格尔将上述情况立即向全体旅游团成员做了详细的报告。经旅游团全体成员讨论，决定仍然按时启程就近返回宇辉星。

指令长雷格尔和驾驶员已经在飞船上就位。艾丽莎和卡里塔斯以及旅游团全体成员身着羽翼飞行服，适时登上在天使星飞船起降场待命起航的远航号宇宙飞船。

指令长雷格尔和驾驶员驾驶远航号宇宙飞船先以天使星第一宇宙飞行速度,即以与天使星的引力相平衡的环绕速度飞离天使星地面,并环绕天使星飞行;继之以天使星第二宇宙飞行速度,即以克服天使星的引力的脱离速度飞离天使星;再以天使星第三宇宙飞行速度,脱离天阳星系,飞往宇阳星系的宇辉星。

宇阳星系中的宇辉星与天阳星系中的天使星或者与天然星之间的距离,毕竟是两个不同星系中的行星间的距离,远航号宇宙飞船的旅游者还是历经了漫漫的、黑暗的星际空间的悠长的、乏味的飞行。

在远航号宇宙飞船飞抵宇辉星附近时,富于飞行经验的指令长雷格尔和驾驶员听从艾丽莎和卡里塔斯的建议,操纵核驱动器,适当降低宇宙飞船飞行速度至宇辉星环绕速度,保持一定距离,与宇辉星同步飞行;然而不急于再次降低其飞行速度,先不在宇辉星宇宙飞船起降场降落!

在与宇辉星同步飞行的过程中,指令长雷格尔和艾丽莎尝试用无线电讯近距离与宇辉星旅游局联系。不幸的是,经数次联系,同样始终联系不上,无法接通宇辉星旅游局的无线电讯信号。

无奈,指令长雷格尔和驾驶员只好驾驶远航号宇宙飞船与宇辉星继续同步飞行,并不时地尝试用无线电讯信号与宇辉星旅游局联系。

又过了数小时,突然接通宇辉星旅游局,只是断断续续收听到"这是旅游局……"的话音,飞船内旅游者的紧张情绪才得以略略放松下来。不过,瞬时间回音重又中断了。

大约又过了一小时,飞船内的话筒突然传来话音:"远航号,

远航号,我是旅游局。"

飞船指令长雷格尔立即回答:"旅游局,我是远航号,远航号。飞船正在环绕宇辉星飞行,请求降落,请回答,请回答!"

"我是旅游局,正在与飞船起降场联系;远航号,请静候回音!"

不久传来回音:"远航号,远航号,我是飞船起降场。请准备好,允许远航号降落!"

领航员雷格尔立即启动飞船降落程序。驾驶员操纵核驱动器,适当降低远航号飞船飞行速度,以低于宇辉星环绕运行速度环绕宇辉星飞行,逐步接近宇辉星,终于安全降落到飞船起降场。顿时,远航号飞船内欢呼声一片!

"发生了什么事情?"在起降场,艾丽莎向前来迎接旅游者的旅游局行政人员问道。

"宇阳爆发强磁暴!宇阳爆发强磁暴!"

"啊,天啊!"远航号飞船内欢呼声戛然而止,旅游者面面相觑。

### 宇阳爆发强磁暴

艾丽莎陪同卡里塔斯在宇辉星一个人口稠密的城市游览。在一处靠近居民区的一片空旷地,卡里塔斯看见许多形似地洞的入口。

"奇怪,这是什么?"卡里塔斯指着这些地洞入口问。

"啊,这是些地下掩体。"艾丽莎回答。

"地下掩体?它掩蔽什么?"

"当宇阳磁暴强烈爆发时,人们从这些洞口迅速进入地下掩体,以便防止宇阳磁暴的强烈辐射……"

艾丽莎开始向卡里塔斯讲述不久前宇阳爆发强磁暴事件和宇阳强磁暴威胁宇辉星人生存问题。

"宇阳强磁暴是我们宇阳星系中显现的一种天文奇观；宇阳磁暴是宇阳自身的一种自然现象。宇阳星系是宇宙中金河系中的一座星系，宇阳星系中的宇阳是恒星，行星宇辉星和宇石星分别按椭圆形轨道环绕宇阳运行。宇阳是一颗直径大约为280万千米的炽热气体球体。"艾丽莎坦然说道。

"啊，直径大约为280万千米！它比之银河系中的恒星太阳的直径要大一倍啊！"卡里塔斯无不惊异地感叹。

"宇阳的表面没有分明的界面。从宇阳中心到边缘依次分别由热核反应区、辐射区、对流区、宇阳大气层组成，各层之间没有分明的界面；其中的宇阳大气层由内向外依次由光球、色球、日冕构成。

"日冕是宇阳大气最外一层，也是最厚的一层，它是由高温度、低密度的等离子体组成的。日冕物质越往外越稀薄，日冕没有明显的边界。日冕的温度颇高，日冕物质在高温下呈电离状态，它向外层空间扩散，形成带电离子宇阳强风暴，即宇阳强磁暴。宇阳强磁暴由带电的离子体组成，主要成分为氢和氦粒子，还有微量的氧和铁粒子。

"宇阳星系中的宇阳是恒星，而宇辉星是围绕宇阳旋转的一颗行星。宇阳磁暴向外层空间扩散进入宇阳星系星际空间，释放出的大量带电粒子流形成高速粒子流。宇阳强磁暴中的气团主要是带电等离子体，并以每秒钟1600千米的速度闯入太空。"艾丽莎继续平静地叙述。

"啊，宇阳强磁暴中的带电等离子体，以每秒钟1600千米的速度闯入太空，太神奇了！"卡里塔斯言谈中流露出感慨之情。

"宇阳强磁暴对我们宇辉星上的人类生存影响巨大，宇阳磁暴强烈地干扰电力系统，卫星和无线电通信系统一时间全部瘫痪，可以想象，当时经历此种可怕灾难的同胞们是如何得以生存的！"艾丽莎一时陷入悲伤情态。

卡里塔斯一时沉默无言。

"宇阳强磁暴带给我们人民的灾难还远不止于此呢！"待卡里塔斯再次安静下来，艾丽莎继续讲道，"宇阳强磁暴严重地破坏宇辉星大气中的臭氧层，甚至影响人类的生理状况，改变人类男女性别的比例！"

"改变人类男女性别的比例！啊，真是可怕！"卡里塔斯睁大了眼睛，自言自语。接着，他突然问道："不至于改变人类男女性别吧？"

"这个，尚难说……"听到这个匪夷所思的问题，艾丽莎反倒露出了会心的微笑。

"那么，你们宇辉星科学家一定对宇阳强磁暴做了许多出色的研究工作吧？"卡里塔斯问。

"自然。科学家们不断地追求提升宇宙天体活动预报的准确性，希望能找出宇阳强磁暴爆发的规律，避开强磁暴的威胁。有关当局发射宇阳动态观测卫星，在宇辉星高空与其以同步轨道运行，以便时时监测宇阳这颗无时无刻都在变动的恒星，以期更好了解宇阳内部的结构与磁场活动，强化当前的宇宙天体活动的预测，了解宇阳活动对宇辉星人生命及其活动的影响。"片刻后，艾丽莎不无遗憾地继续说道，"科学家报道称，从目前的研究看，宇阳强磁暴爆发是没有一定规律的。科学家们现在只能在强磁暴开始爆发瞬间，捕捉到强磁暴爆发信号，然后立即通报宇辉星人类，做好各种必需的防护。"

"那是怎样的防护啊？"卡里塔斯问。

"譬如，对于在房舍之外地面上的人而言，立即就近进入空旷地的地下掩体；对于在房舍之中的人而言，立即关闭双层门窗，迅速进入地下室，防止接收到大剂量的强磁暴辐射。"

"啊，可怕！艾丽莎，你亲历过宇阳强磁暴爆发吗？"卡里塔斯又问。

"自然。当时我刚好走在一条大街上，听到宇阳强磁暴爆发警报声响，我立即就近钻到一处地下铁道通道中，幸运地躲过一劫！"

艾丽莎沉默下来，她似乎想到了什么更为严重的问题。

"宇辉星人不是总是这样幸运，"艾丽莎说道，"我们宇阳星系中的另外一颗行星——宇石星就没有那么幸运了……"

艾丽莎开始讲述宇石星的悲惨历史。

"很久很久以前，宇石星也曾是一颗有生物存在的星球。"

"我没有听错吧，艾丽莎，你用了'曾是'一词，怎么会是'曾是'？"

"卡里塔斯，你没有听错，确实是这样的！"

卡里塔斯更是迷惑了，他预感到发生了什么可怕的事件。

"很久很久以前，宇石星也曾是一颗有动物、植物和微生物生存的宇阳星系中的一颗行星。现在的宇石星已然成为生命灭绝，完全荒芜的岩石星球了。"艾丽莎重复了这句话，开始讲述宇石星的那段悲惨的历史。

依据宇辉星科学家的观察研究，种种地质学和化学证据表明，宇石星原本炎热，地上存在流动的水，存在大气层，它们都是生命存在的基本条件。于是，经过长久的自然演化，生命在宇石星上诞生了，尽管这些生命尚未进化成为人类。

正当生命在宇辉星和宇石星上进化的进程中,突然宇阳爆发了强磁暴。一如前述,宇阳星系是宇宙中金河系中的一颗恒星,行星宇辉星和宇石星分别按椭圆形轨道环绕着宇阳运行。更确切地说,但凡椭圆形轨道,都具有两个焦点,而行星宇辉星和宇石星分别以各自的一个椭圆形轨道焦点围绕宇阳运行。这意味着,对于恒星宇阳而言,行星宇辉星和宇石星都有其各自的近宇阳点位和远宇阳点位。

在宇阳强磁暴爆发的时间,宇石星恰恰运行至接近宇阳的位置,而宇辉星恰恰运行至远离宇阳的位置。于是,宇石星接收到极大剂量宇阳强磁暴,而宇辉星接收到相对低剂量的宇阳强磁暴。

强烈的宇阳磁暴剥离了宇石星的大气,使这颗星球变得荒凉干燥,将原本炎热和覆盖流动水的表面彻底改变。宇石星上曾经存在的大气变得极其稀薄,大气成分的丢失速率大幅攀升。曾经到处流淌着的蜿蜒河流,大面积的湖泊不见了。极其剧烈的气候变化,彻底改变了宇石星的面貌。高强度的带电等离子体以极高速度射向宇石星,使得其上的生命逐渐灭绝了。

"我们宇辉星人所面临的最大问题,也是生死攸关的问题,就是宇阳强磁暴爆发的问题,一旦宇辉星恰恰运行至近宇阳点位时,强磁暴突然爆发了,我们宇辉星人就面临生死存亡的关头。"

艾丽莎讲过这句话,叹息一声,就陷入长时间的沉默之中。

### 依多尔地球生涯的启示

艾丽莎陪同卡里塔斯在宇辉星上这个人口稠密城市继续漫步游览。

"宇辉星人面对宇阳强磁暴怀有巨大恐惧,然而无所适从。"

艾丽莎说道。

"人们提出过哪些解决办法,以回避宇阳强磁暴?"卡里塔斯问。

"很遗憾,人们现在还没有找到合宜的解决办法。宇阳强磁暴是宇阳星系中的一种天文现象,宇辉星人类无法改变它。"艾丽莎现出无奈的表情。

"无奈之下,有人提出离开宇辉星,迁徙到其他适宜生存的星球去生活。"无奈的表情依然留在艾丽莎的眉宇之间。

"迁徙到其他适宜生存的星球去生活,有趣,有趣!"卡里塔斯说,"我就生活在外星球天使星嘛!"

"不,天使星现在尚不适于七亿宇辉星人生存。"艾丽莎说。

他们漫无目的地在城市中漫步,似乎都在集中考虑一个问题——那个适宜于宇辉星人类生存的星球在哪里?

"卡里塔斯,你曾经向我讲起过,天然星人依多尔先生曾经到过地球,并在地球生活一年之后又回到了天然星的事迹。你能给我们详细地讲讲依多尔的天然星—地球之旅吗?对此我怀有极大的兴趣!"

"艾丽莎,我愿意将依多尔的故事讲给宇辉星人听。"

下面就是卡里塔斯用天然星语讲给艾丽莎的依多尔父子在地球上的故事。

依多尔与家人居住在宇宙中名为天然星的外星球上,天然星是太阳星系外的天阳星系中的一颗行星。一天,他与儿子套上航天羽翼飞行服,在天空中飞翔,欣赏天空与地面上的美景;他的妻子留在家里,照看女儿并准备晚餐。

依多尔与儿子一同飞向宇宙飞船发射场,进入一艘宇宙飞船，准备驾驶这艘宇宙飞船飞向即将运行至天然星上空的同属于天阳星系的行星天使星。

恰在这时，一颗未知星球飞临天然星上空。依多尔误以为它就是那颗天使星，于是启动宇宙飞船核驱动器飞向这颗未知星球。在飞抵这颗未知星球附近时，操纵核驱动器降低宇宙飞船飞行速度，与未知星球同步飞行。随后，他驾驶宇宙飞船成功降落到这颗未知星球上。

这颗未知星球载着依多尔与儿子乘坐的宇宙飞船，按其自身运行轨道逐渐飞离天然星。时间流逝，星际空间变得一片黑暗，依多尔知道，他们已经远离天然星所属的恒星天阳发光的天阳星系，幸好在宇宙飞船里尚储存有食物、水以及压缩空气以维持生存。

在黑暗的星际空间，他们像有些动物那样冬眠，在昏睡中度过漫漫时光。不知过了多久，一缕微光从宇宙飞船的舷窗透过，让昏睡的依多尔醒来，他兴奋地预感到他们来到了另一个有发光恒星的星系！他使用宇宙飞船上的望远镜透过舷窗惊异地看到了一颗在运行中的蓝色星球，并且看到星球上的陆地、海洋及云朵！他凭此推断蓝色星球上存在维持动物、植物乃至人类生存的水、空气及土壤等必要条件，决心逃离未知星球到蓝色星球上求生。

依多尔驾驶宇宙飞船飞临蓝色星球上空，制动宇宙飞船，降低宇宙飞船飞行速度，按蓝色星球运行轨道，与蓝色星球同步飞行。随后，他再一次制动宇宙飞船，适度调整飞行高度，进入蓝色星球的大气层。然后，他选定蓝色星球上的一个最大陆块，准备适时果断跳伞离开宇宙飞船。依多尔让儿子首先跳伞，稍后他自己也跳伞下去。依多尔跳伞时感受到一股强大高空气流袭来，于是他改变航天羽翼飞行服上的羽翼状态，以便控制跳伞着陆的区域。

当依多尔安全降落到蓝色星球地面时，他并未见到他的儿子，他立刻惊恐地觉察到，他与儿子已然失散了！

事实上，依多尔已经安全降落在太阳星系中的行星——地球上了！

一位德国猎手偶然发现了在阿尔卑斯山脚下的依多尔。在德国航天与航空研究院安排下，由中国客座科学家路德博士和研究人类学的德国裔少女安格莉卡陪同，依靠外星人之间的电磁感应特异功能，依多尔开始了在地球上寻找失散儿子以及认识地球的环球旅行。

"什么，你说安格莉卡，你的妻子安格莉卡？我没有听错吧？"艾丽莎惊异地问道。

"艾丽莎，你没有听错！"卡里塔斯平静地说，并继续讲下去。

依多尔寻找失散儿子的环球旅行首先在德国、法国、意大利、瑞士进行，继而行经英国、美国、中国、埃及、西班牙，返回德国。行程上万千米，旅途中曾遭遇许多挫折，然而他们始终没有放弃。

在环球旅行中，依多尔经历了许多事件，见识了地球，了解了地球人类的生存活动与人文理念，同时他也在不同场合谈及他们星球人类的有别于地球人类的生存活动与人文理念。

一天，德国航天与航空研究院突然接收到一则疑似从外星球传来的电讯。经德国、美国科学家解码，依多尔解读并翻译成德文后得知：一颗未知星球飞临天然星上空，它将飞往星际空间中一颗蓝色星球上空,然后将再次飞临天然星上空。

依多尔父子决定驾驶"星光号"宇宙飞船,搭乘这颗未知星球,从地球飞返天然星;曾陪同依多尔环球寻子旅行,德国裔少女安格莉卡毅然决定与依多尔父子同行。

依多尔父子和安格莉卡乘坐"星光号"宇宙飞船飞向这颗未知星球。在飞抵这颗未知星球附近时,依多尔操纵核驱动器降低宇宙飞船飞行速度,与未知星球同步飞行。随后,他驾驶宇宙飞船成功降落到这颗未知星球上。

这颗未知星球载着他们乘坐的宇宙飞船,按其自身运行轨道逐渐飞离地球上空。时间流逝,当未知星球飞临天然星上空时,依多尔启动宇宙飞船飞离这颗未知星球,按天然星运行轨道,与天然星同步飞行。然后,他操纵宇宙飞船降低飞行速度,适度调整飞行高度,进入天然星的大气层。随后,他再次制动宇宙飞船,选定天然星宇宙飞船着陆场,安全降落在天然星陆地上……

艾丽莎细心听罢卡里塔斯讲给她的"依多尔在地球上的故事",对卡里塔斯说:"十分新奇,十分有趣!我相信,依多尔在地球上的经历会对宇辉星人思考如何解决他们当今面临的问题十分有益。"

## 第17章 宇辉星先期移民

### 宇辉星人拜访安格莉卡

宇辉星旅游协会举行集会，邀请艾丽莎和卡里塔斯出席。在集会上，艾丽莎将卡里塔斯讲给她的"依多尔在地球上的故事"，用宇辉星语讲给了宇辉星人听。艾丽莎的演讲震惊四座，宇辉星人议论纷纷。

"天啊！地球在哪里？这位依多尔先生是怎么能够从天然星飞到地球的呢？我们宇辉星人怎样才能飞到地球呢？"这三个问题逐渐成为人们最为关注的问题。

"地球是太阳系中的一颗行星。太阳系中的太阳是恒星，围绕它旋转的有8颗行星；地球是太阳系中唯一有人类生活的行星，在地球上生活着近70亿地球人。"卡里塔斯经艾丽莎翻译向在场的宇辉星人解释。

"哇，哇！"在场的宇辉星人惊异不止。

"地球表面大约三分之一是陆地，三分之二是海洋。地球上有肥沃的土地，富氧的大气，充足的水源，合宜的气候，地球是人类的宜居星球。"卡里塔斯继续解释。

"太好啦！太好啦……"在座的宇辉星人再次赞叹不止。

一时间,"我们宇辉星人怎样才能够飞到地球呢?"这个问题逐渐成为人们最为关注和思考的问题。

一些因宇阳强磁暴爆发而深受心理伤害的宇辉星人,开始思考如何效仿依多尔从天然星飞往地球之路,从宇辉星飞往地球。

为此,他们必须首先从宇辉星乘坐宇宙飞船飞往天然星;然后,等待那颗曾经飞临天然星上空的未知星球,并乘宇宙飞船降落和搭载在这颗未知星球上飞往地球;在到达蓝色的地球大气层上空时,启动宇宙飞船飞离这颗未知星球,乘宇宙飞船降落在地球上的飞船起降场,或者从宇宙飞船跳伞降落到地球上的最大的大陆块上。

宇辉星旅游协会决定派出以考尼茨(Kaunitz)先生为首的三位代表随同宇辉星远航星际旅行社组成的旅行团,乘坐远航号宇宙飞船飞往天然星。

卡里塔斯和艾丽莎游历宇辉星之后,随同宇辉星远航星际旅行社组成的旅行团,乘坐同一艘远航号宇宙飞船,从宇辉星出发,返回天然星。

远航号宇宙飞船安然抵达天然星宇宙飞船起降场,卡里塔斯和艾丽莎径直返回天然星卡里塔斯庄园。

在天然星,宇辉星旅游协会代表将在卡里塔斯和艾丽莎陪同下访问依多尔先生,详细地了解他是如何从天然星抵达地球的;他们将访问安格莉卡女士,详细地了解地球自然条件和地球人的生活;他们将访问天然星天文台,确切地了解那颗曾经运载依多尔乘坐的宇宙飞船的未知星球何时将再次飞临天然星上空。

卡里塔斯和艾丽莎陪同宇辉星旅游协会的代表,随同远航星际旅行社组成的旅行团,乘坐远航号宇宙飞船,安全抵达天然星。

在卡里塔斯庄园，见到从远方归来的卡里塔斯和艾丽莎，让安格莉卡欣喜不已，她急于知道，他们在宇辉星游览的一切、一切。

卡里塔斯和艾丽莎向安格莉卡详细地讲述了他们的神奇之旅；卡里塔斯特别讲到，宇辉星所属的恒星宇阳不久前爆发了宇阳强磁暴，它的威力之大足以危及宇辉星人的生存。宇辉星旅游协会派出三位代表已经抵达天然星，将在近日访问她，请她详细讲解地球的自然条件和地球人的生活，意在为一些宇辉星人先期迁徙地球做出决策和做具体准备。

"亲爱的，我没有听错吧，你是说一些宇辉星人准备先期迁徙地球？"安格莉卡急切地问。

"是的，亲爱的，一些宇辉星人准备先期迁徙地球。"

"欢迎宇辉星旅游协会代表来卡里塔斯庄园访问！"安格莉卡充满期待。

一天，以考尼茨为首的三位宇辉星旅游协会代表应邀来到卡里塔斯庄园，拜见安格莉卡和卡里塔斯。艾丽莎作陪，为来访客人做翻译。

"感谢安格莉卡女士承蒙接待，"考尼茨代表说，"我们从艾丽莎和卡里塔斯先生那里得知你来自地球，特来拜访和了解关于地球的自然条件和地球人的生活。"

"十分欢迎各位宇辉星人士来访！"安格莉卡话锋突然一转，坦然问道："我很好奇，你们何以对地球和地球人如此感兴趣？"

"我们想，你已经知道，在宇阳星系中的宇阳是恒星，我们的宇辉星以及宇石星行星分别按椭圆形轨道环绕宇阳运行。宇阳爆发强磁暴，向星际空间释放出的大量带电、高速粒子流，毁灭了宇石星上生物的生命。所幸宇阳爆发强磁暴时，宇辉星正处于围绕恒星宇阳运行的椭圆轨道上的远端，从而才没有如宇石星上生物那样惨遭毁灭。宇阳磁暴强烈地威胁到宇辉星上人类的生存。为了生存，我们必须逃生。我们极欲了解地球的自然条件和地球人的生活，希冀向地球移民。"考尼茨说。

"我十分同情你们同胞的境遇。"安格莉卡略略平静了一下心绪说道，"我想，你们已经知道，我出生并成长在地球，我想对你们说，地球确实是人类的宜居星球！"

"地球是人类的宜居星球，这话，我们的同胞艾丽莎女士也对我们讲过。是吧，艾丽莎女士？"一位代表面向艾丽莎露出询问的表情，艾丽莎点头默认。

"安格莉卡非常想念地球，想念在地球上生活的美好时光，想念在地球上生活的亲人！"卡里塔斯插话。

"是啊，是啊！我在想，我多么想与你们的同胞一起，乘宇宙飞船飞往故乡地球看看啊！"安格莉卡突然表露了她藏于身心深处的心意。

在座的所有人都静默下来；艾丽莎的面容微露惊异的表情。

"安格莉卡女士，你若能陪同我们一同飞往地球，那将是我们同胞的多么大的荣幸啊！"考尼茨打破沉默，激动地开口说道。

"感谢上天！感谢宇阳神啊！"一位代表接着说，"我们同胞既不了解地球，也不懂地球人的语言，安格莉卡女士，你会成为我们同行人的引导者和救星啊！"

### 安格莉卡陈述地球概况

安格莉卡向以考尼茨为首的宇辉星旅游协会代表讲述有关地球的情况，回答他们关注的问题。

"地球是太阳系中的一颗行星,太阳系中的太阳是恒星,围绕它运行的8大行星,从近到远依次为水星、金星、地球、火星、木星、土星、天王星、海王星;其中有的行星尚有卫星,譬如,月亮为地球的卫星。

太阳系是银河系中的一个星系。银河系是由无数颗星体组成的星团,仅在银河系中,就存在三千个太阳一类的恒星呢!银河系之外类似银河系的恒星系统名为河外星系,已发现的类似银河系中的恒星已达十亿多颗,更遥远的河外星系还有待发现!"

"我们宇辉星上有陆地和海洋,我们想知道,地球上也是这样的吧?"旅游协会一位代表问。

"是的。地球上有6块大陆——亚欧大陆、非洲大陆、北美大陆、南美大陆、南极大陆、澳大利亚大陆,分作7大洲——亚洲、非洲、北美洲、南美洲、南极洲、欧洲、大洋洲;有4大洋——太平洋、大西洋、印度洋、北冰洋。"

"地球上的6块大陆纯粹是一个地理概念?"

"是的。地球上的6块大陆仅具有地理概念,表示6块大陆而已。地球上的政权概念区域是'国家',现在地球上存在190余个国家。地球上的70亿人口居住和生活在各自的国家里。总体来讲,地球上有肥沃的土地,富氧的大气,充足的水源,地球是人类的宜居星球。"

"你在地球上的哪个国家生活过?或者说,你的故乡在哪里?"

"我来自地球上亚欧大陆的欧洲国家——德国,我随同家人在德国生活过。德国居民达8200万人。国家具有政权概念,每个国家具有各自的军队、警察、法庭、监狱。"

"那么,国家之间如何相处?"

"争取和平相处,但是,国家之间往往会发生冲突,甚至发生战争。地球人类已经打过两次全球性的'世界大战'。第二次世界大战历时整整6年;残酷的战争席卷欧洲,波及全地球,致使欧洲数千万人死亡。"安格莉卡不无遗憾地说。

"残酷!可悲!那么,发生战争的原因是什么呢?"

"地球上战争起因是多方面的。譬如,国家领土、资源引起的问题,经济利益引起的问题,种族、民族、宗教、信仰引起的问题,等等。"安格莉卡的这些话,让艾丽莎深思,尤其是在谈到种族、民族、宗教、信仰问题成为引发战争起因的问题。

"太阳系的恒星太阳也有时爆发太阳磁暴吧?"考尼茨问。

"是的。太阳发射带电离子流形成太阳磁暴,不过太阳磁暴并不那般强烈,而地球接收到的太阳磁暴也就不那般强烈了。在太阳磁暴爆发的时候,人们会感知它的爆发,它也会干扰电力系统、卫星和无线电通信系统,甚至造成一时间系统瘫痪,但是,总体来讲,太阳磁暴的负面作用是地球人可以承受的,也是可以控制的。当我和路德博士陪同天然星人依多尔在地球上的大城市纽约游览时,就经历过一次太阳磁暴爆发,当时我们一起迅速进入地下铁路通道,有效地减弱了太阳磁暴的影响力度。"

谈到这里,旅游协会代表没有立即提出新的问题,似乎他们在想什么,他们为在地球战争中无辜牺牲的人们哀悼吗?

"你说地球第二次世界大战致使欧洲数千万人死亡,难以想象,何种致命的武器具有如此可怕的杀伤力啊?"宇辉星旅游协会一位代表问。

"在地球上,现已公开的具有可怕杀伤力的武器有原子弹、氢弹、激光武器、洲际弹道导弹、武装机器人、无人驾驶战斗机、远程航空母舰、地下潜艇,等等。"

"啊……"宇辉星旅游协会代表惊异得哑口无言。

沉默片刻之后,安格莉卡以平静的口气问宇辉星旅游协会代表:"宇辉星人也掌握有杀伤力极强的武器吧?"

"你是说,用于宇辉星人自卫的武器吧?"考尼茨问。

"可以这样说。"

"我们不懂军事,也不太关心这些武器上的事。军事专家们说,他们在研究'小星球制导武器',这个需要问宇辉星的军事专家。"

"我想知道,你们怎么看待战争?"安格莉卡再次提问。

"我们宇辉星人普遍认为,人类之间的战争,损害社会秩序和生存环境,改变人类和平相处的心理状态,停滞或者破坏经济、文化、科学和教育的发展,导致人类的存在与进化出现问题或者成了问题。自然,热衷于战争的人类在宇宙各人类中成为进化迟缓的人类;从宇宙视野思考,进化迟缓的人类一旦面对进化的、先进的人类或者面对进化的、强大的生物群体会在生存竞争中处于劣势地位。"考尼茨回答。

"很好!我相当赞赏。"安格莉卡说。

**先期移民赴地球**

宇辉星旅游协会派出的以考尼茨为首的三位代表在天然星访问了依多尔、安格莉卡和天然星天文台,获得大量宝贵信息。他们切实地了解到天然星人如何从天然星乘坐宇宙飞船抵达地球;详细了解到地球的自然条件和地球人的生活;确切地了解到那颗运载依多尔乘坐的宇宙飞船的未知星球何时将再次飞临天然星上空。

宇辉星旅游协会的三位代表乘远航号宇宙飞船从天然星返回

宇辉星，并及时在宇辉星旅游协会执行委员会上做了详尽、全面的汇报。

宇辉星旅游协会执行委员会经过数次讨论研究，决定选购3艘大型核动力宇宙飞船，运送首批志愿迁徙地球的宇辉星人飞往地球。

安格莉卡从宇辉星导游艾丽莎女士那里得知，首批志愿迁徙地球的宇辉星人将乘3艘大型核动力宇宙飞船飞往地球的消息，并将此消息及时而详细地告知了卡里塔斯。

卡里塔斯闻听宇辉星人准备移民地球的消息后，长久沉默不语，像是在思考什么。然后郑重地对安格莉卡说道："亲爱的，让我们俩一同陪伴这批志愿迁徙地球的宇辉星人飞往地球吧？！"

"啊，亲爱的，你说什么？飞往地球？"安格莉卡表情惊异地问道。

"是的，亲爱的，我们一同飞往地球！"

"那，那，我们的儿子安格尔谁来抚养？"

"你最清楚，在侬多尔庄园，侬多丽雅会像你那样，在这期间精心抚养好我们的儿子的……"

"这一点，我十分确信！"

安格莉卡也认为应该这样做，她来自地球，在天然星和宇辉星，可以说她最了解地球，应该陪伴这批志愿迁徙地球的宇辉星人飞往地球；况且，她多么渴望会见地球上的亲人啊！

于是对卡里塔斯说道："好！亲爱的，让我们俩一同陪伴这批志愿迁徙地球的宇辉星人飞往地球吧！"

卡里塔斯深知安格莉卡思乡心切，思念地球上的亲人心切，充分理解她的心情，体谅她的愿望，她的选择。卡里塔斯是著名建筑师，安格莉卡既精通地球语言，又精通天然星语，会对于移居地球的宇辉星人适应地球的生活有所帮助的。

在天然星的安格莉卡以电讯联系在宇辉星的导游艾丽莎：天然星的安格莉卡和卡里塔斯夫妇已经决定一同陪伴首批志愿迁徙地球的宇辉星人飞往地球，请转告宇辉星旅游协会；并请转告宇辉星旅游协会执行委员会与安格莉卡和卡里塔斯联系，他们将协助这批迁徙地球的宇辉星人与地球上的航天和航空局联系，以便乘坐这3艘大型核动力宇宙飞船的宇辉星人安全进入地球上空和在地球上的宇宙飞船起降场安全降落。

时光荏苒，依据天然星天文台的确切通报，那颗曾经运载依多尔乘坐的宇宙飞船的未知星球即将再次飞临天然星上空。

宇辉星人如何从宇辉星乘坐宇宙飞船飞往天然星？

当年，依多尔父子是乘宇宙飞船搭乘飞过天然星上空的未知星球飞往地球，并安全抵达地球的；一年后，依多尔父子乘"星光号"宇宙飞船搭乘同一颗未知星球返抵天然星上空，启动"星光号"宇宙飞船返回天然星地面的。天然星科学家对这颗未知星球进行了持续观察和研究，已然对它的运行规律有所了解。这一研究成果让宇辉星人得以做出恰当决定，何时乘宇宙飞船飞往天然星，等待那颗未知星球飞临天然星上空。

由于那颗未知星球并非飞临宇辉星上空，宇辉星人必须首先乘宇宙飞船提前飞往天然星，在天然星等待那颗未知星球飞至天然星上空。

宇辉星和天然星分属于不同星系，宇阳星系和天阳星系之间相距遥远，星际之间没有大气，没有恒星辐射的光与热，极其寒冷；宇辉星人不能乘自家水陆空飞船从宇辉星飞往天然星。由此出现了如何飞往天然星，如何在飞行途中生存的问题。

时光荏苒，宇辉星旅游协会已经购得三艘大型核动力宇宙飞船。数十万名因宇阳强磁暴爆发而深受心理伤害的宇辉星人，选择乘坐核动力宇宙飞船迁徙地球。

为此迁徙，志愿者应该选择从宇辉星乘坐大型核动力宇宙飞船飞往天然星。而在当前，宇辉星邦联议会并没有批准宇辉星旅游协会开辟飞往地球的航行计划，原因在于宇辉星邦联议会并没有充分讨论，并做出全体公民迁徙地球的决议；此外，宇辉星有关科学部门尚不了解地球；而且，目前大型核动力宇宙飞船的数量远不足以将数量可观的迁徙者群体运往地球。简言之，上述一些宇辉星人迁徙地球的行动只是宇辉星旅游协会运作的民事行动，而非宇辉星邦联的决议和行动。

面对一些宇辉人的危机感和急于飞往地球的情况，某些开发商认为大赚一笔的商机已然到来。于是，开始投入大量经费，建造大型核动力宇宙飞船，积极准备利用大型核动力宇宙飞船运送更多的宇辉星迁徙者飞往天然星，并等待时机进一步将迁徙者送到那颗飞过天然星上空的未知星球上。

宇辉星旅游协会从数十万名移民地球的志愿者中遴选出三万名首批移民地球的志愿者。这批志愿者分乘宇辉星三艘核动力远程宇宙飞船，由各飞船指令长兼驾驶员和两位驾驶员统领，从宇辉星宇宙飞船起降场起飞，飞抵天然星宇宙飞船起降场。

在天然星宇宙飞船起降场，安格莉卡和卡里塔斯在天然星宇宙飞船起降场迎候宇辉星移民的到来，与宇宙飞船各船指令长和驾驶员相识并详谈飞往地球的诸多问题。

担任宇辉星语言与天然星语言翻译的是在场的宇辉星旅行社导游员艾丽莎女士。她是宇辉星首批移民地球的志愿者中的一员，她精通宇辉星语言和天然星语言。

随后，安格莉卡和卡里塔斯与他们一起登上核动力远程宇宙飞船。

恰在天然星天文台准确预计的时间,那颗未知星球飞临天然星上空。宇辉星远程飞船指令长下达起飞命令,三艘宇宙飞船驾驶员启动宇宙飞船核驱动器先后驶向这颗未知星球。在飞抵这颗未知星球附近时,操纵核驱动器降低宇宙飞船飞行速度,与未知星球同步飞行。随后,驾驶三艘宇宙飞船成功降落到这颗未知星球上。

宇辉星迁徙者在乘坐远程核动力宇宙飞船降落到那颗未知星球上之后,又如何在核动力宇宙飞船里经受住天然星飞至地球的漫长、暗无天日的飞行而得以生存下来呢?

在远程核动力宇宙飞船上,提供压缩空气,储备足够的压缩食品和饮料,具有温暖的生活空间,飞行途径正确无误,而且核动力宇宙飞船指令长和另外两位驾驶员全程陪同飞行,保证了宇辉星移民安全地抵达地球上空。

在宇辉星迁徙者抵达地球上空之后,宇辉星人面临的另一个问题是如何从地球上空降落到地球大陆上?

经过漫长、乏味而艰难的飞行之后,宇辉星驾驶员的视野中终于出现了一颗蓝色星球,指令长和驾驶员判定,他们终于飞临地球的上空!

宇航员操持三艘宇宙飞船飞离未知星球,之后制动核动力宇宙飞船,降低宇宙飞船飞行速度,按地球运行轨道,与地球同步飞行。随后,再一次制动宇宙飞船,适度调整飞行高度,进入地球的大气层,以地球环绕太阳的速度飞行。此时,宇宙飞船中的所有宇辉星人都穿戴好羽翼飞行服,效仿当年的依多尔,随时准备在意外情况下,跳伞降落到地球上的一块大陆上。

当宇辉星人的宇宙飞船团队飞至地球上空时,地球上的欧洲航天和航空局人员已经及时发现了这三艘来历不明的宇宙飞船。由于宇辉星人与地球人双方无线电码通信不通，语言不通，信息不通，宇辉星人并没有事先及时与地球人取得联系。地球人不知道这三艘星际飞船来自何方？飞向哪里去？为什么在环绕地球飞行？

欧洲航天和航空局启动紧急预防机制，派出五艘军用宇宙飞船监视这三艘来历不明的宇宙飞船，并迫使它们远离地球人密集的区域，引导它们在欧盟的一处大型宇宙飞船起降场降落。

宇辉星人的三艘宇宙飞船安全地降落在欧盟这处宇宙飞船起降场。欧盟的五艘军用宇宙飞船分列在其周边警戒。欧盟军事安全人员走出宇宙飞船，守候在宇辉星人宇宙飞船出口处。大约半小时之后，宇辉星人的三艘宇宙飞船的舱门陆续开启，从飞船中陆续走出身着羽翼飞行服的宇辉星人以及安格莉卡和卡里塔斯……

## 地球人面对外星移民

欧盟军事安全人员立即向欧盟委员会报告了刚刚发生的、令人匪夷所思的一切。欧盟委员会有关负责人传达指示，请将这些外星未知来客集中安排到德国柏林远郊的最近竣工的一处公用场所，为此命名为外星移民营地。

安格莉卡首先用英语亮明自己的身份："I am Angelika Freud!"（"我是安格莉卡·弗罗伊德！"）此言一出，震惊天地！所有在场的地球人都显露出惊愕的表情！

"Are you Mrs. Angelika Freud？"（"您是安格莉卡·弗罗伊德女士？"）站在安格莉卡身边的一位欧盟军事安全人员问。

"Yes, I am Angelika Freud!"（"是的，我是安格莉卡·弗

罗伊德！")

"I am very pleased to meet you!"("我很高兴见到您！")

这样简单的几句用地球语言的对话，在此时此地却解决了大问题！

原来，三年前，关于地球少女安格莉卡·弗罗伊德随同外星人依多尔父子飞往天阳星系天然星从事研究人类学的消息，在各种媒介多有报道。在地球上，安格莉卡·弗罗伊德女士可谓一位名人！只是，她离开地球后，由于信息不通，地球人再也没有得到她在外星生活的信息。安格莉卡的突然出现，才让这位欧盟军事安全人员对安格莉卡连说："久仰，久仰！"

欧盟行政人员统领安格莉卡、其丈夫卡里塔斯和这三万名移民以及这三艘核动力远程宇宙飞船的指令长兼驾驶员和另外两位驾驶员至外星移民营地，淋浴、换地球人新衣，进行健康检查，对外星人原有衣物和物品进行放射性消毒以及安全检查。外星移民初到营地期间实施与外界隔离和统一管理。

安格莉卡在外星移民营与柏林家里的父母双亲及时通了电话，首先问到亲爱的奶奶的情况；得知奶奶尚安康，感到十分欣慰。父母亲的快乐难以形容，说道："我们立即开车去你那里，接你回家！"

在外星移民接受过健康检查之后，安排进食、饮水、休息。在场的地球人没有人懂得这些外星人的语言，对于他们的身世、来历、去向、愿望一无所知。

地球人与外星人之间的沟通问题成为当前最为迫切的问题。

当然，此刻能够承担起地球人与外星人之间沟通的是在天然星长期生活过三年的地球人安格莉卡女士！在地球70亿人口中，只有她这位地球人在外星球上长期生活过！安格莉卡精通地球语言中的德语、英语、法语和外星语言中的天然星语，然而遗憾的是，她不懂外星语言中的宇辉星语。当然，卡里塔斯也为地球人与外星人之间沟通做出了贡献；他与安格莉卡在天然星长期生活在一起，从安格莉卡那里也学到了一定程度的德语和英语。

地球人与在场的宇辉星人的对话方式是这样进行的：地球人讲德语或者英语，经安格莉卡或者卡里塔斯将德语或者英语翻译成天然星语，再经在场的宇辉星旅行社前任导游员艾丽莎为宇辉星人翻译成宇辉星语；反之亦然。

经安格莉卡和艾丽莎的良好翻译，地球人和宇辉星人的对话沟通得以很好实现。

宇宙飞船指令长和其他两位驾驶员首先向在场的欧盟行政人员讲述了他们的宇辉星人身份。讲述了他们居住的宇辉星和在宇辉星上的生活，特别着重讲述了宇阳的强磁暴的爆发，以及由此导致的生存危机。他们是为求生存而甘愿冒生命危险乘宇宙飞船来地球谋求新生的。

在场的欧盟行政人员将地球人安格莉卡回到地球的好消息和这批宇辉星移民情况及时报告了欧盟委员会。欧盟委员会本着人权和人道主义精神决定收留这批宇辉星移民，并照顾好他们的生活和健康，保证他们中的儿童得到良好的护理和教育。

遵照欧盟委员会的决定，管理宇辉星移民营地的行政人员拟订了管理计划，并在得到欧盟委员会的批准后，得以全方位的实施。

所有三万名移民，按他们所乘的宇宙飞船编成三组编队，每组编队由其宇宙飞船的驾驶员担任编队队长。编队队长协助欧盟行政人员照料本编队人员的日常生活。

在安排好宇辉星移民生活的基础上，全体移民开始按部就班地学习地球语言，以便将来融入地球人类社会。欧盟国家有多种语言，考虑到应用广泛的还属英语、德语和法语，决定按现有的宇辉星人编队，分别为其成年人开设学习英语、德语和法语。

安格莉卡出生在德国柏林，在法国巴黎大学完成人类学学士学位，在英国剑桥大学研究"人类因女性优生更进化"获得硕士学位。自不必说，她精通德语、法语和英语。她在天然星生活并研究外星人类学，她爱上了天然星建筑设计师卡里塔斯。由于安格莉卡精通天然星语，她成为沟通地球人与宇辉星人对话的最佳，也是唯一的地球人。她的人生经历，她的亲情关系，她的专业研究让她对于外星人有种特别亲切的感情，这种感情融汇了爱心、亲情和理性。她心甘情愿为外星人，包括宇辉星人做些力所能及的事情。

安格莉卡回到了阔别三年的温暖的家，重新见到日夜思念的奶奶、父母和亲人。"回家真好！"她依偎在奶奶的怀里，对奶奶、父母和亲人们说。

让安格莉卡最牵挂的是奶奶，她从小在奶奶身边长大，长大后陪伴在奶奶身边。自从她去了外星球，奶奶最牵挂的就是她，她最牵挂的也是奶奶。

如今，安格莉卡日夜陪伴在奶奶身边，陪伴奶奶说话，陪奶奶排遣寂寞。她搀扶奶奶在庭院里漫步，就像奶奶当初拉着她的小手学走路；如今，她已做了母亲，生育了孩子，而奶奶却面容苍老，步履艰辛了……

安格莉卡向奶奶讲述她在外星球的生活，讲述她与外星人卡里塔斯的生死恋情，讲述她与卡里塔斯的儿子安格尔·卡里塔斯的成长……

安格莉卡牵挂迁徙来地球的宇辉星先期移民。她从柏林家里开车定时来宇辉星移民营地，协助解决宇辉星人困惑的问题。她讲天然星语，经由艾丽莎女士翻译成宇辉星语，按编队为宇辉星移民开设英语、德语和法语课程。学员中不只是有成年人，也有他们的孩子，全家人一起学习地球语。宇辉星人十分聪明，语言感知能力很好，学习进步飞快，各自逐步学会了英语、德语和法语中的一种基础语言。当然，受益最多的非艾丽莎莫属，她在为安格莉卡做翻译的过程中，在课堂上同时学会了英语、德语和法语三种基础语言。

在宇辉星移民学会了英语、德语和法语中的一种基础语言之后，安格莉卡和欧盟行政人员开始为他们讲解有关地球和地球人的一般情况，譬如，太阳、地球、地球地貌、地球人、衣食住行、职业、婚姻、家庭、民族、宗教、国家，甚至讲到战争、自然灾害，等等。讲解过程中，鼓励宇辉星移民提出问题，讲述个人身份、专长、爱好、愿望，鼓励他们参加讨论。组织他们参观工厂、农庄、学校，甚至观看足球比赛，等等。

在宇辉星移民有了一定的基础语言能力，了解了地球和地球人的基本情况之后，按其各自学习的英语、德语和法语语种，欧盟行政人员为他们分别联系英国、德国和法国的民政当局，请有关当局接受他们居留，同时为他们联系相应国家的资助机构、慈善单位或者友好家庭，为他们分别寻求居住地，为他们寻求工作岗位，为他们的孩子寻求接受教育的学校，进而使他们逐步成为社会的公民。

## 第18章 宇辉星人求新生

**宇辉星人的生存选择**

宇辉星人面对宇阳强磁暴的生死存亡威胁,他们将何去何从?

在艾丽莎陪同卡里塔斯在宇辉星旅游期间,卡里塔斯曾对艾丽莎讲起过天然星物理学家依多尔先生曾经到过地球,并在地球生活一年之后又回到了天然星的事迹。

宇辉星学者海因泽(Heinse)是位宇辉星大学教授,他是一位天文学家。海因泽教授对于宇宙的结构,对于星球的运动规律怀有极大的兴趣;在他与艾丽莎用宇辉星语交谈中,获得许多关于地球的信息。在天然星,艾丽莎介绍海因泽教授与天然星物理学家依多尔相识,经艾丽莎翻译,海因泽教授与依多尔就宇宙结构和星球运动规律,特别是地球的结构、运动规律和地球人的生活等诸多方面做了长时间的交谈。

海因泽教授胸有成竹,他最为关注的是宇宙中宜居星球问题,意在为宇辉星邦联议会议决宇辉星人将来迁徙到一个新的宜居星球做出选择时提供科学依据。

海因泽教授从天然星回到宇辉星之后,向他的科研团队做了报告。海因泽教授认为，他在这次天然星旅行中的最大收获莫过于认识了物理学家依多尔先生。从依多尔先生那里，海因泽教授了解到许多有关地球和地球人的情况，特别是地球作为一个人类宜居星球的论据。

海因泽教授谈到，太阳系中的太阳是恒星，围绕它旋转的8大行星，从近到远依次为水星、金星、地球、火星、木星、土星、天王星、海王星。

地球有一个天然卫星——月球，地球和月亮组成一个天体系统——地月系统。地球作为一个行星，远在46亿年以前起源于原始太阳星云。地球与外层空间的其他天体相互作用，包括太阳和月球。

地球赤道半径达6378.2千米，地球极半径6356.8千米；地球表面三分之一是陆地，三分之二是海洋，地球上有肥沃的土地，适于耕种；地球有富氧的大气层，空气中氧气含量高达21%，从太空上看地球呈蓝色。地球上的气温、气候适宜，适于人类生存。

地球是上百万种植物、动物和微生物的家园。由于存在地球大气圈、地球水圈和地表的矿物，在地球上合适的温度条件下，在地球岩石圈的上层部分、大气圈的下层部分和水圈的全部形成了适合于生物生存的生物圈。现有生存的植物约有40万种，动物约有110多万种，微生物至少有10多万种。生物圈是太阳系所有行星中仅在地球上存在的一个独特的圈层。地球是太阳系中唯一适于人类居住和生活的星球。

总体来讲，地球是人类的宜居星球，也是我们宇辉星人可以迁徙的星球。

海因泽教授还谈到，地球距离宇辉星十分遥远，当我们考虑向地球迁徙的时候，必须考虑到先行到达一颗位于途中的星球，作为途中休整、养息、补充供给和能量的星球，然后再行向地球迁徙。

此前，海因泽教授科研团队已经探明，在宇辉星所在的宇阳星系中不存在其他宜居星球；然而他们在宇阳星系之外，发现了一座"博阳三合星系"。

这座"博阳三合星系"中有三颗恒星，分别为博阳A星座，博阳B星座和博阳C星座。

恒星博阳A和恒星博阳B，比宇阳稍小些；博阳A与博阳B是伴星，围绕彼此运转。恒星博阳C环绕博阳A与博阳B两颗恒星旋转。

"博阳三合星系"中的博阳A、博阳B和博阳C皆为恒星，人类不可能在恒星上生存，就像宇辉星人不可能在恒星宇阳上生存那样。然而，恒星博阳B星座有一颗被命名为"博觅星"的行星，它围绕恒星博阳B运转，就像宇辉星围绕恒星宇阳运转那样。"博觅星"与宇辉星有相近的质量，很可能存在大气和流动的水。

海因泽教授科研团队进一步研究表明，"博觅星"行星中的大气中含有的氧气成分只有百分之一，大气主要成分是二氧化碳，与宇辉星旅行团游历过的天使星上的大气情况相似。行星"博觅星"不适于人类生存，它不是宇辉星人将来选择迁徙的宜居星球。

纵然如此，人们可以在行星"博觅星"上建造星际航行中继站，提供星际航行中的宇宙飞船起飞和降落；建造中继站客栈，为宇辉星宇航员、航天乘客在其中短期留宿和休息；建造博阳发电站和博阳能转换器，建造电极水解设备和水净化设备，为宇辉星人迁徙者提供电能和洁净水。当人们想离开中继站客栈，来到"博觅星"陆面时，则要求身着航天飞行服和戴好氧气面罩，方可成行。

海因泽教授科研团队成员统一了认识，他们合写了一篇题为"宇辉星人迁徙地球问题"论文，在一次宇辉星人类学科学讨论会上做了报告，得到与会科学家的认同。在此基础上，经过再次补充和完善，他们将论文提交宇辉星最高行政当局，为其讨论"宇辉星人移民地球"问题提供科学论据。

**宇辉星舰队进军博觅星**

宇辉星科学家们认真阅读了海因泽教授科研团队的论文"宇辉星人迁徙地球问题"，开展了全方位的调查研究，其中包括向宇宙空间发射侦察卫星和宇宙太空望远镜，汇集大量的观察资料，进行了卓有成效的科学研究，从而证实了依多尔先生有关地球的叙述，阐明了地球在宇宙空间的确切方位，确认了地球为人类宜居星球的论述。

宇辉星最高行政当局向全体宇辉星公民公布了科学家的科学研究成果和科学结论，确认地球为宇辉星人的宜居星球，恳请宇辉星全体公民正视宇阳强磁暴的生死存亡威胁，举行全民投票，决定是否实施最高行政当局提出的"迁徙地球议案"。

宇辉星全体公民投票通过了"迁徙地球议案"。继而，宇辉星最高行政当局与军事当局拟定了"迁徙地球议案"的实施方案，并向全民公布。由宇辉星最高行政当局拟定的这批迁徙地球的宇辉星移民人数为三十万人。

依据"迁徙地球议案"的实施方案，宇辉星行政、技术人员和武装官兵一行300人分乘6艘宇宙飞船，组成宇辉星舰队编队，首先向位于宇辉星和地球中途的行星"博觅星"进发。

宇辉星人知道，让地球人接受他们迁徙地球并非易事。地球人不了解宇辉星和宇辉星人，唯恐他们伤及地球人的领土主权，人民生命和社会文明。这是很自然的，无可置疑的。另一方面，尽管宇辉星人热爱和平，然而面对宇阳强磁暴的生死存亡威胁，他们必须有所行动。这也是人之常情，本当可以被理解的。

宇辉星人对于实施"迁徙地球议案"做了两种准备：一是和平解决，一是战争解决。

由6艘宇宙飞船组成的宇辉星舰队编队向博觅星进发，就是为宇辉星人与地球人之间可能发生的战争做好准备。

星球人之间的战争，一般不需要实施人海战术。星球大战是星球之间的高科技武器较量大战。

宇辉星人的高科技水平与天然星人相当，但高于地球人。宇辉星军事当局在拟议中的宇辉星—地球大战中，使用遥感技术在宇辉星本土捕获宇宙空间中飞行的无名小行星，然后向地球方向发射这些无名小行星；这些无名小行星撞击上地球后，将引发剧烈爆炸，造成巨大的杀伤力。

由于宇辉星与地球相距甚远，宇辉星人设计并实施在宇辉星与地球中途的博觅星上，驻扎宇宙飞船组成的宇辉星舰队编队，以其上的宇宙飞船中的高科技设备遥控那些已被捕捉，并被发射向地球的无名小行星，遥控它们精准地击中地球。简言之，宇辉星人将无名小行星视为特种"炮弹"，遥控无名小行星撞击地球。

无名小行星的重量一般数十万吨，尽管在无名小行星穿过地球大气层时会燃烧，从而减轻其重量，然而其爆炸杀伤力仍然十分巨大；一颗无名小行星撞击地球爆炸，可以在瞬间毁灭地球上的一座2000万人口城市。毋庸置疑，这种军事行动是极其不人道的，应极力避免其发生！

宇辉星宇宙飞船舰队经过长久飞行，6艘宇宙飞船中的行政、技术人员和武装官兵一行300人已然按计划安全抵达博觅星，技术人员开始调试安装于宇宙飞船中的高科技设备。一声令下，即可发射。

宇辉星人是如何捕捉无名小行星的？

这个问题与"宇宙速度"概念有关。当一颗无名小行星自身的运行速度所具有的离心力与其经受的宇辉星地心引力相平衡时，它会做环绕宇辉星运行，不会落到宇辉星地面上，该速度被称为环绕速度，也被称为第一宇宙速度。当无名小行星自身的运行速度高于环绕速度，它将脱离宇辉星地心引力，而飞离宇辉星，该速度被称为脱离速度，也被称为第二宇宙速度。当无名小行星自身的运行速度更快，远高于其脱离速度，而达到特定的高速度时，它会脱离宇阳星系，该速度被称为第三宇宙速度。

当一颗无名小行星在距宇辉星不甚远处穿行而过，这意味着，它的运行速度高于环绕宇辉星运行的环绕速度。这时，宇辉星科技人员若想捕捉这颗无名小行星，就要设法降低其运行速度至环绕速度，以便使其环绕宇辉星飞行。这便是"捕捉无名小行星"的含义。

宇辉星科学家为降低无名小行星运行速度至环绕速度，从而捕捉到无名小行星，运用了下列方法：启动一颗人造天体与这颗不明小行星接轨，以反向机械力降低不明小行星运行速度；或者向不明小行星表面发射一台大型火箭发动机，以反向动力降低不明小行星运行速度；或者向不明小行星表面发射一面"宇阳帆"，以反向风力降低不明小行星运行速度。

当数颗不明小行星被捕捉，皆环绕宇辉星运行，这就意味着，宇辉星人已经储备好了特种"炮弹"，以备随时用于发射。

当宇辉星人需要发射这些无名小行星时，就可以应用与上述三种降低无名小行星运行速度相反的方法，即应用加速这些无名小行星飞行速度的方法，使其达到第三宇宙速度，从而脱离宇辉星，并且脱离宇阳星系，进而飞向行星博觅星。

当这些无名小行星飞抵博觅星附近空间时，在博觅星上驻扎的宇辉星舰队编队人员，以宇宙飞船中的高科技设备，调节它们在宇宙空间运行过程中，因受到宇宙空间其他星球的引力，而产生"宇宙波"的影响，宇宙波可以造成无名小行星运行轨迹偏差，从而需要遥控这些被发射向地球的无名小行星，准确地飞向太阳系。

无名小行星以第三宇宙速度从外星系飞临太阳系后，宇辉星舰队编队人员运用上述降低无名小行星飞行速度的方法，降低其飞行速度至第二宇宙速度，使其在太阳系中运行；在适当时机，再次降低其飞行速度至第一宇宙速度，即环绕速度，使其围绕地球运转。在适当时机，再次降低无名小行星的飞行速度，遥控其围绕地球螺旋式下降，直至精准地撞击地球表面上的某一特定目标。

对于地球而言，物体的第一宇宙速度，即环绕地球运行的速度为每秒 7.9 千米；第二宇宙速度，即脱离地球，在太阳系中运行的速度为每秒 11.2 千米；第三宇宙速度，即脱离太阳系，进入其他星系的速度为每秒 16.7 千米。

一切就绪，只待宇辉星最高军事当局一声令下，宇辉星军事人员和博觅星军事人员就可以合作，立刻向地球发射这些无名小行星"特种炮弹"了。

**地球人面临潜在危险**

在宇宙太空中，以自然状态运行的小行星撞击地球事件屡有发生，在地球表面形成巨大的石坑、盆地或者湖泊，等等。

在人类从地球上的生命尚未进化成人类之前，发生过多起小行星撞击地球事件。小行星撞击地球的威力和灾难是严重的，甚至导致某些动物和植物物种的灭绝。

南非中部的弗里德堡城的弗里德堡陨石坑是世界上最古老、最大的陨石坑。坑的直径为250～300千米，弗里德堡城就位于陨石坑的中心位置。据推测，弗里德堡陨石坑形成于21亿年前，可能是某个小行星以每小时4万～25万千米的速度撞击地球形成的。人们甚至认为正是这次撞击导致地球气候变化，从而使恐龙灭绝了。

墨西哥希克苏鲁伯的陨石坑是目前地球第2大陨石坑。据推测，希克苏鲁伯的陨石坑是在6500万年前形成，陨石坑整体略呈椭圆形，平均直径约有180千米。当时的爆炸威力相当于120万亿吨黄色炸药，引发了大海啸，并使大量灰尘进入大气层完全遮盖阳光、改变全球气候。这次撞击导致地球上好多动物、植物都灭绝了。

在人类从地球上的生命进化成人类之后，又发生多起小行星撞击地球事件或者在地区上空爆炸事件。

1908年6月30日上午7时17分在俄罗斯西伯利亚埃文基地区发生通古斯大爆炸。其爆炸威力相当于2000万吨TNT炸药，超过2150平方千米内的树木被摧毁。这起爆炸事件现在仍然扑朔迷离，有人说是小行星撞击地球，有人说是外星人造访地球时飞船出了事故。

2013年2月，在俄罗斯车里雅宾斯克州上空发生小行星爆炸，其爆炸威力相当于44万吨TNT炸药的爆炸当量，是广岛原子弹威力的30倍。这颗小行星从太空中以每小时67500千米的速度下落，在距离地面24千米的高空发生爆炸。此次事故并未造成人员死亡，1500名伤者中大多数是因为小行星爆炸的冲击波在88秒后震碎玻璃和窗户所致。

幸运的是，这些小行星撞击地球事件都是在小行星处于自然运行状态发生的，也即当它们以自然状态飞临地球周围太空时，当小行星与地球之间的引力大于其环绕地球的环绕速度时，随即向地球表面坠落，或者在地球上空与大气层摩擦生热而爆炸，或者坠落到地球表面，形成巨大的石坑、盆地或者湖泊，等等。

人们可以想象，当这些小行星受到外星人，譬如宇辉星人的制导，也就是他们以启动一颗人造天体与无名小行星接轨，或者向无名小行星表面发射一台大型火箭发动机，或者向无名小行星表面发射一面"宇阳帆"遥控制导这些小行星定向、定点攻击地球的特定区域，问题就非常严重了，就不是一般意义上的特种"炮弹"了，而是具有"定点清除功能"的飞弹了，比之地球人用于地球内战所使用的"导弹"的威力、破坏力、杀伤力严重多了！

从这层意义上讲，地球人应该警惕了，地球人的生命、地球上的物质和文化财富面临着多么大的潜在危险！

地球人幸运地躲过了玛雅人预言的"公元2012年12月21日是世界末日"；幸运地躲过了报道称的，地球与太阳的磁极将于2012年发生颠倒，危及地球人生命；幸运地躲过了2012年异常的天王星异常地接近地球，其强磁场引发海啸、地震，造成地球灾难。

地球人如今能够幸运地躲过宇辉星人的具有定点清除功能的遥控、制导未明小行星飞弹吗？令地球人深思。

宇辉星人在博觅星上停泊了6艘宇宙飞船，每艘飞船上安置了一组遥控制导无名小行星的装置。这意味着，宇辉星人可以在博觅星上同时遥控制导6颗无名小行星攻击地球。人们可以设想，宇辉星人同时在地球的6块大陆上选定一座大城市作为攻击目标，其后果将是怎样的可怕和悲惨！

这里设想的仅仅是第一轮攻击，还会有第二轮，第三轮……

地球人还应想到，除了小行星本身击中地球，在地球表面形成巨大的石坑、盆地、湖泊外，还会产生次生效应，譬如引发巨大海啸、地震，造成人类生命、财产巨大损失；又譬如，引发地球大气层温度、气候剧烈变化，在异常的高温和低温下，人类、动物和微生物难以生存。有些小行星在地球上空或者撞击地球表面时，发生化学反应，产生有毒气体或者粉尘；更为严重的是，有时产生放射性射线或者放射性物质，或者诸如X射线和γ射线，这些射线会激发某些在通常条件下不能发生的物理、化学或者生物反应，它们将会更加危害人类性命或者招致怪异的疾病，乃至引起人类生理健康的变异。

地球科学家十分清楚小行星撞击地球的危害。地球科学家的研究报道称，科学家们一直在探讨究竟是何种因素导致0.66亿年前恐龙灭绝——气候变化、火山活跃问题，是否是由于一颗小行星碰撞而导致的？研究人员现已证实恐龙灭绝时间与10千米长小行星碰撞地球时间是一致的；最新灾难预测模型表明小行星碰撞将发送汽化岩石微粒进入地球大气层，使天空变成红色，温度高达1500摄氏度。红外线热量很可能相当于整个地球范围内每6.4千米半径内爆炸1兆吨氢弹，相当于80颗原子弹的爆炸力。该预测模型的结果表明，热浪如何将森林烧成灰烬，这将无法保护地上或是水下的物种。当时大气层的温度非常高，足以点燃全球范围内的森林。

这些危难不是耸人听闻，而是人类为了自己，也为了人类的下一代和未来，需要认真思考和研究的。现实的危险在于，地球人对于宇辉星人从宇辉星发射、遥控制导无名小行星，并在博觅星上进一步精确遥控制导无名小行星攻击地球的危险，尚完全不得而知！可以说，地球人面临潜在的生存危险。

想到这些，卡里塔斯被感动了，被激发了，犹如 X 射线和 γ 射线从他的身心穿行而过！他听见了他的身心在向他召唤："是时候了！"他决心为地球，为地球人做些什么了！是时候了，时不可待，必须立刻有所行动！

## 第 19 章 战争一触即发

**依多尔向地球传递情报**

依多尔,作为曾久居地球的天然星人,自然极其不愿看到地球人与宇辉星人对打星球大战。他想,他有责任和义务,尽快将宇辉星人准备迁徙地球的有关情况转达给地球人。他在思考,他怎样才能将上述有关信息以安全和最快的方式传送给地球人呢?

依多尔记起,当他携儿子在地球上生活时期,他的妻子依多丽雅用天然星语曾给他写过一封家书,并以电脉冲信号发送给了地球。地球科学家成功地将电脉冲信号经解码转换成数码,继而转换成外星人的文字符号,再经由依多尔解读并翻译成德文的。

在这封依多丽雅的家书中,传递了一个重要消息——"天然星天文台发布重要消息:天然星天文学家长期追踪一颗掠过天然星上空的未知星球,逐渐探明其飞行状态和运行轨迹。这颗未知星球穿越星际空间漫长地运行,即将再一次飞临天然星上空!"这条重要消息,为依多尔携儿子返回天然星,并为安格莉卡陪同依多尔父子飞往天然星起到至关重要的作用。

在邦联田洲域的依多尔庄园,依多尔先生将写给安格莉卡和卡里塔斯的一封信用天然星语言,以电脉冲信号方式发送给了地球。地球科学家将会成功地将电脉冲信号经解码转换成数码，继而转换成外星人的文字符号。

这一次，在地球上，不再是由天然星人依多尔将外星人的文字符号解读并翻译成德文了，而是应该由精通地球语和天然星语的安格莉卡亲自将外星人的文字符号解读并翻译成德文或者英文了！

依多尔以天然星语传递的信息如下：

安格莉卡女士和卡里塔斯先生：

我今天写信给你们，是为一件大事情。

宇辉星人面临的严重问题是何时宇阳强磁暴将再一次大爆发？那时宇辉星人会存活下来吗？

从进化角度讲，宇辉星人是与天然星人相近，比之地球人更进化的外星人，然而他们生活中充斥着生存危机感！

宇辉星人面对宇阳强磁暴的生死存亡威胁，他们将何去何从？

宇辉星人全民公决，决定离开宇辉星，迁徙到其他的安全星球上。宇辉星科学家们，经过长期观察和研究，认为迁徙到太阳系的行星地球上是最佳选择，经全民公决，决定迁徙到地球去！

宇辉星人迁徙地球的计划已在实施中。宇辉星人做了两种准备——和平迁徙和武力迁徙。在和平迁徙得不到满足的情况下，实施武力迁徙。

武力迁徙意味着，与地球人开战，不惜打星球大战！

我作为曾久居地球的天然星人，自然极其不愿看到地球人与宇辉星人对打星球大战！我认为，地球人应该及时了解上述有关现实情况，拟定和实施相应的反制对策，以保护地球和地球人。

依多尔

**地球人反制措施**

地球天文学会召集有关科学家讨论地球人反制导宇辉星人无名小行星攻击地球事宜，为联合国提供反制导袭击问题的科学提案。

讨论会进入尾声时，天文学会会长结合科学家们的讨论做了总结性发言。

科学家们认为，地球人反制导宇辉星人无名小行星攻击，需要两个阵地，也即两条防线。后方阵地，反制导总部设在地球本土；前沿阵地，设在地球外围的一颗行星上。

当宇辉星人向地球发射制导无名小行星攻击地球时，地球前沿阵地科技人员，首先开启反制导系统迎击宇辉星人制导的无名小行星飞向地球，承担起改变无名小行星运行轨道的任务。

问题是这颗可以作为前沿阵地的合宜的行星存在吗？它位于哪里呢？

与会的科学家讨论了科学杂志《自然》(Nature) 刊登的科学论文报道：距太阳系最近的三合星系统名为半人马阿尔法星系(Alpha Centauri)，地球科学家在该星系中发现了一颗与地球有着相同质量的"类地球"行星，它距离地球仅4.4光年。这颗"类地球"是地球科学家X. 杜穆斯克(Xavier Dumusque)团队发现的，被誉为"杜穆斯克行星"。

半人马阿尔法星系中有3颗恒星——半人马α（阿尔法）星A、半人马α（阿尔法）星B和比邻星(Proxima Centauri)。

半人马α星A，体积比太阳稍大、亮度也更高，半人马α星B，比太阳稍小些；半人马α星A与半人马α星B是伴星，彼此围绕运转，每80年会在一个最近距离约14亿千米的位置相会。比邻星绕着半人马α星A与半人马α星B两颗恒星旋转。恒星比邻星与地球近若比邻，它是除恒星太阳之外距离地球最近的恒星。

科学家X.杜穆斯克团队发现的这颗"类地球"行星"杜穆斯克行星"与地球有着相同质量，很可能像地球一样，是个岩石球体，但是不适宜人类居住。这颗杜穆斯克行星绕呈微红色、亮度为太阳一半的恒星半人马α星B运转，每3天运转一圈，其轨道离恒星半人马α星B的距离相对比较近，仅有600万千米，这导致它的表面温度极高，达1200摄氏度，人类是不能在三合星系中的这颗"类地球"行星上生存的！

讨论到这里，大家沉默下来，众多与会者认为这颗类地球，由于它的表面温度极高，不应成为地球人反制导宇辉星人无名小行星攻击的前沿阵地的备选行星。

天文学会会长继续他的总结性发言。

与会的科学家继而讨论了美国宇航局（NASA）近期发布的消息：开普勒太空望远镜发现了一颗名为"开普勒—452b"（Kepler—452b）的"类地球"。

开普勒—452b类地球比地球直径大1.6倍，距离地球1400光年。它围绕一颗类似太阳的恒星运行，一年大约385天，这与地球上的365天很接近，它与地球的相似指数为0.98。它被认为是最接近地球的孪生星球，被称为"开普勒—452b"（Kepler—452b）。

"开普勒—452b"上存在有大气层和流动的水吗？

依据地球科学家观察研究，"开普勒—452b"上被认为拥有大气层和流动的水，有可能成为另外一个与地球相近的宜居行星。

与会的科学家们建议，将行星"开普勒—452b"作为地球人反制导宇辉星人无名小行星攻击的前沿阵地。

科学家们继续讨论了如何在前沿阵地反制导宇辉星人无名小行星攻击的问题。

科学家们提出了下列5种对策方案：向无名小行星发射一枚火箭或者导弹，炸毁它；启动人造天体与无名小行星接轨，以机械力推动无名小行星改变其运行轨道，迫使其远离地球；通过改变无名小行星表面的照射颜色来改变其反射和吸收光能效率，从而改变其表面温度，其表面温度的变化将影响其运行轨道；向无名小行星表面发射大型火箭发动机，并使其在无名小行星表面上软降落，以火箭发动机的动力改变无名小行星的运行轨道；向无名小行星表面发射一面"类太阳帆"，并使其在无名小行星表面上软降落，类太阳帆吸收类太阳照射的能量，促使无名小行星偏离原来的运行轨道。

上述对策方案的总的主导思想是向无名小行星发射某种运行卫星，作用于无名小行星表面，使无名小行星产生爆炸或者偏离飞向地球的运行轨道。

科学家们进一步论证了哪一种对策方案，更为现实和更为有效。

科学家们采纳了第二种方案——启动人造天体与无名小行星接轨，以机械力推动无名小行星改变其运行轨道，迫使其远离地球。

第二种方案的具体实施步骤如下：地球人员从地球本土阵地依第三宇宙速度向前沿阵地"开普勒-452b"行星周边发射数颗

人造天体；地球人员在前沿阵地"开普勒－452b"行星上降低这些人造天体的运行速度至其环绕速度，从而使这些人造天体环绕"开普勒－452b"行星运行；待地球本土人员发现有宇辉星人制导的无名小行星飞向地球时，立即电告地球前沿阵地人员，以便他们在探知无名小行星飞临"开普勒—452b"行星上空时，立刻启动人造天体与无名小行星接轨，以机械力推动无名小行星改变其运行轨道，逼迫它远离地球绕太阳运行轨道。

地球前沿阵地防线的反制导无名小行星运行轨道功能是十分重要的，但是，一旦发现仍然有无名小行星未被地球前方阵地改变其飞行轨道，而向地球飞来。届时，地球本土阵地防线将及时启动类似前沿阵地的攻击无名小行星程序，使其远离地球，偏离地球运行轨道，确保地球本土居民和设施安全。

这种反制导无名小行星攻击对策方案的有效性，已然为安格莉卡和卡里塔斯在天使星旅游期间的一次经历所证实。

当时无名小行星直逼天使星上安格莉卡和卡里塔斯所处的地域，在将要撞击到天使星之前，天然星星际航行总局专家立即遥控正在星际空间运行的"探寻号"人造天体，使其片刻不离地跟踪在星际空间运行的无名小行星，按无名小行星的运行轨道，与无名小行星等速飞行。在无名小行星逼近天使星大约6万千米时，总局专家遥控"探寻号"人造天体，与无名小行星极为缓慢地对接，避免发生任何局部碰撞，直至两者稳稳地吻合在一起。

对接在一起的无名小行星和"探寻号"人造天体的结合体，一方面沿着无名小行星的运行轨道在运行，另一方面也按着无名小行星的自转方向在旋转；由此要求总局专家精确设计，在无名小行星和"探寻号"人造天体的结合体处于最佳时间、地点、状态下，遥控"探寻号"人造天体对无名小行星施以适当的机械推动力，使无名小行星偏离撞向天使星的运行轨道。当时，安格莉卡和卡里塔斯成功逃过无名小行星撞击天使星的劫难。

**宇辉星人的策略**

如前所述，宇辉星最高行政当局组织宇辉星全体公民投票通过了"迁徙地球议案"，并拟定了"迁徙地球议案"的实施方案。宇辉星人对于实施"迁徙地球议案"做了两种准备：一是和平解决，一是战争解决。

依据战争解决方案，宇辉星人实施在宇辉星与地球中途的博觅星上，驻扎宇宙飞船组成的宇辉星舰队编队，以其上的宇宙飞船中的高科技设备遥控那些已被捕捉，并被发射向地球的无名小行星，精准地击中地球。

宇辉星邦联委员会制订了"发射远程遥感与遥控卫星，侦察地球及其周围的自然面貌、人造设施情况"实施方案。依据实施方案，有关行政、技术、军事部门开始实施这一方案。

宇辉星人首先发射了3颗远程遥感与遥控卫星，意在宇辉星周围太空的不同方向寻找恒星太阳的踪迹。其中的一颗远程遥感与遥控卫星发现了太阳星系。太阳发光、辐射热量，太阳的质量远高于其行星质量的总和，因而太阳易于其行星首先被发现；继而围绕太阳运行的8大行星也被发现，其中的地球被准确定位。

宇辉星人的远程遥感与遥控卫星技术比较先进，从远程卫星观察到并传回宇辉星的图片看，地球是颗蓝色的星球，这是由于地球上空的大气层反射太阳光所致。地球上的陆地和海洋，陆地上的地貌，乃至陆地上的建筑，甚至人们在建筑外空间中的生存活动都清晰可见。

宇辉星军事人员清晰地观察到存在于地球地面上的宇宙飞船

起降场、卫星发射场、导弹发射基地、大型宇宙太空望远镜、武装机器人编队，存在于海面上的航空母舰以及有序地停在航空母舰上的飞机群，正在地球上空飞行的飞机群，等等。宇辉星军事人员明白，他们所观察到的仅仅是地球军事武器和装备的一部分，大量的军事武器和装备将会被隐藏在秘密的掩体和库场中。

最让宇辉星军事人员惊异不解的，是他们在太阳系以外的一颗星球上发现停泊着宇宙飞船，在飞船之外，有身着宇航服的人员在活动。

时光荏苒，宇辉星科技和军事人员不间断地观察在这颗不明星球上的情况。他们发现，停泊在这颗不明星球上的宇宙飞船在增加，已经增加到8艘之多。身着宇航服的人员也在不断增加，他们扩建飞船发射场，安装军事设施和侦察设备。

宇辉星人在思考，这颗不明星球距离地球有相当远的距离，这些身着宇航服的人员会来自地球吗？既然他们身着宇航服，说明这颗星球上的气候和大气中的氧气含量并非适于人类长期定居。

宇辉星人不明白，这是一颗怎样的星球？星球上的人员来自何方？他们来这里做什么？对于宇辉星人而言，这些问题尚是不得而知的问题。

依据和平解决方案，宇辉星邦联委员会决定，派遣行政代表费尔沃（Verwo）与军事代表米尔克（Milker）作为谈判代表飞往地球，与地球有关当局谈判"宇辉星人迁徙地球问题"。

从宇辉星飞往地球的可能途径之一是乘宇宙飞船先从宇辉星飞往天然星，在天然星等待一颗飞越天然星上空的未知星球，操纵宇宙飞船降落到这颗未知星球上。搭乘这颗未知星球飞往地球上空，而后在地球大气层中跳伞降落到地球陆地上。

这种飞行途径的可行性已为天然星人依多尔父子所证实，他们曾经从天然星乘宇宙飞船搭乘这颗未知星球飞往地球上空，而后在地球大气层中跳伞降落到地球陆地上。据天然星天文台观测，那颗未知星球大体上一年一次飞临天然星上空。

另外一种从宇辉星飞往地球的可能途径是乘宇宙飞船从宇辉星首先飞往天然星，再从天然星乘宇宙飞船径直飞往地球，并在地球上的宇宙飞船起降场着陆。宇辉星的核动力宇宙航行技术已经达到了这样高的水准——从宇辉星径直安全地飞往地球，或者从宇辉星飞往天然星，再从天然星安全地径直飞往地球。

宇辉星邦联委员们经过认真讨论，一致选择请行政代表费尔沃与军事代表米尔克，择日从宇辉星径直飞往天然星，再从天然星径直飞往地球，谈判宇辉星人移民地球问题。

此外，宇辉星邦联委员会还交付费尔沃与米尔克一个任务。请他们在适当时机，乘宇宙飞船飞经另外那颗可疑星球，那颗经宇辉星军事人员以远程卫星观察到并传回图片的可疑星球；这颗星球是太阳系以外的，介于太阳系和宇阳星系之间的星球。在这颗星球上停泊着宇宙飞船，在飞船之外，有身着宇航服的人员在活动。

宇辉星邦联委员会的委员普遍认为，地球是适于宇辉星人迁徙的星球；努力争取实现和平迁徙；一旦受阻，可以实施武力震慑，为了生存，甚至不惜与地球人打星球大战。

# 第 20 章 星球代表间谈判

**宇辉星邦联代表飞往地球**

时光荏苒，出发的那一天终于到来，宇辉星行政代表费尔沃和军事代表米尔克乘坐"宇辉星号"宇宙飞船，踏上了飞往地球的航程。在浩瀚的太空中，经过漫长的飞行，宇辉星代表一行终于安全抵达地球上空，并在地球宇航空间站引导下，安全降落到德国宇宙飞船起降场。

联合国安全理事会早已从安格莉卡那里得到消息：宇辉星邦联委员会已经做出决定，派遣其行政代表费尔沃先生和军事代表米尔克先生，乘"宇辉星号"宇宙飞船近期访问地球，与地球联合国官方谈判宇辉星人迁徙地球问题。

联合国安全理事会得知宇辉星代表团已然抵达布鲁塞尔欧盟总部后，立即派遣其委员迪佩尔(Dipper)先生和施瓦尼(Schwani)女士从纽约联合国总部前往欧盟总部，商讨与宇辉星代表团会见和谈判问题，同时决定邀请已经率领宇辉星先期移民抵达德国柏林的安格莉卡女士、其丈夫卡里塔斯先生以及宇辉星旅行社导游艾丽莎女士，参与联合国代表和欧盟代表会见宇辉星代表团，艾丽莎女士在谈判中承担翻译工作。

在一处宽敞、明亮的会议室，两列单人沙发对称摆放在长方形会议桌两侧；一侧的沙发里坐着联合国安理事会委员迪佩尔和施瓦尼，欧洲联盟外交委员会代表翁格尔（Unger）和达姆（Dahm）以及安格莉卡和卡里塔斯；另一侧的沙发里坐着宇辉星邦联代表费尔沃、军事代表米尔克以及艾丽莎。

迪佩尔代表主方首先用德语表达对远方来的客人的衷心欢迎。安格莉卡将迪佩尔的德语欢迎词翻译成天然星语，艾丽莎再为费尔沃和米尔克将天然星语翻译成宇辉星语。

费尔沃代表客方随后用宇辉星语表达了对主方的诚挚谢意。艾丽莎将费尔沃的宇辉星语答谢词翻译成天然星语，安格莉卡再为联合国和欧盟代表将天然星语翻译成德语。

地球人和宇辉星人之间的对话就此开始。

费尔沃和米尔克首先介绍了有关宇辉星的一般情况，譬如，恒星宇阳，行星宇辉星，宇辉星地貌，宇辉星人，衣食住行，以及宗教、社会体制，等等。

"可以说，宇辉星人过着安宁、富足、自由、快乐的生活。"费尔沃说道。

迪佩尔和施瓦尼简要地介绍了有关地球的一般情况。

"我们在安格莉卡女士和卡里塔斯先生的协助下，已经为一些宇辉星移民在德国一处外星移民营地安顿下来，同时按编队分别教授他们英语、德语和法语。在他们有了一定的基础语言能力，了解了地球和地球人的基本情况之后，现在已经分别在英国、德国和法国的慈善单位或者友好家庭生活，并正在为他们寻求工作岗位，为他们的孩子寻求接受教育的学校，进而逐步成为社会公民。"翁格尔讲述。

"这是欧盟人民的善心表现和人道主义行为，非常了不起！"

费尔沃赞叹道。

"我与达姆先生建议，"翁格尔继续讲道，"宇辉星代表费尔沃先生和米尔克先生安排时间访问你们的在欧盟国家生活的同胞，以便了解宇辉星移民在地球上的生活情况。"

费尔沃和米尔克表示感谢，频频点头，愿意成行。

**星球人之间谈判**

宇辉星行政代表费尔沃和军事代表米尔克以及艾丽莎，在欧盟外交委员会代表翁格尔和达姆以及安格莉卡和卡里塔斯陪同下，首先访问了一位先期到达柏林市郊外星移民营地的宇辉星移民。这位移民现在在德国的一个飞行器公司工作，设计无人驾驶飞行器。当他还在宇辉星时，他已经是位无人驾驶飞行器设计师了。他很满意现在的工作，能够发挥他的专业技能。

宇辉星邦联代表访问的第二位先期到达的宇辉星移民是在法国一处汽车装配厂工作的工人，他在流水线上从事汽车玻璃窗的装配工作。他与妻子和孩子租住在附近的出租房里，妻子居家照料在附近学校上小学的孩子。他很满意现在的工作，其收入足以支付住房租金和养家用。

宇辉星邦联代表随后又访问了先期到达的宇辉星移民夫妇，他们现在生活在英国一个村庄，夫妻两人都在一处葡萄园种植用于酿酒用的葡萄，生活相对稳定。

被访者告诉宇辉星邦联代表，他们初到地球的时段是最为困难的时期。语言不通，无工作，无独家住所，前途渺茫。欧盟中的几个国家拨款收容了他们，一些欧洲人同情他们的困境，甚至有的人在迎接他们的路途上展示写有"Willkommen（欢迎）"字样的标语，有些人情愿作为无偿志愿者帮助他们逐步安顿下来。他们由衷地感谢地球人，他们愿意报答地球人，满怀希望与地球人和平相处，造福地球上的所有人。

宇辉星邦联代表、欧盟外交委员会代表和联合国安全理事会代表，以及安格莉卡、卡里塔斯和艾丽莎再次在欧盟总部会见。

"我和米尔克先生在翁格尔先生和达姆先生以及艾丽莎女士陪同下，旅行德国、法国和英国，访问了三位先期到达的宇辉星移民。衷心感谢联合国和欧盟为我们的同胞所做的一切！"费尔沃说。

"我们相当羡慕地球人的生活！"米尔克补充说道。

"费尔沃先生，您说过：'可以说，宇辉星人过着安宁、富足、自由、快乐的生活。'既然如此，为何还要从宇辉星迁徙到我们的地球来？"达姆问。

费尔沃开始讲述宇阳强磁暴的爆发，以及由此引起的围绕宇阳运行的行星宇石星上生物的毁灭，它为宇阳的行星宇辉星人的心理造成巨大危害，宇辉星人面临如同宇石星上生物同样的死亡威胁。

"我们的先期移民三万名同胞不堪忍受这种随时可能到来的生存威胁，才决然分乘3艘宇宙飞船，从宇辉星抵达天然星，并从天然星冒生命危险搭乘未知星球逃亡到地球的。"

在座的联合国安全理事会代表和欧盟外交代表对于宇辉星人面临的生存威胁深表同情。

在座的人都一时无语，像是都在思考着什么。

"我和米尔克先生接受宇辉星邦联委员会指示，远赴你们的地球访问，是为亲自观察和深入了解地球生存条件和地球人的生活情况，同时也为了解先期到达地球的宇辉星移民的生活情况。这一点，我与米尔克先生做到了。"费尔沃讲述。

狱。现在地球上有190余个国家，它们有各自独立的政府、军队、警察、法庭、监狱。宇辉星人分散到各个国家生存，必须得到这个国家的审查和允许，它们会从政治、经济、人文、宗教、生存竞争、本国人民的利益等多方面去考虑和衡量得失和可能性，而后才能做出决定，是否接受移民和接受多少移民。"迪佩尔的一席话似乎让费尔沃和米尔克清醒，引发他们更多的思考。

"你们宇辉星的社会体制是怎样的？存在许多国家吗？"施瓦尼问。

"不存在类似你们地球上的'国家'，"费尔沃解释说，"宇辉星上的'邦联'与地球上的'国家'不同。'邦联'是'邦联域'的联合体，'邦联域'是按地域划分的独立的行政区。邦联的参议院制定邦联宪法，各邦联域严格遵从和实施邦联宪法，以邦联宪法原则制定其各邦联域的法律规章，依据邦联宪法和邦联域法律规章治理邦联域，行使邦联域的相对独立的行政管辖权。"

"你们宇辉星的'邦联'和'邦联域'体制，与我们地球的'联合国'和'欧盟'概念完全不同。宇辉星人迁徙到的地球地域，总是属于地球上的某个国家的领土。你们需要直接与这些国家谈判，联合国和欧盟将协助协调你们之间的谈判，而无权左右你们之间的谈判。"迪佩尔解释。

"在我看来，你们宇辉星人整体迁徙地球上的某块大陆或者某个国家是不可能的。"施瓦尼断言。

在座的人都一时无语，又像是都在思考着什么。

"若是……"米尔克欲言又止。

"米尔克先生，请讲。"迪佩尔做了个手势，礼貌地说。

"若是……若是宇辉星人强行登陆地球，会是怎样的？"米尔克终于讲出这句话。

在座的人一时露出惊异的表情，默默无言。

"战争，将引发战争，星球人之间的战争！"达姆说出了这样一句话。

迪佩尔意识到，谈判陷入僵局和尴尬的境界，于是宣布："先生们，我们今天的谈判到此为止了，择日再谈。"

**战争抑或和平**

宇辉星邦联代表在艾丽莎陪同下，与欧盟外交委员会和联合国安全理事会代表的谈判陷入僵局。

安格莉卡表示，她和艾丽莎愿意陪同宇辉星邦联代表访问美国国家航空航天局，了解地球星际空间技术的发展。

宇辉星行政代表费尔沃和军事代表米尔克先生在安格莉卡和艾丽莎陪同下，在应邀访问美国国家航空航天局太空基地之后，回到欧盟总部布鲁塞尔。在安格莉卡和艾丽莎参与下，宇辉星邦联代表们探讨是否还与联合国和欧盟代表继续谈判"宇辉星人移民地球问题"。艾丽莎仍然为费尔沃、米尔克与安格莉卡之间的谈话做翻译。

费尔沃谈及："访问美国国家航空航天局基地和工程过程中，对于地球人的阿波罗载人登月工程如此成功，开普勒太空望远镜遥控、侦察能力如此精深，制导未明小型星球撞击地球技术如此高超怀有深刻印象。"

费尔沃认为："美国国家航空航天局只是向我们展示了地球人的部分公开的空间技术发展成就，我相信，地球人具有处于秘密状态的更加强大的太空军事技术、军事装备和军事力量，绝对不可有丝毫的轻视！"

费尔沃请米尔克谈谈他对这次访问的印象。

"美国国家航空航天局展示的地球人的太空技术成就，让我也感到震撼；然而，我认为，我们宇辉星人的太空技术成就在某些方面高于地球人的成就。"米尔克说。

"嗯，请谈谈。"费尔沃说。

"我们同样成功实施了载人登上宇辉星之外的外星球的工程，我们的太空望远镜可以侦察宇阳星系以外的星球……然而，我们制导小行星能力超过地球人。地球人制导小行星的质量达到13万吨，而我们可以制导质量超过百万吨的小行星，用它攻击其他星球。我们不惧怕与地球人打一场星球大战。"米尔克说这话时，情绪激动。

"米尔克先生，那么，你认为不必继续与联合国和欧盟代表谈判宇辉星人迁徙地球的问题了？"费尔沃问。

米尔克望望费尔沃，也望望安格莉卡和艾丽莎，断然说道："是的！"

费尔沃面向安格莉卡和艾丽莎，问道："你们怎么看？"

"我想再次提醒代表先生们，"安格莉卡说道，"请注意到地球上的社会体制与宇辉星上的社会体制是多么不同。简言之，地球上现实的社会体制是多元的国家制，而宇辉星上的社会体制是单一的邦联制。"

"这就是说，"安格莉卡继续说道，"若是宇辉星人未经有关国家认可，强行迁徙到地球上的任何一块土地，就触犯了该土地的主权国，他们有权动用国家的军队、警察进行干预和保卫自己的领土，有权动用国家的法庭、监狱处置入侵者。"

"我们宇辉星人用先进的小行星制导武器可以轻易地打败小小主权国的军队和警察，迫使他们屈服。"米尔克继续说道。

"宇辉星人的制导小行星武器尽管先进，然而，你们是从宇辉星用制导小行星武器攻击遥远的地球的，而地球人是在他们自己的星球上迎击飞来的制导小行星，可以想象，地球人迎击飞来的制导小行星的威力和准确性一定远远高于宇辉星人远程制导小行星的威力和准确性。"安格莉卡继续驳斥米尔克的观点。

费尔沃点头，米尔克一时无语。

"况且……"安格莉卡欲言又止。

"嗯，安格莉卡女士，请讲下去。"费尔沃说。

"地球上存在190余个主权国家，地球主权国家之间常常发生冲突，乃至战争。"安格莉卡说。

"什么？您是说地球人战争？"米尔克问。对于他，似乎这个问题比较新奇。

"可是，引发战争的原因是什么呢？"费尔沃问。

"地球上战争起因是多方面的。譬如，国家领土、资源引起的问题，经济利益引起的问题，种族、民族、宗教、信仰引起的问题，等等。只要这些方面的问题不可调和，地球人之间的热战或者冷战就难以避免。"

"难以避免？地球人就找不到任何办法避免战争？"费尔沃问，他自己也在思考这个他自己提出的问题。

"我想，首先，和平共处观念应得以深入人心，人民希望避免战争；此外，只有在敌对国家或者敌对集团双方的太空军事技术、军事装备和军事力量相对势均力敌的状态下，其间的和平共处状态才得以相对稳固和持续。我想，星球之间的战争抑或和平也是如此的！"安格莉卡感叹。

在座的人一时都陷入沉默。

宇辉星邦联代表与安格莉卡和艾丽莎之间的谈话还在继续。

"恕我直言，"安格莉卡开口打破沉默，"想想看，一旦宇辉星人攻击地球，地球人会怎样反应？"

在座的宇辉星人无人能够回答安格莉卡的这个问题。

安格莉卡字字清晰地回答她自己刚刚提出的问题："地球人将会将地球人之间的所有矛盾、对立和冲突放在一边，团结起来，一致对外——一致对付外星人的入侵，全力投入星球大战之中！这是不容置疑的，地球人明白，否则他们将一起被外星人毁灭，就像残酷的瘟疫和恶化的气候为他们带来的毁灭性灾难那样！"

安格莉卡的这一席话，让宇辉星行政代表费尔沃和军事代表米尔克先生清醒，他们无言以对，同时紧锁眉宇，手托额头，静静思考。

"尊敬的费尔沃先生，米尔克先生，"安格莉卡继续说道，"请想想看，宇辉星距离地球是这般遥远，即使宇辉星人与地球人不打星球大战，宇辉星七亿人乘现今的宇宙飞船迁徙地球，会持续多么漫长的岁月？五年？五十年？五百年？在这么漫长的岁月中，宇阳强磁暴会不会再次爆发？宇辉星会不会因此像宇石星一样，宇辉星上的生命全部惨遭毁灭？"

"安格莉卡女士，请不要再说下去！太可怕了，太可怕了！"费尔沃摇头连连说道。

"那么，我们还有什么解决办法吗？"米尔克问。

此刻，安格莉卡紧张而郁闷的心情转化为轻松和愉悦，说道："费尔沃先生，米尔克先生，我对于你们十分敬重，我深信你们和邦联议会，一定会找到解决宇辉星人面临的宇阳强磁暴爆发造成的伤害的可行方案的！"

"安格莉卡女士，对此您能提出解决方案，可用于我们返回宇辉星向邦联议会汇报并用于研讨吗？"费尔沃问。

安格莉卡其实胸有成竹，想了想之后慢慢说道："宇辉星人与宇宙所有人类理应和平共处，共同开发宇宙。我想，可以考虑，宇辉星人分批迁往几颗不同的人类得以生存的星球，譬如，天然星、天使星、天穹星，当然还有地球！我想说的，不只是避难，躲避宇辉星强磁暴爆发，而是宇辉星人与天然星人、天使星人、天穹星人、地球人一起，合力开发天然星、天使星、天穹星，当然还有地球！"

"好，非常好！请继续讲。"费尔沃说。

"宇辉星人是进化的人类。他们创造了先进的文化、科学和技术，高超的生产力，人民享有富裕的生活。如今，部分宇辉星人可以考虑迁徙到天穹星去，帮助天穹星人发展经济，提高人民生活水平；部分宇辉星人也可以考虑迁徙到天使星去，开发天阳能技术，建造天阳能接收器和转换器，使用电极水解设备和水净化设备，用四维打印技术建造冰屋和苗圃，为人们提供电能、氧气、饮用水、生活用水、住房、粮食、蔬菜和水果，等等。"

"好！安格莉卡女士，请继续讲。"费尔沃说。

"天然星人和地球人也会欢迎你们宇辉星人的。宇辉星人、天然星人、地球人都是进化的人类，进化人类之间应理智地和平共处，虚心学习对方的先进技术，充分开展科学、艺术、文学、教育等文化方面交流，合力开发我们共同的宇宙家园。"

费尔沃和米尔克都在洗耳恭听，并没有插话，显然，他们希望安格莉卡女士继续讲下去，听听她还想讲些什么。

"当地球人感知到，宇辉星人愿意与他们和平共处，按共同商定的计划，分批、有序地迁徙地球，与他们共同开发地球，我想，他们会欢迎你们宇辉星人迁徙来地球的！"

听到安格莉卡女士讲出"我想，他们会欢迎你们宇辉星人迁徙来地球的！"这句话，费尔沃和米尔克显现轻松，露出了笑容,但仍然没有插话,显然,他们希望安格莉卡女士还能继续讲下去,听听她还能讲些什么。

"我崇敬人类的智慧,"安格莉卡继续讲道,"我相信,宇辉星科学家与天然星和地球科学家通力合作,终究会探明宇阳强磁暴爆发的原因、规律,以及如何有效地防范宇阳强磁暴爆发造成的致命伤害的!到那时,你们宇辉星人就可以返回宇辉星自己的家园了!"

听了安格莉卡的一席话,费尔沃和米尔克两位代表用宇辉星语交谈了一会儿。然后,费尔沃对安格莉卡女士和艾丽莎说:"我们认为,现时不必再一次与联合国和欧盟代表会面,继续谈判宇辉星人移民地球问题了。我们想尽早回宇辉星去,向宇辉星邦联议会详细报告我们这次访问地球的情况,提供议员们再次研究和决策宇辉星人移民地球问题。"

听罢此言,安格莉卡和艾丽莎用天然星语也交谈了一会儿。然后,安格莉卡对费尔沃和米尔克说道:"费尔沃先生,米尔克先生,我有幸与你们相识,与地球人谈判宇辉星人移民地球问题。很遗憾,我这次不能陪同你们返回宇辉星了,我将留在地球看望我的父亲、母亲以及许多亲人,我衷心祝福你们返程安全、愉快!"

"安格莉卡女士,艾丽莎女士,"费尔沃说,"我们衷心感谢你们为我们所做的一切!你们讲述了许多关于地球和地球人的十分重要情况,你们为我们与地球人谈判做出了突出的贡献。这种贡献,远不止为我们的谈判和访问做翻译,出色地完成语言沟通任务,我们认为,安格莉卡女士,您为我们与地球有关当局的谈判设计了程序,统导了谈判程序的实施;更为重要的,您向我们阐述了宇辉星人与地球人,乃至与宇宙所有人类理应和平共处,共同开发宇宙的理念！"说到这里，费尔沃显得激动起来，他以抑扬顿挫的声音说道："安格莉卡女士，我们认为，您就是宇辉星人与地球人谈判的使者，一位出色的'星球使者'！"

"过奖，过奖！"安格莉卡女士谦逊地连连说；艾丽莎坐在一旁微笑。

费尔沃和米尔克乘宇宙飞船从地球返回宇辉星，途中有意飞经行星"开普勒-452b"。抵达其上空时，发现在空中环绕"开普勒-452b"行星运行着数颗人造天体，而在行星"开普勒-452b"地面上停着8艘宇宙飞船。这一景象让费尔沃和米尔克预感到，地球人已在精心准备，对付任何入侵的外星人。

费尔沃和米尔克安全返回宇辉星，他们向邦联议会如实地汇报了与地球欧盟外交委员会代表和联合国安全理事会委员谈判宇辉星人迁徙地球问题的详尽情况，他们访问地球美国国家航空航天局基地的所见所闻，以及从地球飞返宇辉星途中，在行星"开普勒-452b"上空的所见所闻。

# 第 21 章 联合国大会协议

**宇辉星移民建造歌剧院**

安格莉卡喜爱歌剧,特别是意大利歌剧。意大利歌剧魅力十足。它用意大利语演唱,意大利之外世界上懂意大利语的人不多,然而世界上有许多人懂意大利歌剧,喜爱意大利歌剧,痴迷意大利歌剧。这其中的奥妙是,意大利歌剧不是用语言,而是用优美的音乐旋律和剧中鲜活的人物形象来唤醒人们身心深处的隐秘情感,将其点燃,让它迸发出火花,炽热地燃烧起来。人们置身于剧情境地和剧中人物之中,和他们一起爱、恨、欢乐、忧伤……

安格莉卡陪同卡里塔斯在德国德累斯顿森佩尔歌剧院(Semperoper)欣赏德国作曲家韦伯(C. M. von Weber)的歌剧《自由射手》。

安格莉卡和卡里塔斯皆为《自由射手》剧情中以幻想方式所表现的善良与爱情战胜邪恶,光明战胜黑暗的主题所感动。

卡里塔斯本能地为德累斯顿森佩尔歌剧院的豪华、精美的建筑结构和艺术造型所吸引,极其欣赏歌剧院的建筑结构和艺术造型。歌剧院的建筑结构和艺术造型激发了卡里塔斯的创作灵感。

当歌剧《自由射手》演出落幕，安格莉卡和卡里塔斯漫步走出德累斯顿森佩尔剧场，在森佩尔剧场门厅、剧场外立面久久留恋，再次欣赏德累斯顿森佩尔歌剧院的豪华、精美的建筑结构和艺术造型。

卡里塔斯若有所思地对着安格莉卡说道："亲爱的，我们何尝不可主导宇辉星移民，以四维打印技术，在柏林建造一座歌剧院呢？！"

"好啊，好啊！如同德累斯顿森佩尔歌剧院一样豪华、精美，同时又具有独特的建筑结构和艺术风格？"安格莉卡激动地说道。

在德国首都柏林，卡里塔斯主导一支由宇辉星移民组成的建设团队，按着卡里塔斯的设计，在柏林郊区建造起一座豪华、精美的歌剧院。为纪念宇辉星人移民地球的历史，命名其为柏林宇辉歌剧院。

柏林宇辉歌剧院整体建筑结构是使用"四维打印技术"建造的大圆球。大圆球直径达100米，球体底部的20米高度部分固定在地面之下，球体的80米高度部分露在地面之上。从远处看，此刻的宇辉歌剧院形似一轮从地平线上喷薄初升的太阳，其大部分已然升起在地平线之上。

从近处看，宇辉歌剧院的大圆球体外缘建有巨型装饰物和许多细长的尖塔，宛如太阳喷发的熊熊火焰和发射的光线。宇辉歌剧院总体形态恰似一轮燃烧的火球从地平线磅礴升起，它在燃烧的火焰中接受熔炼，它在发射光线和热能。

宇辉歌剧院的外立面由三层的文艺复兴时期风格的拱廊和壁柱构成。最上一层向内收拢，形成二层顶部有屋顶平台的外观特征。观众厅外侧轮廓为弧形，它直接反映了观众厅和其外侧休息厅的形状。宇辉歌剧院外立面上方，立有自由女神驾驶奔马战车雕像。展现出文艺复兴时期建筑的对称严整结构。

在宇辉歌剧院球体形表面，使用四维打印技术建造了许多形态和形状各异的窗口，让阳光从窗口射入宇辉歌剧院，让它变得明亮和温暖。宇辉歌剧院球体正前方开辟了三扇大门，门上布满四维打印技术制作的浮雕图像。

从大门进入宇辉歌剧院，踏上的是与地面等同高度、铺就了红色地毯的大圆球切面隔板，也即宇辉歌剧院地面。

宇辉歌剧院内部装饰庄严、肃穆，又不失秀美、华丽。错落有序的众多观众座席，轮廓为弧形的包厢群，弧形包厢的外立面及其雕塑装饰，歌剧院的旋转舞台皆为使用四维打印技术建成的。歌剧院穹顶内部空间装点着许多精美绘画和华丽雕塑，穹顶中央高悬多盏绚丽吊灯，包厢弧形外缘多盏灯光美轮美奂。

在宇辉歌剧院计划演出的节目共有三类：传统歌剧、芭蕾舞剧和音乐会。

柏林宇辉歌剧院竣工典礼在歌剧院旋转舞台举行。柏林市长夫妇、卡里塔斯和安格莉卡夫妇、宇辉星移民代表以及宇辉星导游兼译员艾丽莎女士坐在主席台上。在竣工典礼上，柏林市长代表柏林行政当局发表贺词，热烈祝贺柏林宇辉歌剧院竣工，称其为宇辉星移民献给地球柏林人的杰作！歌剧院观众席上顿时响起热烈的掌声和欢呼声。

随后，舞台上的6位嘉宾步入舞台正对面的包厢，与观众一起欣赏歌剧演出。

在宇辉歌剧院上演的第一个剧目正是德国作曲家韦伯的歌剧《自由射手》，以纪念德国于1838年设计建造的德累斯顿森佩尔歌剧院。

**地球人民赞赏宇辉星移民**

柏林市长参加了在宇辉歌剧院举行的竣工典礼之后，发表公告称，欢迎各国嘉宾来柏林参观宇辉歌剧院。届时，来自多国的代表和在柏林的宇辉星移民聚集在柏林宇辉歌剧院广场上，共同庆贺辉煌的宇辉歌剧院落成。柏林市长致欢迎词，卡里塔斯介绍建造宇辉歌剧院的历史背景，它的结构设计，它如何用"四维打印技术"建造起来的。安格莉卡作为翻译，为多国的代表将德文和天然星语译成英文。

随后，在卡里塔斯引导下，参观宇辉歌剧院的外观，进入宇辉歌剧院的内部参观，卡里塔斯从技术视角解读它的结构。此外，还同时放映了由卡里塔斯设计并主导在天然星建造的卡里塔斯斜塔、湾洲天文台的图像视频。

希腊、埃及等国代表，对于宇辉歌剧院的壮丽、辉煌和精美赞叹不止，并邀请卡里塔斯主导的宇辉星移民建设团队，到他们国家参观，参与国家神庙、教堂等建筑项目建设。

意大利代表对于坐落于天然星的卡里塔斯斜塔的图像视频极感兴趣，他们认为，坐落于意大利米兰城的米兰斜塔可与天然星的卡里塔斯斜塔媲美。意大利比萨大教堂和洗礼堂具有罗马建筑风格的典型特征，它宽阔平稳，墙体承重，以水平线为主，洗礼堂建筑建有穹顶。

英国代表对于坐落于天然星的湾洲天文台的图像视频极感兴趣，他们认为，英国格林尼治天文台的形貌可以与天然星的湾洲天文台媲美。格林尼治天文台坐落于伦敦东南郊区泰晤士河畔格林尼治村，建有巨大的拱形穹顶，用于观测广阔的时空。当人们脚踏在格林尼治天文台建有的本初子午线两侧，心中会深切感受到时空的变换；地球东半球和西半球就位于这几十厘米宽的本初子午线铜带的两边!

　　非洲绝大多数国家代表对于天然星人在广泛领域建造起"三层空间交通网络"极感兴趣。

　　天然星人在广泛领域建造起"三层空间交通网络"。这里叙及的"三层空间"是指陆地、上空、高空三层空间高度的区域。

　　人们在陆地区域，可以步行、乘无人驾驶车等多种车辆和轮滑行走。

　　人们在上空网络区域，穿着羽翼飞行服飞行。这种羽翼飞行服是一种可自行驾驭的全封闭的动力飞行服，也是一种喷气动力飞行器。人们从陆地交通站点升空至交通网络的上层，那里的交通相对稀疏，便于人们迅速飞行至城区上空。在蔚蓝的天空中，他们自由自在地翱翔，欣赏天空与地面上的美景。

　　人们在高空区域，使用水陆空飞船。譬如家用水陆空飞船，可以迅捷地将人们带到人们想去的地方。譬如，购物，参与文化、娱乐、体育活动，包括参加舞会和访问美术馆、博物馆，等等。对于这种水陆空飞船，在陆地上设置了飞船起降场。

　　在天然星没有街名和门牌号，人们以星球的经度和纬度定位房子所在的地点，每座房子都有独有的、专用的经度和纬度代码。只要在电脑或者手机上输入经度和纬度代码，立即在其屏幕上显示出地址区域详图。所有的电脑或者手机都具有自定位功能，这就意味着，人们可以随时随地知道：我在哪里，我要去的地方在哪里。

　　人们可以想象天然星人在陆地区域，步行、乘无人驾驶车辆行驶；但是难以想象，人们在上空网络区域，穿着羽翼飞行服飞行；人们在高空区域，使用水路空飞船飞行。参观者设想，如果在交通不够发达的非洲能够建成"三层空间交通网络"，那么多国之间往来就轻而易举了；甚至可以在地中海上空从北非国家，穿着羽翼飞行服飞行或者驾驶水路空飞船就轻易抵达地中海上的中继站马略卡岛，进一步抵达欧洲大陆的多个国家了。

几乎所有光临庆祝宇辉歌剧院竣工典礼的国家代表对于天然星上的购物方式感兴趣。人们去购物，只需确定和利用商场的专用经度和纬度代码，穿着羽翼飞行服或者驾驶水路空飞船抵达该商场用电子卡购物了。为此，必须如天然星人那样，建造起"三层空间交通网络"和"电子卡"付款体系。

谈及商品，据知天然星人吃的一种快餐叫作"洪堡"，它是一种肉类夹层的熟面包，面包被切成片，每片间夹有熟肉末和多种不同的新鲜蔬菜。其中的肉不是动物身上的肉，而是一种人造肉。天然星科学家在工作室里从牛、羊、猪等动物身体中提取了干细胞，并成功将其转化成相应的肉类，成功地研究出批量培育成相应肉类的方法。这种由动物身体中干细胞转化的人造肉类与动物肉类含有相同的组成成分，按精确的比例含有不同种类的脂肪、蛋白质、碳水化合物、维生素、糖类、无机盐、矿物质，等等。人造肉营养很好，口感也很好。

在场的多国代表闻此消息，惊异不止：我们何不向天然星科学家学习，成功地研究出批量的、健康的人造肉类的方法呢？

在场的地球上的行政官员和科学家公认，地球的空间技术在蓬勃发展，但是天然星的空间技术可谓更进化。

地球人正在探讨宇航员乘宇宙飞船从太阳星系行星地球飞往太阳星系其他行星可能性问题，还在探讨宇航员乘宇宙飞船从太阳星系的行星地球飞往太阳星系行星火星问题。而天然星人依多尔父子是从天然星乘宇宙飞船，并搭乘一颗未知星球来到地球上空，并在地球大气层跳伞降落地球上的。这说明，依多尔父子是从一个星系飞到另外的一个星系了。后来，依多尔父子协同安格莉卡以同样方式，从地球返回天然星。

天然星的卡里塔斯陪同安格莉卡从天然星乘宇宙飞船抵达同样属于天阳星系的天使星。宇阳星系的宇辉星导游员艾丽莎随旅游团乘宇宙飞船从宇辉星抵达天阳星系的天然星和天使星；并同卡里塔斯一起从天然星返回宇阳星系的行星宇辉星；这是一次跨越两个恒星星系的飞行啊！

宇阳爆发强磁暴威胁宇辉星人性命，宇辉星旅游协会派遣的宇辉星先期移民乘宇宙飞船从宇辉星抵达天阳星系行星天然星；又在安格莉卡和卡里塔斯陪同下，乘宇宙飞船从天然星飞抵太阳系行星地球；这是一次跨越三个恒星星系的飞行啊！

**联合国大会决议**

联合国下设星际联盟委员会，星际联盟委员会常任理事国，按理事国英文名称开头字母顺序，由美国（America）、中国（China）、英国（England）、法国（France）、俄罗斯（Russia）组成。星际联盟委员会五个常任理事国的代表在纽约联合国总部，讨论宇辉星移民地球问题，战争抑或和平问题。

中国代表阐述了人类命运共同体的理念，提出了在宇辉星人遭遇宇阳爆发强磁暴，为求生存而选择移民地球时，地球人理应接纳宇辉星人，与宇辉星人共同生活，共同开发地球，造福于地球，乃至宇宙；在战争抑或和平问题上，选择和平，避免星球人战争。各常任理事国分别讲述了各自的论点，尽管其论述不尽然相同，但对战争抑或和平问题的论述大体一致，皆认为尽可能选择和平，避免星球人战争。

在接纳宇辉星邦联派遣的宇辉星移民地球问题上，联合国的百余会员国人民具有不相同的观点和态度。各会员国代表，在联合国大会上发表了对接纳宇辉星第二批大量移民问题的观点和态度。

首先由联合国安全理事会代表翁格尔和达姆在联合国会员国代表大会上，报告了他们与宇辉星行政代表费尔沃和军事代表米尔克，在安格莉卡和艾丽莎陪同下，在欧盟总部布鲁塞尔谈判宇辉星第二批大量移民问题情况。

这次历时一个月的谈判没有取得成果。宇辉星行政代表谈及：宇阳星系的恒星宇阳最近爆发强磁暴，威胁其行星宇辉星人民性命，其邦联议会决定宇辉星人分批移民太阳星系中行星地球。由宇辉星旅游协会派遣的第一批移民三万人已经乘坐宇宙飞船抵达地球，并为德国接纳，现寄居于柏林市郊的外星移民营地。急切希望联合国能够接纳宇辉星邦联派遣的第二批移民三十万人。

联合国安全理事会代表对于宇辉星人民遭遇不幸深表同情，但是认为有困难，难于接纳这么多宇辉星移民。在此情况下，宇辉星代表告知，宇辉星人已经做好了军事准备；在移民谈判不成功的情况下，可能会使用军事力量，进行武装移民。我们地球人相应地也做好了军事准备，在移民谈判不成功的情况下，也可能会使用军事力量，进行武装阻止移民。从而出现了战争抑或和平的问题。

在移民谈判处于僵局的情况下，谈判双方议决：回到各自星球的议会或者理事会，报告谈判结果。

在联合国安全理事会代表向联合国各会员国代表报告了上述情况后，各会员国代表展开了对宇辉星第二批移民问题的讨论。

归纳起来，各会员国代表有两种不同的认识和态度：不接纳宇辉星第二批移民地球和接纳宇辉星第二批移民地球。

概括地讲，不主张接纳宇辉星第二批移民地球的一方的论点如下：

（1）宇辉星移民人数太多，地球人将为其消费过多的财力，解决住宿和生活问题，从而增加了地球人的经济负担。

（2）宇辉星移民和地球人在精神和信仰方面相差太大，移民难于融入地球社会。

（3）宇辉星移民与地球人使用的语言完全不同，地球人完全不懂宇辉星语，宇辉星人完全不懂地球人用语，譬如英语、德语、法语、意大利语、俄语、阿拉伯语等，无法实现语言交流。无法实现语言交流，势必形成两类不同的社会群体；外星人相对独立的小社会群体，在思想和工作中难以与地球人交流和统一。

（4）尚不了解宇辉星移民的劳动和技能，尚不了解宇辉星移民能否为地球创造相应的社会价值。

（5）在社会按劳动和技能创造社会价值来分配财富的情况下，当宇辉星移民创造社会价值普遍比之地球人收入低的情况下，是否会出现社会治安问题。

概括地讲，主张接纳宇辉星第二批移民地球的一方的论点如下：

（1）从人类的人权、人道主义方面讲，当人类的某群体出现生存危机时，人类的其他群体是不能视而不救助的。

（2）宇辉星移民在天然星建筑师主导下，在德国柏林郊区使用先进的"四维打印技术"建造起辉煌、壮观的柏林宇辉歌剧院，展现了外星球宇辉星人和天然星人超越地球人的新技术和高超技能。

（3）天然星人在广泛领域建造起"三层空间交通网络"。人们在陆地区域步行或驾驶无人驾驶车行驶；人们在上空网络区域，身着羽翼飞行服飞行；人们在高空区域，使用水路空飞船飞行。进化的外星人的到来，不只是为地球增加劳动力的问题，而是提高了地球人的劳动价值。

(4) 地球的空间技术在蓬勃发展，但是宇辉星人和天然星人的空间技术可谓更进化，譬如在宇宙飞船从宇辉星经过天然星，飞抵地球。地球人尚在研究如何从地球飞抵同一太阳星系的火星问题，以及遥控天体中小行星轨迹，解除其危害，为地球人服务问题。

(5) 人类的进化不仅表现在才智、技能、劳动创造价值方面的进化，同时表现在道德、信仰、哲学思想方面的进化。地球人与进化的天然星人和宇辉星人共同生活，共同开发宇宙，将造福于地球，乃至宇宙。

联合国大会主席宣布：对于"是否接纳宇辉星第二批移民问题"进行投票表决。每一个联合国会员国具有一票表决权。

随后，联合国大会主席宣布对于"是否接纳宇辉星第二批移民问题"表决结果：三分之二以上会员国投了赞成票，从而决定接纳宇辉星第二批移民来地球；责成联合国安全理事会、联合国慈善组织、联合国友好慈善基金会、联合国和平利用外层空间委员会协助实施"接纳宇辉星第二批移民来地球"决议的诸多具体问题。

联合国大会主席宣布表决议案后，联合国各会员国全体代表起立，长时间鼓掌。

联合国大会主席宣布："会议到此结束，下次会议再见！"

## 第 22 章 星际恋人在地球

**地球上新型家庭**

安格莉卡和卡里塔斯在参与了宇辉星邦联代表与地球联合国代表和欧盟代表谈判宇辉星人迁徙地球问题之后,决定继续留在地球,不陪同宇辉星邦联代表和艾丽莎乘宇宙飞船返回宇辉星,而是留在地球探亲和游览。

安格莉卡和卡里塔斯从布鲁塞尔飞抵柏林,在柏林移民营地安顿好宇辉星先期移民后,安格莉卡及时回到柏林家中,看望久别的父亲、母亲和奶奶;而卡里塔斯,作为宇辉星先期移民地球的主导则需要更多时间在柏林外星移民营地陪伴宇辉星先期移民生活。

在地球柏林,在安格莉卡之家,安格莉卡与亲爱的家人相会了!

当安格莉卡还在天然星的时候,最让她牵挂的是故乡的奶奶,她从小在奶奶身边长大,长大后陪伴在奶奶身边,她知道奶奶最疼爱她。自从她去了外星球,奶奶最牵挂的就是她;安格莉卡知道,她就是奶奶晚年生活的最大的心灵寄托啊!

安格莉卡离开了地球。她不知道,谁陪伴奶奶说话,谁陪伴奶奶散步，谁陪伴奶奶排遣寂寞？

安格莉卡知道，奶奶还特别关心她是否结交了男朋友？男朋友对她有多么好？她什么时候能够结婚？她想尽早看见他们的可爱的儿女呢！

在阔别故乡三年之后，安格莉卡毅然回到故乡柏林，见到已然苍老许多的亲爱的奶奶，她的激动和高兴之情是难以用言语表达的，尽管她在地球上时刻想念着在天然星依多尔庄园生活的儿子安格尔！

安格莉卡回到地球后，用尽可能多的时间陪伴在奶奶身边，陪伴奶奶说话，陪伴奶奶散步，陪伴奶奶排遣寂寞。

安格莉卡的爸爸和妈妈相识、相爱于同一所医科大学，现在都是卓有成就的著名医生。这一点或许也影响到安格莉卡选择了在巴黎大学学习人类学。安格莉卡以优异成绩获取巴黎大学学士学位，并成功进入剑桥大学，以《人类因女性优生更进化》为研究课题获取硕士和博士学位。安格莉卡是柏林大学教师，讲授人类学课程，专长讲授外星球人类学问题。她依然锲而不舍地继续研讨人类起源、人类进化、人类因女性优生更进化、地球人与天然星人进化之比较等诸多人类学问题。

卡里塔斯作为宇辉星先期移民地球的主导，在柏林外星移民营地陪伴宇辉星先期移民生活了一段时间之后，终于有了时间，在安格莉卡陪同下拜访安格莉卡在柏林的家。

啊，那是怎样难以想象的人世间一幕啊……在柏林，"星际恋人"在地球上与家人相会了！啊，那是地球上的一个新型家庭啊！

在安格莉卡家人看来，卡里塔斯是一位英俊、帅气、体态健硕、彬彬有礼的中年人，一位风华正茂、年轻有为的建筑设计师，深得安格莉卡家人的喜欢和钟爱。

"我们在前些日子访问几位先期到达欧洲国家的宇辉星移民时，同时游览了柏林、巴黎和伦敦现代化大都市，印象很好。我们还想多了解地球人类文化。"安格莉卡对父母说。

"地球人类文化？很好！"妈妈说，"文学、艺术、科学、教育都隶属于文化范畴，我推荐你们去意大利维罗纳游览，那里是地球人类的爱情圣地。"

"地球人类的爱情圣地？非常有趣，我很想看看地球人类的爱情圣地到底是什么样子呢！"卡里塔斯插话说，随即转向安格莉卡问道："怎么样？咱们一起去维罗纳吧！"

安格莉卡笑了，笑得很开心的样子，对着卡里塔斯说道："那当然好！你想去哪，我就陪同你到哪里去！"

### 拜访爱情圣地

安格莉卡和卡里塔斯从文艺复兴发源地佛罗伦萨乘火车抵达世界遗产古城维罗纳。

维罗纳位于阿佩杰河畔，这里传诵的罗密欧与朱丽叶的爱情故事改变了这座城市，使它成为世界上的爱情圣地。

安格莉卡和卡里塔斯抵达维罗纳，径直去了凯普莱特府邸朱丽叶故居访问。

凯普莱特府邸位于卡佩罗街23号。走进府邸敞开的厚重大门，宽阔的二十余米长廊出现在他们的面前，令他们万分惊异的是贴满长廊墙壁上的形形色色的小纸片，纸片上都有来访者用不同种文字亲笔书写的话语，许多纸片上有来访者亲笔画的心形图案。

安格莉卡能够读懂小纸片上用德文、英文、法文书写的话语字条，而卡里塔斯确是对它们感觉困惑，因为尚没有天然星人来访过这里，用外星人语言书写纸片在这里留言。

一位意大利女解说员也许出于卡里塔斯的长相与一般地球人有些不同，便走近他，用意大利语问道："请问，你们说哪种语言？"他们俩都摇头。女解说员又用英语问了同样的问题。

"我可以讲英语、德语、法语和中文，"安格莉卡用英语回答，"这位青年是我的丈夫，我为他做翻译。"

女解说员为流连在长廊里的安格莉卡和卡里塔斯用英语简要地讲解了罗密欧与朱丽叶的爱情故事。

故事发生在维罗纳，凯普莱特和蒙太古两大家族世代结下宿怨。凯普莱特家族中有一位美丽和魅力无比的独生女，名为朱丽叶；蒙太古家族中有一位英俊和潇洒无比的独生子，名为罗密欧。在凯普莱特家族的一次舞会上，罗密欧戴着面具来参加舞会，罗密欧与朱丽叶一舞钟情。炽热的爱情让罗密欧不顾家族世代怨仇，攀上朱丽叶卧室阳台与她幽会。在一次械斗中，罗密欧杀死了朱丽叶的表哥，不得不出走他乡。朱丽叶的父亲迫使女儿嫁给一位贵族。朱丽叶宁愿死亡也不嫁他人。她接受了神父劳伦斯为她设计的妙计：喝下一种奇妙药水，导致昏迷，令其父母认为她已然为爱殉情。罗密欧从外地秘密赶到维罗纳教堂，见到情人朱丽叶已然为爱殉情，于是躺在爱人身边，亲吻过她之后，服毒自尽。待奇妙药水药力过去，朱丽叶从昏迷中醒来，惊恐地发现躺在身边的罗密欧已然为爱殉情，于是拿起匕首自尽。

安格莉卡和卡里塔斯谢别女解说员，从廊道来到坐落于矩形院落的三层楼前，最为醒目的自然是罗密欧与朱丽叶当年在明亮月光下幽会的第二层阳台，阳台下方近处伫立朱丽叶青铜雕像，她身着长裙，面庞姣好，目光镇定，凝视前方；她右手微提裙摆，左手臂放在左胸前。她的美胸右部和右臂已然光亮，那是她的崇拜者抚摩而致，朱丽叶是浪漫、纯洁爱情的化身，据说崇拜者此举可为他们带来浪漫、纯洁的爱情。卡里塔斯也模仿崇拜者们轻轻抚摩朱丽叶的右胸和右臂，希冀朱丽叶为他和安格莉卡带来浪漫、纯洁的爱情。

安格莉卡和卡里塔斯一同踏上位于二楼的朱丽叶卧室。明亮的阳光从玻璃窗径直射入卧室，罗密欧对朱丽叶说过："亲爱的朱丽叶，你就是我的太阳！"触景生情，激情的卡里塔斯用天然星语对安格莉卡说："亲爱的，你就是我的太阳！"卡里塔斯在众目睽睽之下，怯怯地轻吻了安格莉卡。

在朱丽叶卧室里的另一角落，摆放着一帧罗密欧与朱丽叶亲吻画像，还放置一张双人床，两个衣橱，衣橱里分别展示朱丽叶的衣裙和罗密欧的服装。墙壁上挂有数幅草图，展现罗密欧与朱丽叶的凄美爱情故事。当场的解说员介绍，这可不是罗密欧与朱丽叶当年的用品，而是1968年意大利和英国导演拍摄的电影《罗密欧与朱丽叶》时所用道具。这部电影是以莎士比亚依据意大利早年的有关传说和叙事诗改编的《罗密欧与朱丽叶》悲剧剧本拍摄的。

安格莉卡和卡里塔斯从朱丽叶的卧室走上三楼，那里的壁炉和摆设的两把座椅让人浮想联翩，仿佛罗密欧与朱丽叶坐在壁炉旁亲密交谈。

安格莉卡和卡里塔斯重新来到院落，安格莉卡用英语、德语和法语与来自英国、德国和法国的来访者交谈。

安格莉卡向来访者提出同一个问题："请问，你们为何选择来维罗纳访问？"

一位活泼少女爽快回答："我爱朱丽叶，来向她问候！"

一位男士携妻子回答:"我们颂扬罗密欧与朱丽叶的凄美爱情!"

一对青年男女回答:"为了我们的爱!"

一位具有文人风度的中年男人以激情口吻说道:"但愿世人的爱情都犹如罗密欧与朱丽叶般浪漫、纯洁、炽热!"

安格莉卡和卡里塔斯再次来到门厅长廊,欣赏墙壁上用口香糖黏结的无数纸片上的诗文、短句、图画。

一张纸片上的字句让安格莉卡和卡里塔斯驻足欣赏:"唯有爱的宣言能世间永驻,唯有爱的坚贞会世代传诵,唯有朱丽叶的芬芳绝世温柔。"

这位来访者引用的莎士比亚的诗句激发了安格莉卡和卡里塔斯浓浓情意。安格莉卡从背包里取出一张纸片,用彩笔在上面写了天然星语句:"O Mei Nu!"并用天然星语签名;卡里塔斯用同一彩笔在上面同样写下了"O Mei Nu!",并用星语签名。上述"O Mei Nu!"文字只是天然星语句的汉语拼音谐音而已。它的德文译意为"Ich liebe dich!",英文译意为"I love you!",法文译意为"Je t'aime!"

在安格莉卡和卡里塔斯的并列的两行字句下面,这对爱人各自画了一个心形,这两个心形是部分叠加在一起的,表达了这两位来自不同星球的情人的永不分离的爱。

安格莉卡和卡里塔斯注意到,在来访者的字条海洋里,墙壁上挂有9部可视电话,人们可以在朱丽叶故居与在场或者在远方的爱人、亲友通话,表达深深的爱意和美好的情谊。安格莉卡和卡里塔斯各在一部电话机旁,与对方通了可视电话,表达他们俩之间深深的"O Mei Nu!",他们一起给在柏林的安格莉卡的妈妈通了电话,用天然星语表达他们对妈妈的深深的爱——

"Mum, O Mei Nu！"（妈妈，我爱你！）。

在将要离开朱丽叶故居的时候，他们再次见到了刚来这里时遇到的那位女解说员。女解说员看到了他们写的、贴在墙壁上的字条，当然，她只看懂了两颗连接的心形图案的含义，完全不解外星人文字的含义；经安格莉卡翻译，她感动不已。

"来访者留在朱丽叶故居的字条多得不计其数，来访者请我们转达的、写给朱丽叶的信件每年就有五千余封，"女解说员说，"然而，数百年来，我们从没有看到外星人写的一张字条，一封来信！你们写的字条太珍贵了，朱丽叶故居将其视为珍贵文物永久收藏！"

安格莉卡和卡里塔斯对女解说员的接待表达了衷心感谢，并向女解说员告辞。

"衷心感谢你们来访！欢迎更多的外星人访问朱丽叶故居！"女解说员答谢。

安格莉卡和卡里塔斯离开朱丽叶故居，向罗密欧故居走去。罗密欧故居位于绅士广场附近的斯卜里杰雷街4号，蒙太古家族府邸。大门旁镶嵌着一块白色大理石板，上面镌刻着莎士比亚的一句话——"罗密欧，你在哪里？"遗憾的是，蒙太古家族府邸大门紧闭。据说，蒙太古家族府邸已为他人买去，不对游人开放，安格莉卡和卡里塔斯只好悻悻离去。

离开蒙太古家族府邸紧闭的大门，安格莉卡和卡里塔斯向朱丽叶墓地走去。

安葬朱丽叶的墓室位于布拉广场的一座巴洛克式教堂旁的地下室。昏暗的墓室中央安放着一座冰冷的、敞开的石棺和一束娇艳欲滴的鲜花。墙壁上镶有数幅有关罗密欧与朱丽叶的凄美爱情故事的浮雕。这里的一切，让安格莉卡和卡里塔斯伤心不已。

一位中年女解说员走近他们，安格莉卡用英语对她说道："罗密欧与朱丽叶的凄美爱情故事让我们感动不已！真是悲惨凄凉极了！"

女解说员像是要安慰他们，说道："罗密欧与朱丽叶生命的悲惨凄凉陨灭，终于化解了凯普莱特和蒙太古两大家族世代结下的宿怨，和解了他们交恶的尊亲。"

安格莉卡和卡里塔斯无不伤心地离开朱丽叶墓室。返回旅馆的途中，他们依然沉浸在对于罗密欧与朱丽叶的凄美爱情的追思之中……

**祈福宇宙人类明天**

安格莉卡和卡里塔斯在意大利访问了文艺复兴发源地佛罗伦萨，访问了爱情圣地维罗纳，拜谒了朱丽叶故居和墓室。

在安格莉卡和卡里塔斯拜谒了朱丽叶故居和墓室，返回旅馆途中，他们久久地沉浸在对于人类的人性和人生的思索中……

呜呼，一代情侣的宝贵生命！

安格莉卡和卡里塔斯从发生在维罗纳的凯普莱特和蒙太古两大家族世代结下宿怨，造成罗密欧与朱丽叶的悲剧人生，联想到他们亲身经历的、宇宙中的星球人类之间的冲突和战争。

在宇宙中的星球上，天阳星系的行星天穹星的女王率领军队，为掠夺物资和财富强行登陆天然星，与天阳星系的行星天然星人对打星球战争；天穹星军队失败后，为开辟新殖民地转赴天使星，绑架了在荒芜的天使星上独自生存的天然星人卡里塔斯，强行占领天使星。为解救卡里塔斯，天然星军队开赴天使星，再次与天穹星人对峙，驱除天穹星女王率领的军队返回其星球天穹星。

宇阳星系的恒星宇阳爆发强磁暴,行星宇辉星上的生物面临毁灭,宇辉星人经受死亡威胁。为求生存,三万宇辉星先期移民冒险乘宇宙飞船,搭乘未明小行星成功移民太阳星系的行星地球。如今,三十万宇辉星人欲效仿先期移民地球的宇辉星人,从宇辉星移民地球。地球人与宇辉星人处于紧张的武装对峙之中。

至于地球人与地球人之间的冲突和战争以及由此引发的悲剧,安格莉卡和卡里塔斯这对情侣在地球期间已经听到或者感受到了!

在地球上,地球人由于国家领土、资源、经济利益、种族、民族、宗教、信仰等问题爆发地球人之间的世界大战。第一次世界大战中,约6500万人参战,致使1000万人丧生,2000万人受伤。第二次世界大战中,致使欧洲4000万人死亡,伤残人无数。

热战之后,地球人之间的战争从未停息,开始了地球人之间的无硝烟的战争——冷战。资本主义阵营与社会主义阵营之间冷战;北大西洋公约组织国家与华沙条约组织国家之间冷战。集团之间长期处于对立状态,局部战争不断,局部冲突不断。这种局部战争和局部冲突导致许多人民成为难民,为了生存不得不逃离自己祖祖辈辈生活的家园。

外星人与地球人之间的战争,所谓星球大战,不幸也在酝酿之中。出于对宇阳强磁暴爆发的恐惧,宇辉星人急于逃往地球,并且部分宇辉星人已经成功抵达地球。宇辉星邦联派遣代表去地球,与地球人谈判宇辉星人移民地球问题。他们已然在博觅星上布置了制导无名小行星的装置,一旦遭遇地球人的拒绝,就不惜付诸武力,与地球人对打星球大战。

安格莉卡和卡里塔斯会将他们在地球上的经历,他们所听到和所看到的现实情况,乃至他们所思索的问题转告天然星和宇辉星人吗?答案是肯定的。

让地球上罗密欧与朱丽叶的人生悲剧不要在地球,也不要在外星球重演!让不同文化背景的宇宙各星球人民之间增进相互理解和往来。理解会带来宽容,友情会带来和谐;祝愿宇宙人类的明天,多一点鲜花、友情和爱。

人民厌恶战争,战争只会伤害人民。让外星人成为地球人的朋友,共同开拓宇宙;莫让外星人与地球人为敌,对打星球大战!

# 人物介绍

**安格莉卡·弗罗伊德**(Angelika Freud)——德国裔女硕士,学习与研究人类学。

**莉娜·弗罗伊德**(Lina Freud)——安格莉卡的奶奶

**依多尔**(Idol)——天然星人,在地球时被称为伊迪奥特(Idiot),曾环游地球寻找失散的儿子,现今居住在天然星。

**依多丽雅**(Idolia)——依多尔的妻子,居住在天然星。

**灵灵**(Ling Ling)——依多尔的儿子

**美美**(Mei Mei)——依多尔的女儿

**金泰利斯**(Gentilis)——天然星雕塑家

**卡里塔斯**(Caritas)——天然星建筑师

**安格尔·卡里塔斯**(Anger Karitas)——安格莉卡与卡里塔斯的混血儿子

**斯考滕**(Scouten)——天然星侦缉人员

**耶格**(Yaeger)——天然星侦缉人员

**弗里德**(Freed)——飞天号飞船宇航员、指令长

**斯佩希**(Spacey)——飞天号飞船宇航员

**希恩**(Scene)——天然星飞天星际旅行社导游员

**格尔德·施密特博士**(Dr. Gerd Schmidt)——德国航天与

航空研究院科学家

**路德博士**（Dr. LU De）——在德国从事科学研究的中国科学家

**艾丽莎**（Elisa）——宇辉星旅行社导游员

**薇奥拉**（Viola）——天穹星女王国女王

**奥克斯**（Ochs）——天穹星军官

**考尼茨**（Kaunitz）—— 天然星旅游协会代表

**海因泽**（Heinse）——宇辉星大学天文学教授

**费尔沃**（Verwo）—— 宇辉星行政代表

**米尔克**（Milker）——宇辉星军事代表

**雷格尔**（Reger）——宇辉星远航号飞船指令长

**迪佩尔**（Dipper）——地球联合国安全理事会委员

**施瓦尼**（Schwani）——地球联合国安全理事会委员

**翁格尔**（Unger）——地球欧洲联盟外交委员会委员

**达姆**（Dahm）——地球欧洲联盟外交委员会委员

# 跋

　　心怀童年梦想，
　　终生追逐未来。

　　所有的童年梦想都是美丽的，我在童年时读过《鸟的飞行》一书，梦想像鸟儿一样在湛蓝的天空中自由地翱翔。回首童年和少年时代，那个人生多梦的时代，心中有过两个梦想呢——一个是科学梦，一个是文学梦。

　　中学时期，我的语文教师是五四运动时期在四川倡导妇女解放的先驱陈竹影女士（与散文家朱自清的夫人陈竹隐女士为姊妹），在她的教导下，我喜欢上了语文课和作文；与此同时，在学习了道尔顿原子学说和读了波兰出生的法国卓越科学家居里夫人的传略《居里夫人》（其女儿艾芙·居里著）之后，还向往科学研究。1956年，在国家"向科学进军"号召感召下，我选择了学习科学，考入北京大学，期盼以居里夫人为榜样，未来从事物质的放射性科学研究。

　　北大的第一堂普通化学课上，从美国回归的傅鹰教授谆谆教导我们年轻学子，首要的是要做一个正直的人，然后才是做一名优秀的科学家。接着他还不忘告诫我们，可能的话，在大学期间找到一位女友。北大六年，给了我从事科学研究必备的坚实的科学知识，这段人生经历总是让我怀念，也正是在北大，我结识了后来成为我夫人的女友。

1980年，在北京市半导体器件研究所工作期间有幸获得德国艾伯特基金会（Friedrich Ebert Stiftung）资助，成为改革开放后的第一批访问学者迈出国门从事科学研究工作，在欧洲一流的德国马克斯·普朗克协会固体研究所和德国弗朗霍夫协会应用固体物理研究所从事晶体生长和生长理论研究工作逾十年，独立地或者与伊丽莎白·鲍泽尔博士（Dr. Elisabeth Bauser）等同事合作，在著名的国际杂志上发表科学论文30篇，做过有益的贡献。

在马克斯·普朗克协会固体研究所我从事科学研究工作逾八年，研究所教授所长对我的科学研究工作的一份评语上用德文写着："卢因诚先生在斯图加特期间，作为一位具有特殊才能的科学家我认识了他。他表现出具有专门的知识和特殊的才干，从而取得了相当重要的认识和进展，并且已引起了国际上的重视。如果这种特别好的德国—中国合作能够继续下去的话，我将非常欢迎。"

从北大毕业算起，在人生路上，我有三十年时间从事科学技术与科学研究工作，其中包括逾十年时间在德国从事科学研究。一个人一生中能有机会从事科学研究是幸运的。在经历了动荡、蹉跎岁月之后我尚能有逾十年的时光与多国科学家一同从事科学研究，我是幸运的；我由衷地感激人生，感恩于养育我的父母和抚育我成长的祖国。可以说，我已经圆了我少年时代的科学梦。

20世纪末年，我终止了我的科学研究生涯；然而，我仍不得安宁，不敢停下人生前行的脚步。少年时代的文学梦想在心中萦绕，它像蓝天上的白云，忽而飘来，忽而浮去；它像夜幕上的星辰，时而明亮，时而迷离。

当人类踏入 21 世纪的门槛之际，我终于做出了人生旅途上的另一个抉择：从科学研究转向文学创作。我要圆我少年时代的文学梦！

从科学领域转向文学领域，我的最初感觉，犹如尚在北大，从理科学习转入文科学习；它让我感到新奇、兴奋、激动，仿佛为我的人生开启了一扇新的大门。

在文学领域从事文学创作的前期，从事纪实文学写作。2003 年我的第一部纪实文学著作《旅欧十年》出版；接着，开始了文化欧洲丛书的写作。2006 年文化欧洲丛书四卷书《深邃德意志》《阳光意大利》《浪漫法兰西》《雍容不列颠》出版。2009 年文化欧洲丛书八卷书《寻觅德国》《寻觅意大利》《寻觅法国》《寻觅英国》《寻觅奥地利》《寻觅北欧》《寻觅荷兰、比利时、卢森堡》《寻觅瑞士》出版。这之后，开始了长篇小说的写作。2012 年年初，欧美题材外国长篇小说《德国之恋》(*Love in Germany*) 出版。

时光荏苒，长篇小说《德国之恋》出版时，我从科学研究转向文学创作已历时 12 年；当年，心中滋生了将科学研究与文学创作融合一体的冲动，探求科学研究的新颖成果与文学创作的罗曼蒂克情怀融合一体的理念。

2013 年春，我开始了科幻小说的写作，尝试将科学与幻想在科幻小说中融合一体。关于科幻小说的定义，我个人比较倾向于《辞海》上对于"科幻小说"的定义："依据科学技术上的新发现、新成就以及在这些基础上可能达到的预见，用幻想的方式描述人类利用这些新成果完成某些奇迹的新型小说。"

2015 年春，我完成了科幻小说《来自天然星的伊迪奥特》(*Mr. Idiot who came in from Planet Nature*) 的创作。它讲述了天然星人伊迪奥特父子来到地球经历的许多奇异事件，他们见识了地球，了解了地球人类的生存活动与人文理念，同时也在不同场合谈及他们星球人类的有别于地球人类的生存活动与人文理念。

2020年3月，我与Verena Noger合著的德文长篇小说JENNY（*Yincheng LU ／ Verena Noger*）由德国Verlagshaus Schlosser出版社出版。如同小说的副标题——Liebe in Kriegszeiten，小说讲述了美国少女JENNY在战争时期的爱情故事。

2020年9月，我完成了科幻小说《安格莉卡的星际漫游》（*Angelika's Interplanetary Wandering*）的创作。《安格莉卡的星际漫游》长篇小说讲述了地球少女安格莉卡随同天然星人依多尔父子从地球来到天然星后的人生非凡经历，她与天然星建筑设计师卡里塔斯的星际恋人爱情故事。

希望科幻小说《安格莉卡的星际漫游》（*Angelika's Interplanetary Wandering*）能引起读者的兴趣，并将它推荐给朋友们分享。

在我的科学人生与文学人生旅途上，始终得到我的家人的真诚、热忱、尽心尽力地关怀和鼓励。在写作科幻小说《安格莉卡的星际漫游》以及其他文学作品过程中，始终得到刘家珊、卢迪、贺捷、贺友芃的热情关怀和持续鼓励，借此机会一并表示衷心感谢。

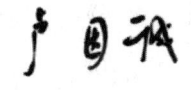

2020年5月　北京

图书在版编目（CIP）数据

安格莉卡的星际漫游／卢因诚著．－－北京：新星出版社，2022.1
ISBN 978-7-5133-4335-0

Ⅰ.①安… Ⅱ.①卢… Ⅲ.①幻想小说-中国-当代 Ⅳ.①I247.5

中国版本图书馆 CIP 数据核字（2021）第 018108 号

## 安格莉卡的星际漫游

卢因诚　著

**出版统筹**：黄　艳
**责任编辑**：杨　猛
**责任印制**：李珊珊
**责任校对**：刘　义
**装帧设计**：闫　鸽

**出版发行**：新星出版社
**出 版 人**：马汝军
**社　　址**：北京市西城区车公庄大街丙3号楼　　100044
**网　　址**：www.newstarpress.com
**电　　话**：010-88310888
**传　　真**：010-65270449
**法律顾问**：北京岳成律师事务所

**读者服务**：010-88310811　　service@newstarpress.com
**邮购地址**：北京市西城区车公庄大街丙3号楼　　100044

印　　刷：大厂回族自治县彩虹印刷有限公司
开　　本：910mm×1230mm　　1/32
印　　张：9
字　　数：210千字
版　　次：2022年1月第一版　　2022年1月第一次印刷
书　　号：ISBN 978-7-5133-4335-0
定　　价：42.00元

版权专有，侵权必究；如有质量问题，请与印刷厂联系调换。